死の名はワルキューレ

三吉眞一郎
MIYOSHI Shin-ichiro

文芸社文庫

目次

序章　封印

一

一九八一年一〇月五日　ミズーリ州スプリングフィールド近郊　午後八時

バケツの水をひっくり返したような雨を、二本のワイパーがフルスピードでフロントガラスから掻き分けてゆく。それでも高速のアームが除《の》ける端から、猛烈な水流が降り注いだ。

「くそっ、まるで潜水艦だぜ。何も見えやしねえ」

悪態を呟《つぶや》きながら、私は唇の端にくわえていた煙草を、既に吸殻が溢れ出している灰皿に押し込むと、まったく見えなくなった前方を本気で注視した。苛立《いらだ》ち混じりの緊張が、全身を走る。先ほどから対向車は、まったく見かけない。だが、これだけ視界が悪くては、いきなりぶつけられたらひとたまりもない。ましてや、こちらにしてみればまったく不案内な場所だ。ヘッドライトの先に、国道とは名ばかりの田舎道が辛《かろ》うじて照らし出される。周辺には、ひたすら水しぶきに包まれた闇が広がる。無限に続くかと思えるような雨と闇に、私の気分はすっかり滅入り始めていた。

　それにしても、一〇月も未だ上旬だというのに、この数日間は異常な冷え込みだった。私の身体《からだ》は、既に骨の芯まで凍《こご》えきっている。更に先刻から、下腹部に強い圧迫感を伴うしこりができていた。膀胱《ぼうこう》が悲鳴を上げ始めていたのだ。早いところ、溜まったものを放出したい。それに何よりも、今夜の寝ぐらを見つけなければ。いや、その前に一杯ひっかけて温まりたい……身も心も。

　夜は八時を廻っていた。数時間走り続けたための疲労と、直面するフィジカルな生理欲求、そしてストレスを伴った切ない願望とが、この夜の氷雨のように脳裏と身体の底に凍えた泥の如く溜まり出した。泣きたいほどの情けなさを覚えながら、絶望的な気分で私はフロントガラスの先を見据えた。

　と、前方の闇の中に滲《にじ》むような光が浮かんだ。年代物のフォード・マーキュリーを減速させる。点滅するそれはイエローとグリーンの、世辞にも上品とは言えないネオンサインだった。が、今の私にとっては、叩きつける雨の向こう側に、まるで極楽《パラダイス》に出会ったような魅惑に満ちた「BAR & MOTEL 24」の文字だった。

「地獄《ヘル》に女神《ベル》だな。バーまで一緒とはな」

ネオンサインの手前でハンドルを切る腕が、思わず急《せ》いた。

狭い店の中は、うっすらと紫煙が漂っている。ジャッキー・マクリーンのスローなサックスが、音質の悪いスピーカーから流れていた。バーボンのダブルと、今夜の一泊を申し入れると、バーカウンターの内側の男は、無愛想にグラスと部屋のキーをカウンターに置き、前金を要求した。金を置きながら、手洗いの場所を訊《き》く。男は、数枚の10ドル紙幣を掌《てのひら》の内側で確認すると初めて、ほんの一瞬だけ愛想笑いを浮かべ、店の左奥だと言った。

私は軽く左奥に眼をやり、浅く腰掛けたハイスタンドの椅子からゆ、と、り、を持って立ち上がる。が、本音は駆け出したい気分だ。それほどに下腹のタンクは、もう限界だったのだ。

暗い店内を奥へと向かった。身体の芯に震えが走った。もう限界だ、漏れちまう。神様、トイレが塞《ふさ》がっていませんように……。胸の内で悲鳴のような祈りが挙がった。もちろん、神など信じちゃいなかったが。トイレの手前で、ドアが開く。白髪の男が出て来た。助かった、入れ替わりだ。男が、閉じかけたドアを押さえた。

「Ｔｈａｎｋｓ《ありがと》」

そう言って男と交差した時、私の脇を流れた男の視線が皮革《レザー》ジャケットの腕に止まり、そして凍りついたのを、その一瞬のうちに私が気づくゆとりなどある筈がなかった。

何杯目のバーボンだろうか。琥珀《こはく》色のアルコールが、ゆっくりと自分の臓腑《ぞうふ》に浸ってゆく。まるで冷凍されていた内臓器官がゆっくりと解凍されてゆくようだ。下腹の緊張も解け、私の身体はようやく人並みの体温を回復しつつあった。カウンターの上には、先ほど駐車場からここまで僅か数ヤードを駆けただけにも拘《かか》わらず、濡れネズミとなったジャケットから滴《したた》り落ちた水滴が、小さな水溜りを作っている。皮革製の古い飛行《フライト》ジャケットにも滲《し》みを作っていた。だが、ようやく人間なみの温かさを帯びてきた身体とはうらはらに、私の気分はこのジャケットに染み込んだ水滴のように鬱《うっ》陶《とう》しく滅入ってゆく。

そもそも、セントルイスから510マイルも離れたミズーリのこんな片田舎まで来ざるを得なかったのは、この先の町で起こったおぞましい事件のためだった。教会の、もう六〇歳にもなろうという神父が、ボランティアで聖歌隊を務めていた一二歳の少年を犯した上に殺害したというのだ。救いようのない馬鹿野郎が起こした猟奇事件。その取材が、今回の私の仕事だった。

地方紙で、フリーランスの嘱託《しょくたく》記者をしている私にとって、こういう類《たぐ》いのスキャンダラスな事件をセンセーショナルな記事に仕立てることには馴れっこだった。が、この案件に関しては、まったく気乗りがしない。既に一か月も前の事件だ。事実という屍肉は、ゴシップ誌の記者というハイエナたちによって散々に喰い尽され、残っているのは、散らばった骨の断片だけだ。それでも、新任のあのいけすかない女性編集長は、私に取材を命じた。いったいこれ以上、何を知りたいというのか。骨の髄《ずい》まで、しゃぶり尽して来いというのか。だが、気分が乗らない本音は別な所にあった。別れた妻に引き取らせた倅《せがれ》のティミーが、殺された少年と同じ年齢だったからなのだろう。

　そして、もうひとつ。先刻から私の気分を憂鬱にさせていたのが、この飛行ジャケットの右肩越しに、店の一番奥の暗い隅からこちらを窺《うかが》う視線だった。年齢や風貌は判らないが、その視線が私を苛立たせていた。田舎町の小さな酒場に入る度に、よく出喰わす光景《あれ》だ。他所者《よそもの》を睨《ね》めつけるような、田舎者特有の排他的な眼。特に、この南部ではあからさまだ。そんな好奇や敵意に満ちた視線に、私はもう充分馴れっこだったし、耐えられないほど軟弱ではない。

　だが、今、私に注がれている視線はいつものそれとは異なり、今夜の雨のように、じっとりと私の背にまとわり付いていた。男色家か？　やっこさんには申し訳ないが、私はそんな趣味は持ち合わせていない。

　不快な気分で呑み続けるには、いささか疲れ過ぎていた。もう一杯のバーボンを呑み干し、部屋へ行こうと決めたその時、例の男はゆっくりと立ち上がり、影のように私に近づいてきた。片足を引きずるような靴音が、背中で止まった。

「失礼。ちょっと、いいかね」

とうとう来ちまった。

男は、静かに声をかけてきた。そして、私の左隣りのハイスタンドに腰を下ろした。あいにく、追加の一杯が手元に置かれたばかりだった。私は、ほんの少しだけ左に首を捻《ひね》った。白髪に、白い口髭。トイレですれ違った、あの男だった。

ちょっと見には、こうした田舎町の片隅で昼間から呑んだくれているような、荒《すさ》んだ風体《ふうてい》ではない。身なりも、片田舎の割りには垢抜けていた。まだ一〇月半ばだというのに、黒ずくめではあったが。神父か？　中肉中背。年齢も、生きていれば私の親父くらいか。私は、少し眉を上げただけでいた。

「失礼」

男は、再び詫びを言った。

「何か？」

無視を決め込むつもりだったが、仕方なく私は応えた。

「いや、まことに突飛なことを訊くが、許してくれ。あんたの着ているそのジャケットじゃが」

男は、隅のテーブルから自分のグラスを左手に持って来ていた。右手で私の腕を軽く指さす。その指先は微《かす》かに震えていた。

表皮のかなり傷《いた》んだ、焦茶色《こげちゃ》の皮革製ジャケットの左腕には、擦《す》り切れたエンブレムが縫い付けられている。それは、白い正方形の枠の中に黒地に白いXの文字が刺《し》繍《しゅう》された飛行部隊の記章だった。私はその指先も見ず、男の顔を斜めに見ながら、ただ黙っていた。老人は続けた。

「いや、あんたは若いのに随分と変わったジャケットを着ているんで、つい気になってしまってな。わしの勘違いでなければ……」

そう言って男は、カウンターの灯りでもう一度確かめるかのように、照らし出された飛行ジャケットの左腕をじっと見つめた。

「俺には、似合わないかね」

私は辟易《へきえき》としながら応えると、手元のバーボンを一気に咽喉《のど》に流し込んだ。そして、早々に席を立とうとした。だが男の眼は、あたかもそれを制止するかのように、左腕の飛行部隊記章に喰い入る。その口から、呟きが漏れた。その声は聴き取りづらかったが、何かに驚いたような、そして途方もなく絶望したような溜め息とともに、奇妙な響きをもって聞こえたのだった。

「第1《ワン》0《オー》0《オー》大隊……」

男の声は呻《うめ》くようにも聞こえた。その声につられ、私はつい老人の視線の先に目を落とす。

「希少《レア》物か？　俺は興味ない」

私はそう言うと、カウンターの上に置いたラッキーストライクとライターをポケットにしまい込んだ。が、男の眼は私の左腕から離れない。いや、視線がまるで凍りついたかのように動かなかったのだ。

「間違いない。これは、第１００爆撃機大隊の部隊記章じゃ……」

男は、再び呟くように言った。おやじさん、いい加減にしてくれ。私の言葉が、咽《の》喉元《どもと》まで出掛かったが、それをこらえた。老人の表情に、冗談ではない、もしかすると狂人ではないかと思わせるほどの真剣さが窺えたからだ。男はやがて、幽霊でも見たかのようなその視線を戻すと、決意したかのように私を見上げた。灰色がかった青い瞳に、小さいが鋭い光が射していた。

「失礼した。思いがけないものを見てしまったものでな……。私は、ロジャー・バーンスタイン。この近くで会計士をしておる」

男は右手を差し出した。その手が、小刻みに上下に揺れた。私は男に気圧《けお》されてしまったようだ。仕方なく立ち上がりかけた腰を下ろし、右手を出した。

「アーノルド・ペッパーだ。そろそろ引き上げようと思う」

一応、差し出された手を握ったが、私はきっぱりと言ったつもりだった。老人は、ほんの一瞬うなずいたが、眼を移すとカウンターの中の男に向けて、グラスを差し上げた。

「ハーパーでいいかな？　わしが、おごろう」

気分は乗らなかった。酒をおごられるのも、好きじゃない。特にこんな湿気《シケ》た夜は、早く寝床にもぐり込むべきだった。だが、私の脳裏のどこかで、この老人が何故にかくも私の飛行ジャケットに興味を抱くのか、先ほどの尋常ではないあの視線の先に何があったのか、些細《ささい》な好奇心が〝かま首〟をもたげていた。ジャーナリストの嗅覚ってやつだ。

その小さな好奇心が、雨のひと雫《しずく》のように、私の脳髄《のうずい》に落ちた。手元に、琥珀色の液体が置かれた。氷がグラスの中で半回転し、小さな音を立てた。私は黙ったまま、ふたたびポケットから煙草を取り出し、横目で老人を見る。

「で、バーンスタインさん。この飛行ジャケットに興味があるようだが、一万ドルでも譲らないぜ」

私は、ラッキーストライクを口の端にくわえながら言うと、ジッポの火を点《つ》けた。オイルの匂いが鼻先に漂う。指の先から紫煙が立ち昇ってゆく。が、男の眼は変わらなかった。

「いいジャケットだ。あんたに似合うよ、ペッパーさん。ＬＡ《ロサンジェルス》の古着屋か骨董店ででも手に入れたのかね」

「いや、あいにくと訳《わけ》あって俺の持ち物だ。ずっと前からな」

老人は、私を見上げた。皺《しわ》の寄った痩《や》せた咽喉《のど》仏《ぼとけ》が、ごくりと動いた。

「珍しい物をお持ちじゃな。じゃあ元々は、あんたのご家族とか身内の方のものかね？」

「言う必要もないだろう。隠すほどのものでもないが」

老人は、うなずく。

「勿論。詮索《せんさく》する気はない。ただし、その部隊記章じゃがね……」

バーンスタインは、もういちど震える指先で、飛行ジャケットの左腕を指した。

「さっきから、やけにこのエンブレムが気に入っているようだな。これは、そんなにレア物なのかね？」

一瞬、老人の額に縦皺《たてじわ》が寄った。眉間が翳《かげ》る。

「この飛行部隊記章はな……アメリカ第８航空軍第１００大隊。……なくなっちまったんだよ、一個大隊一〇〇機がまるごとな」

私は、小さく鼻で笑った。

「昔の部隊だ。当然、今は無いだろうさ。解隊している」

バーンスタインは、静かに痩《や》せた首を振った。

「いや……、封印《シールド》されたんだ」

「封印？」

封印……神秘主義《オカルティズム》か？　その、忌《い》まわしさを帯びた単語に弾《はじ》かれるように、私は首を横に捻ると、その時初めて男の顔をまっすぐに見た。額には、深い皺が刻まれている。それまで気づかなかったが、店内の暗い照明の翳りとなった顔の左半分に、頬から首にかけて引きつるように長く伸びた古い疵《きず》があった。火傷《やけど》の痕か？

「どこでの話だね？」

私は訊いた。脳髄の隅に落ちたひと雫の好奇が、「封印」という単語をきっかけに、染みのように広がってゆく。

「ヨーロッパだよ。第二次世界大戦中の話さ」

老人はその時、ふと眼を上げた。眼の先には何もない。何もない虚空に、彼は幻影でも探すかのように、その灰色がかった青い瞳を泳がせた。それは、ほんの一瞬ではあったが、私はバーンスタインの眼の中に、幻想なのか悪夢なのか、一羽の鳥が舞うのを見たような気がした。

私は、歴史にはまったく興味がない。あるのはただ今、この時だけ。記事になるネタ、金になる事件だけだ。ましてや四〇年近くも昔の、第二次大戦中のことなどは、骨董屋と博物館に任せればいい。私にはまったく興味も関心もなかった。

だが、なぜだろう。「封印」という単語と、その封じられた飛行大隊の皮革ジャケットを今、私自身が着ているという事実が、何か特別な関係、いや、宿命のようなものを予感させた。脳裏に滴り落ちた雨のひと雫は、脳髄の更に冥《くら》い深みへと染み込んでゆくのだった。

バーンスタインは、ふと曇った私の表情を見てとったのか、僅かに視線を外した。

「ヴェトナムのことでも想い出させてしまったかな。済まなかったな。だが、これは第二次大戦中の欧州での話だ。ドイツ空軍《ルフトヴァッフェ》相手の話さ」

「確かに。ヴェトナムではしこたまやられたがね。じゃあ、なにか？　第二次大戦でアメリカの飛行大隊がまるごとひとつ、ナチにやられて消えてなくなっちまったってことか？　そんなことがあったのかね。俺は、ナチをとことん叩きのめした話しか聞いてないぜ」

私は、脳裏に不安気に展《ひろ》がる暗い予感を男に気づかれまいとするかのように、極めて冷淡に話題を振った。バーンスタインは、上目づかいに私を見る。その灰色がかった青い眼で。そして呟いた。

「〝血まみれ第１００大隊《ブラディワンオーオー》〟知られちゃいないさ。いや、知らせなかったのじゃよ。あまりに惨《ひど》かったからな……」

「血まみれ第１００大隊……」

私は、思わず口の中で繰り返していた。その瞬間、背筋に悪寒《おかん》が走った。飛行部隊記章の付けられた左腕に、得体の知れない鈍《にぶ》い圧力が掛かるようだった。染みだらけの壁に掛けられた、星条旗のデザインされた時計は八時三〇分を指していた。外の雨は止む気配もない。

「どのみち今夜はどしゃぶり《キャッツ&ドッグス》だ。少し、聞かせてもらおうか」

冷たいベッドに潜り込むには、まだ時間はある。私は腰の位置をずらし、椅子に座り直すと、少しばかりその奇妙な老人につきあうことに決めた。そして、カウンターの中の男に眼で合図を送り、老人と私の分のハーパーをふたたびオーダーした。老人は、グラスを少し差し上げた。が、その灰色がかった青い眼は笑っていない。やがて男は、ぼそりと語り始めた。

二

一九三九年九月に始まった第二次世界大戦も四年目が過ぎようとする頃、当初、破竹の勢いで欧州全土を席巻《せっけん》したナチス・ドイツも、スターリングラードでの大敗を契機にあらゆる戦線で苦戦を強いられ始めていた。アフリカ戦線は失われ、起死回生の大反撃に出たロシア戦線のクルスク突出部に於ける「城塞作戦《ツィタデレ》」も失敗に終わり、その敗北に連鎖するように連合軍はシシリーに上陸し、イタリアはあっけなく降伏した。

そんな一九四三年一一月のことだ。この年の秋に開始された連合軍によるドイツ本土への戦略爆撃は、次第に猛威を振るい始めていた。爆撃目標は、まず驚異的な生産力を持つドイツの兵器工業にダメージを与えるため、あらゆる兵器の機関部に必要なボールベアリング工場とドイツ潜水艦《Uボート》の主力兵器である魚雷工場、そして航空機生産工場の三つが最優先目標とされた。更にルール地方を中心とする工業地帯、港湾施設、ダム、鉄道拠点を重点目標として猛爆撃を繰り返していった。

結果的にはドイツの都市は大小を構わず、すべてがアメリカ軍大型爆撃機の目標とされた。つまりドイツ人の居るところすべてに、ボーイングB17フライングフォートレスと、コンソリデーテッドB24リベレーター重爆撃機の一〇〇機を超す大編隊が襲いかかり、爆弾の雨を降らせていったわけだ。

このアメリカ戦略爆撃機隊は、イギリスに本拠地を置くアメリカ第8航空軍の指揮下に置かれ、それぞれの部隊が英国本土南東部の複数の基地から、三日に一度の割合でドイツ諸都市への昼間爆撃に出撃していた。その数は、通常でも二、三〇〇機、多い時には一〇〇〇機を超える大編隊で猛烈な爆撃任務《ミッション》を遂行していたのだ。

然も、昼間だけではない。夜間爆撃は、英国空軍《RAF》が担当した。最新鋭のアブロ・ランカスター爆撃機も大編隊を組み、深夜のドイツ都市を絨毯《じゅうたん》爆撃した。軍人、兵隊だけでない。ひとりでも多くのドイツ人を殺すことが狙いだった。つまり昼も夜も、ひっきりなしにドイツ本土を叩いたのだ。ハルマゲドンの殺戮《さつりく》だった。

　アメリカ陸軍爆撃機隊の編成は、三機を最小ユニットである分隊として、四ユニット一二機で一個小隊が構成された。一個小隊は、三個小隊三六機で一個中隊を成し、四個中隊合計一四四機で一個大隊。二個大隊で連隊となるが、攻撃目標や作戦規模が拡大化されるに従い、米軍爆撃機隊は巨大な爆撃機集団へと拡大していった。

　ドイツ本土への空爆は、初期には連隊規模の三〇〇機前後を編成していたが、一九四三年後半になると、四個連隊規模にまで膨《ふく》れあがり、一〇〇〇機を超える大編隊が、それぞれの大隊ごとに三五〇メートルずつ、三層の高度差を保ちながら、爆撃目標に向かうのだった。

　だが、連日の空爆にも拘わらず、ナチは驚異的な抵抗と回復力を見せたばかりか、ドイツ空軍《ルフトヴァッフェ》は、連合軍爆撃機隊に対し、強烈な反撃を加えたのだ。

　ドイツ空軍は、主力戦闘機であるメッサーシュミットＭｅ１０９、フォッケウルフＦｗ１９０などの強力な戦闘機群を上空に待機させ、重い爆弾を抱えたアメリカ陸軍の大型爆撃機の上空から、太陽を背に高速で襲いかかった。

　つまり一九四三年一〇月まで、ドイツ本土爆撃の米軍爆撃機隊は、護衛戦闘機なしでドイツ戦闘機隊の待ち受ける敵地の上空へ飛び込まざるを得なかったのだ、丸裸でね。ドイツ機は数機が一団となって、たいてい防御力の弱い正面か、斜め前方上空から襲撃してきた。目標の機体に対して機関銃を連射しながら、アメリカ爆撃機編隊の中に突っ込んでくる。

編隊の中に飛び込まれると、密集隊型を組んで飛行する爆撃隊は、互いに味方の機体を誤射する危険があるから、搭載機銃を発砲できなくなる。ドイツ機は、それを狙っていた。編隊の中に入り込んだドイツ機は、手当たり次第に射撃を繰り返しながら、斜め下方へと抜けて行った。

彼らの装備した口径20ミリや30ミリの機関砲をまともに喰らえば、いかにアイアンワークスと言われる頑丈なアメリカ軍爆撃機でさえ、無傷では済まされなかった。実に多くのB17やリベレーターが、いとも簡単に墜《お》とされていった。更に、傷ついて落伍する機体を追尾して止《とど》めを刺すのが、ドイツ戦闘機のやり口だった。連合軍の爆撃機搭乗員にとって、突然上空から太陽を背に突っ込んで来るドイツ機は、死神そのものだったのだ。

だが、彼らの恐怖はナチ戦闘機だけではなかった。最も怖かったもの。それは高射砲だった。奴ら《ドイツ》の105ミリ高射砲の威力は凄まじかった。然もドイツは、更に高高度の射撃が可能な128ミリ砲まで開発して、ドイツじゅうの主要都市に配備したのだ。

　奴らは「罠」を造って待っていた。いったん爆撃コースに入ると、米軍爆撃機編隊は高度4000から6000メートルで爆撃目標に進入する。いったん爆撃コースに入ると、編隊はそのまま直進せねばならなかった。爆撃目標に投弾する任務《ミッション》は絶対だからな。ナチの高射砲は、そのコースを想定して配備され、針路の前方に対空射撃の弾幕を張る。操縦席の前方に紅黒い破裂煙がいくつも出来る。それでも先導機は弾幕の中に突っ込んで行かねばならん。やがてドイツ軍《フリッツ》の高射砲の照準が定まり始める。そうなったら、何機かは直撃弾から逃れられない。どの機が今回の犠牲になるかは、神のみぞ知る。もしくは「ツイてなかった」だけだ。だが、若い搭乗員たちにとってはたまったものではない。下方から突然、死が襲うのだ。目標進入から投弾、航過《こうか》までの一〇分間、彼らは突然死の恐怖に耐え続けねばならなかった。

　高射砲弾をまともに喰らえば、即決の死は免れない。だが、それよりも厄介な死もあった。砲弾の信管は、敵爆撃機の飛行高度に合わせて破裂するように調整されている。つまり高射砲弾は直撃しなくとも、爆撃機の飛行高度に達して破裂するから、周辺数10メートルに砲弾の鉄片が飛び散ることになるのだ。鋭い断面を持った数百個の鋼鉄の破片が、アメリカ軍爆撃機の薄いジュラルミンの翼や機体を切り裂き、操縦席を破壊し、エンジンを砕く。コックピットや胴体に飛び込んだ鉄片は、パイロットや搭乗員を容赦なく引き裂き、殺傷した。

Ｂ24リベレーターは、Ｂ17よりも後に開発されたにも拘わらず、高射砲に対する脆《もろ》さを露呈した。Ｂ17よりも細く長い主翼が破損すると、翼に比べて巨大な胴体の重量を支えきれなくなるのだ。細い主翼がぽっきりと折れ、一〇人の若い搭乗員をその胴体に抱えたまま、燃え盛るハルマゲドンの地獄へと墜ちてゆくＢ24が相次いだ。被弾して安定を失った機体が僚機を巻き込み、二機、三機がからみあったまま墜落してゆく最悪のケースさえあった。

雲間から突然現れるドイツ戦闘機による上方からの死。下方から突き上げられる高射砲弾による突然死。彼らの針路に待ち構える凄まじい弾幕と破壊。全周囲から襲う死の恐怖に耐えながら、アメリカ軍爆撃機編隊はそれでも黙々と宙空の地獄を突き進んでゆくのだった。

ドイツ中東部の工業都市シュヴァインフルトのボールベアリング工場に対し、集中的に実施された爆撃ミッションでは、遂に20パーセントの被撃墜率を被り、その犠牲の大きさに、アメリカ陸軍爆撃隊司令部はいったん昼間爆撃を中止せざるを得ない状況にまで追い込まれた。20パーセントの損害が、どれほど酷《むご》いものか実感できるかね？

三〇〇機の編隊で出撃し、六〇機が墜とされる訳だ。Ｂ17一機の搭乗員は一〇名。

つまり、たった一回のミッションで、六〇〇〇人もの若者が死んでゆくのだ。地上のドイツ人も地獄の釜の中に在ったが、その上空では、アメリカ青年たちの地獄が展開されていたわけだ。

然し、マスタングの登場で戦況は一変した。マスタング？　アメリカ陸軍の高性能戦闘機さ。ロールスロイス・スーパーマリン一四七〇馬力エンジンを搭載したノースアメリカンＰ51マスタングは、実戦に配備されるや、最強の戦闘機となった。航続距離が長大な上に二〇〇〇馬力級に匹敵する速力と攻撃力を持ち、かつ運動性能も格段に優れていた。

優秀と言われたドイツ機でさえ、メッサーシュミットＭｅ１０９では、最新鋭のＧ型でも歯が立たなかった。フォッケウルフＦｗ１９０戦闘機は、ユンカース・ユモ一七七〇馬力液冷エンジンに換装した最新型のＤ９でも、精々互角か苦戦を強いられる始末だった。Ｐ51マスタング戦闘機の護衛により、再開されたアメリカ軍昼間爆撃の犠牲は著しく減少し、代わってドイツ機の損害が激増していった。

ヨーロッパ上空での熾烈な航空戦の幕開けとなった一九四三年も暮れようとする一一月、その事件は起きた。

アメリカ第8航空軍の第100爆撃機大隊を含む爆撃機連隊約三〇〇機が、ドイツ北東部の大都市ブレーメンを襲ったその日、初冬の北ドイツ上空は濃密な雲に覆われ、雲量は一〇分の六に達していた。ドイツ空軍は、双発の重戦闘機まで邀撃《ようげき》に投入したが、僅か二〇機程度の迎撃機による反撃は、厚い雲と米軍の護衛戦闘機に阻まれ、戦果は挙がらなかった。B17の損害は、高射砲によるものだけだった。

第100大隊は、ブレーメン上空での対空砲火により、四機が撃墜され、三機が被弾損傷しつつ帰路についた。被弾損傷したB17三機は、危うい飛行を続けながらも、寄り添うように本隊に追いすがっていたが、遂にオランダ上空辺りで遅れ出し、本隊に追いつくことができなくなっていた。燃料の乏しくなった護衛のP51戦闘機隊は、遅れ始めた三機を気遣いつつも、ドイツ国境を越えた上空で、翼を二回大きくバンクさせて帰路の無事を祈ると、爆撃機編隊から離れて行った。

三機のB17は更に遅れ、本隊の姿も見えなくなった頃、迫る夕闇が薄紫に暮れなずむ東の雲間に、四つの黒点が現れた。メッサーシュミットMe109G。送り狼だった。爆撃機編隊がドイツ国境を越え、護衛戦闘機が立ち去るまで、距離をおいて上空に潜《ひそ》み、編隊から落伍した損傷機に止めを刺すのだ。彼らは今、被弾損傷して本隊に追いつけず、徐々に高度を下げながら必死に飛行する三機のB17を見逃してはいなかった。

濃い灰色に黒の斑点迷彩《インクスポット》で塗装された四機のメッサーシュミットは、薄い黒煙を吐きながら危うい飛行を続けるB17三機の射程距離に迫った。

敵機の接近に気づいた三機のB17から、狂ったように防御機銃が射ち出された。が、恐怖に動揺する搭乗員の射撃は的を射ず、銃弾は距離をとって様子を窺っていたメッサーシュミットの機体に届きもしなかった。メッサーシュミットは、乱射される機銃の射程外から品定めをするように、暫く様子を眺めていたが、やがてその一機がダイムラー・ベンツDB605A一四七五馬力液冷エンジンを唸らせると、メッサーシュミット特有の猛烈なダッシュに入った。その目標は、四基のエンジンのうち第二エンジンが停止し、第三エンジンからも黒煙の尾を長く引きずっていた、最もダメージの大きいB17だった。

B17から射ち出されるブローニング12・7ミリ機銃弾の火網を軽く躱《かわ》すと、ドイツ機はプロペラ回転軸に装備された20ミリ機関砲を発射した。

モーゼルMGモーターカノンから連射された低伸《ていしん》する20ミリ弾は、曳光弾の琥珀色の尾を引きながら正確にB17の巨体に吸い込まれてゆく。同時に、オリーブブラウンに塗装されたB17の機体が小刻みに揺れた。と、その直後だった。

破壊力の大きい炸裂弾に、機体は一気に引き裂かれてゆく。主翼の付け根から、紅《ぐ》蓮《れん》の炎が噴き上がった。B17の巨体は震えながら黒煙に包まれたが、次の瞬間、もんどり打つように翻《ひるがえ》ると同時に空中で分解した。翼や胴体、エンジンが、それぞれに異形の断片と化し、あるものは炎を引きずりながら、あるものは残照を受けたジュラルミンの破片を虚ろにきらめかせながら、暮れなずむオランダの海岸線へと落下していった。

別のメッサーシュミットに襲われたもう一機のB17も、同じような運命を辿っていた。破損した翼に、正確な20ミリ機関砲の連射を受けると、B17はこれまで飛行していたのが嘘であったかのように、単なるジュラルミンの塊《かたまり》となって地表への短い最後の旅を始めた。煙も炎も、そしてひとつのパラシュートも見えなかった。機体は、きりもみ状にゆっくり回転しながら落ちていった。

回転しつつ落下する機体の中では、断末魔の叫びが起こっていた。凄まじい遠心力が若い搭乗員たちの身体を胴体の内壁に押しつけ、身動きすらできない。洗濯機の脱水にかけられた状態の衣類のようなものだ。きりもみ状態となった機体からの脱出は、殆んど不可能だった。然も、搭乗員たちの死の恐怖は、彼らが地表に激突するその瞬間まで持続したのだった。

残ったB17に、いよいよ最期の時が迫った。今日、ブレーメンの地上で、また、これまでの数十回に及ぶドイツ本土への爆撃行で、ドイツの地表にハルマゲドンの地獄を現出させた、少なくともそれに加担したことへの報《むく》いが今、下されるのだろう。B

17の搭乗員が想ったのか、それともメッサーシュミットのパイロットがそう想ったか……。メッサーシュミットの一機が、後方から射撃位置に着いた。

と、その時だった。突然、B17の機体から、ゆっくりと車輪《ギア》が降りたのだ。

空気抵抗を受けて、B17の速度が急速に落ちた。相対的に、背後のメッサーシュミットとの距離が縮まる。メッサーシュミットから発砲はなかった。車輪を降ろすということは、「降伏」の意志を示すサインだった。ドイツ人パイロットは躊躇《ちゅうちょ》した。なぜなら照準は、既にB17の急所、つまり主翼の付け根にぴたりと合わせられていた。四機の機体は、その投降機に対し、徐々に距離を詰めながらも、奇妙な沈黙の中で飛行を続けていた。

その時、機体に二重楔《くさび》を描いたメッサーシュミットが、滑るようにB17の機首に近づいた。ドイツ戦闘機の指揮官機だった。ドイツ人パイロットは、風防からB17の操縦席に向け、手信号を送った。

「六時方向に旋回し、我れに続け」

B17はその指示に従い、ゆっくりと旋回を開始した。三機のメッサーシュミットが、B17の機体の周辺を取り囲み、常に射撃が可能な距離を保ちながら、ふたたびドイツ国境上空に入った。やがてB17は、敵機に囲まれながらドイツ国境付近の緊急着陸用飛行場に着陸する態勢を取った。巨大な機体が、薄い煙を吐きながらゆっくりと下降してゆく。すべてのフラップが下がった。滑走路が近づく。

その時……

あまりにも突然のことだった。B17の胴体上部の旋回銃塔《ターレットリング》が急速旋回し、B17の機首付近に並行して飛行していたメッサーシュミットの操縦席に向けて火を噴いたのだ。ブローニング12・7ミリ機銃二門の至近距離からの射撃を受けたメッサーシュミットのコックピットは、数十発の銃弾を一気に受けるや、血しぶきとともに粉々に砕け散り、機体はもんどり打って背面飛行となったまま地上に激突した。

一瞬、凍りついたような間《ま》をおいて、その射撃に呼応したかのように、下部旋回銃塔のブローニング連装機銃と尾部銃座からも銃撃が始まったのだ。狂ったかのような乱射だった。爆撃機の着陸態勢を見守り、一瞬の隙《すき》を見せていた二機のメッサーシュミットは、完全に不意を衝《つ》かれた。被弾した二機は瞬《また》く間に火焔に包まれ、滑走路に激突した。叫ぶ間もないほどの惨劇だった。

B17は、一気にスロットルを全開して上空へと蹴上《けあ》がり、大きく旋回すると西の空に向けて遁走《とんそう》を始めた。B17を取り囲んでいた四機のドイツ機のうち、一瞬にして僚機三機を喪失した最後の一機は急上昇し、B17に追いすがろうとした。20ミリ・モーターカノンの短い一連射が、B17の尾部に射ち込まれた。が、このメッサーシュミットのエンジンカバーから、突然どす黒いオイルが噴き出した。既に被弾していたのだ。

もう限界だった。彼は追撃を断念すると、地上から三つの炎が上がる飛行場に向け、悲鳴のような不整音を上げるダイムラー・ベンツDB605エンジンをコントロールしながら、よろめくように降下していった。然し若いドイツ人パイロットの網膜には、そのB17の垂直尾翼に描かれていた白い正方形と黒地に白いXの大隊エンブレムが焼きついていた筈だ。

「白い正方形に、黒地に白いXの部隊記章」……アメリカ第100爆撃大隊の悲劇が始まったのは、それからだった。

三

「七か月後だった。〝血まみれ第100大隊〟の噂が流れはじめた」

バーンスタインは、ふと息をついた。

「一九四四年の六月半ば頃、アメリカ第8戦略爆撃航空団の搭乗員《クルー》の間で、第100爆撃大隊が全滅したという噂が流れた。たった一日で、一〇〇機以上のB17が消失し、第100大隊はこの世から忽然《こつぜん》と姿を消したと。生存者はいない、皆殺しだったとも伝えられた。

そこで第100大隊は呪われていたとか、指揮官が突然発狂して大隊をミスリードし、アイスランドまで飛んで行ったとか。極端な噂としては、第100大隊は、ナチが開発した円盤型の秘密兵器によって一瞬で全滅させられた、これからその新兵器でアメリカ爆撃隊は皆殺しになるだろうなどの尾ひれが付き、この噂は米軍の搭乗員たちをパニックに陥れた。

隊員たちは、寄ると触るとこの話を持ち出し、遂に〝血まみれ第100大隊〟の悲劇として噂は広まった。若い搭乗員の中には、出撃を拒否する者やノイローゼになる者もいた。

事態を重視した司令部は、第100大隊は解隊され、残存兵と機材はシシリーに移動したと発表した。だが、呪われた第100大隊の全滅という噂は、悪夢に取り憑《つ》かれたかのように隊員たちの間に沈殿し、決して消えることはなかった」

「真相は、ドイツ軍が例のオランダの事件の報復《ほうふく》として、何がなんでもその白い正方形に、黒地に白いXが描かれた第100大隊を見つけ出し、徹底的に墜とし捲《まく》って全滅させたと、そういうことか」

私は勝手に結論を導き出すと、バーンスタインに訊いた。バーンスタインは、私の眼を見なかった。虚空を見ながら、おぞましい火傷痕《やけどあと》の残る首を横に振った。

「確かに一九四四年六月、第100爆撃大隊は連隊を組んで飛んだ。そして三〇〇機の内、約一四〇機が撃墜され、第100大隊は、一日でこの世から消滅した。これは事実だ」

「凄まじい話だな。それにしても、大隊の全搭乗員にしてみたら、オランダの一件は、迷惑な事件だったろうな。第100大隊は必ずドイツ機に狙われる……」

私は、ジッポのライターでラッキーストライクに火を点けながら言った。

「そのとおり。それでなくとも爆撃機隊員は常に死と隣り合わせなのに、とんでもない恨みを買ってしまった訳だからな。だがね……」

バーンスタインは、ひと息ついた。彼は、横目で私を見る。話はまだ終わっていないと、その眼は語っていた。

「この話は、どこかおかしいとは思わんかね」

私とバーンスタインの間に、紫煙が立ち昇る。

「あんたにはな、ペッパーさん。当時の状況は理解できんじゃろうがね」

バーンスタインの眼が、一瞬笑ったようにも見えた。

「一九四四年六月はじめ、つまりノルマンディーで連合軍が欧州大陸に上陸した時じゃよ。この頃と言えば、連合軍による空爆も拡大し、ドイツ軍のダメージはもはや半端なものじゃなかった。東からは、ソ連軍が大攻勢をかけておったしな。ドイツ軍は、陸上でも空の上でも、もはや勝てる見込みどころか、生き残る見込みもない絶望的な戦いを強《し》いられておったのじゃ。わかるかね。そんな状態で本当にB17一個大隊、一〇〇機以上の大型爆撃機を、僅か一日で全滅させちまうなんて、有り得ると思うかね」

バーンスタインの灰色がかった青い眼に、ふたたび小さな光が射す。何が言いたい？

「さっきも言ったようにな、アメリカ爆撃機隊二、三〇〇機の空襲に対して、迎撃に上がるドイツ戦闘機の数は、多くて五〇機、いや、あの頃は精々一〇機か二〇機。そんな程度じゃった。然もその一年前と比較しても、ドイツ・パイロットのレベルはかなり落ちていた。練度の高いベテランなど、とっくに死に絶えていたからな。更に爆撃機隊には、P51マスタングや、P47サンダーボルトといった最新鋭機が常にドイツ戦闘機の倍以上の数で護衛に付いていた。どうしてドイツ機が、一〇〇機ものB17を一挙に墜とすことができるというのかね？」

倦怠《けんたい》なジャズ・ヴォーカルが聴こえる。誰だろう。アニタ・オデイか。擦りきれたレコードだ。気が滅入るぜ……。相変わらず、今日はすっきりしない一日だ。

「つまり、話や噂どおりのことは、あり得ないのじゃよ。どんなにドイツ空軍が強力であろうと、また彼らがどんなに復讐の念に燃えていようともな」

「ということは、通常ではない
何かが起こった……。封印された理由は、そこにあるとでも？」

バーンスタインの口元が歪んだ。薄く、苦《にが》く笑ったようにも見えた。

「バーンスタインさん。あんたは当時、その場に居たな？　そして、何かを見た……」

記者の嗅覚が走った。手の中で意味もなくジッポが廻る。何かネタを掴んだ時の癖だった。戸外の冷気を吸い込んだかのように、その金属の冷えた感触が掌《たなごころ》を通して伝わってくる。老人は眼を上げると、暫く俺を見ていた。それから、静かに頷《うなず》いた。

「そのとおりだよ。このことは、誰も信じやしないがね」

彼は、ふと溜息をついた。

「わしは、血まみれ第１００大隊の生き残りじゃ。僅か数人のな。そして、一九四四年の六月に、とんでもないものを見てしまった。いや、体験させられたと言っていい。だが、軍の上層部は、このとても信じられない話を封印しちまった。いや、抹殺《まっさつ》だ。通常では、有り得ないこと、あってはならないことだったからな。わしらの常識では……」

バーンスタインの口元が、ふたたび笑ったように見えた。いや、歪《ゆが》んだのだ。

「地獄だったよ」

その眼が、虚空を泳いだ。

第一章　召　還

一

一九四四年四月　ロシア戦線　ボブルイスク西方森林地帯　午前七時三〇分

密度の濃い乳白色の霧が、前方の視界を遮《さえぎ》っている。

先ほどまで吹き捲《ま》っていた強風は、いつしか止んでいた。三〇〇メートル先の凍えた森も、今は静寂の中に眠っているようだった。だが、静寂も眠りも、ここでは偽りの姿に過ぎない。大気は微《かす》かに震えていた。三年間に及ぶ東部戦線での死闘を通して身体が覚えた知覚は、濛気《もうき》の僅かなゆらめきと大地の小刻みな震動すらも、新たな危機の接近であることを瞬時に嗅ぎ取っていたのだ。やがてその迫り来る危機は、泥と化した雪を掻き裂く重いキャタピラの音となって、より明瞭に認識されてゆく。

ドイツ陸軍少尉ヘルムート・シュタイナーは、塹壕《ざんごう》の縁に上体を預けたまま、キャタピラの進路に向けて小型双眼鏡を覗《のぞ》いた。それから左肩越しに後方を振り返る。そこに、前方を見据えるハインリヒ・ウェーバー伍長の緊張した眼があった。

シュタイナーは灰色の手袋の指を二本立て、その手の平を危機の迫る方角に向けて二度、手刀を切るように振り下ろした。ひと言も発しなかった。ハインリヒの緊張した眼が、少し笑う。そして小さく頷《うなず》いた。彼の蒼く澄んだ眼が、ふたたびその方向を凝視した。白布と小枝でカムフラージュされたクルップ製口径5センチ対戦車砲38型《PAK》の砲身が、正確にシュタイナーの視線の先に向けられている。

「ハインツ。あのキャタピラ音は、KV《カーヴェ》だ。5センチ砲では難しいぞ」

シュタイナーが、初めて言葉を発した。

「充分に引きつけて撃つしかない。砲身基部の急所を一発で射ち抜くんだ。随伴歩兵にも気をつけろ」

四人の若い砲兵たちは、こくりと頷く。そして生唾を呑んだ。皆、まだ表情にあどけなさの残る少年兵だ。

「せめて7・5センチ砲にしてほしいですね、少尉。今どき5センチ砲じゃ、ロシアの重戦車は撃ち抜けない。ライフリングも、もう擦り切れてるし」

ハインツが、白い息を吐きながら言った。

「7・5センチがここに届く頃には、ソヴィエト《イワン》軍の戦車がベルリンまで行っちまってるさ。俺たちはこの5センチ砲で、なにがなんでも生き抜くんだ、絶対にな……」

シュタイナーは、口の端に笑みを浮かべながら、グロスフスMG42重機関銃を塹壕に据え、射撃姿勢に構えた若い兵を見た。彼らもまだ一〇代の少年だった。対ソ戦が開始されて三年。もはやどこの戦線を探しても、この5センチ対戦車砲を使っている部隊などありはしない。7・5センチ砲ですら、今では敵の重装甲をぶち抜くのは難しい。

既に姿勢を低く改良された8・8センチ砲が配備されている部隊もある。シュタイナーは、彼の背後に、この状況に自分を追い込む巨大な悪意を感じていた。それは戦争というよりも政治的意図であり、その原因が自分に在ることも。故《ゆえ》にすべて、自分は甘んじて受け容《い》れようと決めていた。然し、部下の少年兵たちに責任はない。彼らを死なせてはならない。そのためにも自分は常に彼らの盾となって、今を生き抜かねばならないとシュタイナーは思った。

寒気で手が悴《かじか》む。早く来い……。四月も下旬だというのに、ポーランド国境に近いこのロシアの大地は、未だ雪に埋もれていた。世界は春を忘れちまったのか……。

キャタピラの音が徐々に迫る。音はひとつ。だが、その後ろにもうひとつ……。シュタイナーは、耳だけでなく大気の震え、大地の振動から、差し迫る危険を知覚してゆく。

敵戦車は二輌。あまりにも聞き慣れた不快な音。重苦しいキャタピラとディーゼル・エンジンの駆動音が、深い森の奥からはっきりと聞こえた。濃い霧の中、針のように佇《たたず》む木立の間に、何かが動いた。彼はゆっくりと片手を上げる。

クリームスープの霧の中から突き出るように、まず長い砲身が現《あらわ》れた。続いて灰色の大きな影。鈍重に動く巨大な生き物の影が、霧のカーテンを引き裂く。

ソヴィエト・ロシア陸軍KV1型重戦車。その巨大な車体が、幅広のキャタピラから雪混じりの泥を跳ね上げながら、眼前に姿を現した。濃い緑色の車体には、白色のペンキが乱雑に塗りたくられていたが、それすら泥に覆われ、迷彩塗装の効果など成してはいない。

距離200メートル。警戒速度で前進してくる。後続のもう一輌は、まだ見えない。KV1の巨大な砲塔がゆっくりと旋回し、周囲を窺う。砲塔旋回モーターの不気味な唸りがここまで聞こえる。だが、こちらの位置にはまだ気づいてはいない。

「射撃用意！　砲身基部を狙え」

敵戦車の動きに合わせ、照準が徐々に微調整されてゆく。

「少尉、距離100メートル！」

ハインツの、押さえながらも緊張した声が聞こえた。乳白色の霧の中から、後続する敵戦車の姿が現れた。T34中戦車。

「まだだ。もっと引きつけろ」

ＫＶ１重戦車の巨獣のような車体が、急速に盛り上がる。

「距離60！」

「まだだ」

「距離30！」

ハインツの声が引きつる。

「20、少尉……」

ハインツの懇願するような眼が、シュタイナーを見た。ＫＶの巨体が眼前に膨《ふく》れあがる。

「撃《て》っ」

シュタイナーの右手が振り下ろされた。耳をつんざく轟音。直後に鋭い金属音が挙がり、眩《まばゆ》い閃光がひと筋、重戦車の砲塔基部を斜めに擦《かす》めたように見えた。強い衝撃とともに、一瞬泥の混じった周辺の雪が浮き、灰色の硝煙が前方に膨らんだ。視界が奪われる。

ＫＶ１の鋼鉄の車体は、そのまま3、4メートルほど前進すると、泥と化した雪を割り裂き、跳ね上げながら、つんのめるように停止した。すかさずシュタイナーが大声で叫ぶ。

「弾《はじ》かれたっ。次弾装填。連続射撃、急げっ」

停止したＫＶ１の車体後部に跨乗《こじょう》していた五、六人のロシア兵が、戦車砲を受けた衝撃と、急停止の反動で転げ落ちた。

それが合図であったかのように、ＭＧ42機関銃の射撃が開始された。銃口が琥珀色の火焔を吐き、乾いた射撃音が泥状の雪原に響き渡る。こぼれ落ちたロシア兵たちは、反撃の体勢をとる前に射線に捕捉され、機銃弾に舐《な》め尽されてゆく。ＭＧの最初の洗礼を辛うじてかわしたロシア兵の影のいくつかが、後方の森に向かって駆け出した。まず彼らは、乳白色の霧が身を隠してくれると信じたのかもしれない。

だが、ＭＧの掃射は途切れることなく、オレンジ色の破線状の弧を描きながら濁った大気の内側に吸い込まれ、霧のカーテンという掩蔽物《えんぺいぶつ》にすがろうとしたロシア兵の影を尽《ことごと》く射ち貫《ぬ》いてゆくのだった。彼らの悲鳴は聞こえなかった。

５センチ砲の一撃を、その重厚な鋼鉄で弾き返したＫＶ１重戦車は、いったん停止した後、何事もなかったかのように砲塔旋回モーターの低い唸り音を挙げると、７・62センチの砲身をゆっくりと左旋回させた。今しがた射撃を受けたドイツ軍の火砲を探し出そうとしている。

だが、戦車内の狭い視察孔から地面に巧妙に伏せられた対戦車砲を発見するのは、極めて難しい。ましてやＫＶ１は、こちらが戦車なのか対戦車砲なのか、未だ判断しかねている様子だった。然し遂にＫＶ１の射撃手は、雪と泥の間に目標を発見した。左に振れ過ぎていたＫＶの７・62センチ砲が、ほんの少し戻り、静止する。照準が合う。

「次弾、撃て！」

シュタイナーの号令と、ＫＶ１の７・62センチ戦車砲が吼《ほ》えるのとは同時だった。５センチ対戦車砲が火を噴く。ＫＶ１の放った戦車砲弾は、黒みがかった砲煙の中を、シュタイナーの頭上30センチを掠め、後方に突き進んだ。

砲弾は５センチ砲の薄い防盾《ぼうじゅん》を翳《かじ》り、オレンジ色の火花とともに鉄板の破片を跳ばすと、２００メートル後方の林の中に、巨大な泥の柱を噴き上げた。飛散した鉄片を受けて誰かが倒れてゆくのを、シュタイナーは眼の端に見た。

ＫＶ１の発射した砲弾は、対戦車用の徹甲弾《てっこうだん》だった。もしも榴弾《りゅうだん》であったなら、シュタイナーたちドイツ兵は、全員即死していただろう。と、ほぼ同時にＫＶ１の砲塔に衝撃が走った。車体は大きく縦に揺れた。ＫＶ１の砲塔基部に次弾が命中したのだ。

初弾より僅か５センチほど下の砲塔基部に命中したその弾丸は、曲面部で直下に跳弾《ちょうだん》すると、前面装甲に比べて薄い車体上面の鋼板を貫いた。５センチ徹甲弾が、ＫＶ１の操縦兵の身体を縦に引き裂き、起動装置内で破裂した。

ＫＶ１は、突然しゅうしゅうと湯が煮立つような音を立てて静止した。だが、撃破を確認している余裕はない！　もう一輌、この陰に居るはずだ。

「一時方向、Ｔ34！　右に移動だ」

シュタイナーが叫んだ直後、煙を上げるＫＶ１の陰から、灰色の鉄の塊が眼前にぬっと突き出る。ソヴィエト・ロシア陸軍Ｔ34中戦車は、凄まじい勢いで雪を跳ね上げながら、ＫＶ１の後方40メートルの地点でのっぺりとしたその横腹を見せ、全速で東に迂回しようと試みていた。ドイツ軍の薄い防御ラインを、東側、つまり右翼から突破し、側面から攻撃を仕掛けようというのか。だが、随伴歩兵の姿は見えない。灰色の砲塔が、こちらに向かって旋回した。

「ハインツ、距離40、偏差射撃2メートル！　横腹を狙え」

5センチ砲の砲口が右に動き、Ｔ34を追う。敵戦車は、なおも移動しながら砲塔を旋回させ、7・62センチ砲の照準をこちらに合わせようとしていた。

ハインツの5センチ砲が火を噴く。

5センチ徹甲弾は、オレンジ色の帯を一瞬残像させながら、まっすぐにＴ34中戦車のやや前方に飛んだ。と同時に、前進を続けるＴ34の灰色に濁った車体が、弾道と交差した。

5センチ徹甲弾が鋼鉄の横腹に突き刺さる。鈍《にぶ》い金属音が響いた。Ｔ34は、そのまま慣性で4、5メートルほど直進すると、突然、前のめりに停止した。薄い黒煙が上がる。

「もう一発、止めをぶち込めっ」

シュタイナーが叫んだ。その時、T34の砲塔上部の大型ハッチが開き、中から戦車兵が身を乗り出した。男の上半身に灰色がかった煙が燻《くすぶ》る。その戦車兵は、砲塔上で一瞬もがくように見えたが、そのまま動かなくなった。あまりの冷気の中で炎は見えなかったが、彼の身体は焼け焦げ、半身を乗り出した状態のままで固まり、死んでいった。

T34は車内から発火していた。次弾が止めを刺すように、ふたたびT34の横腹に命中した次の瞬間、車内から閃光が上がった。巨大な鋳造製砲塔が、轟音とともに数メートル浮き上がった。車内に搭載された戦車砲弾が誘爆したのだろう。一瞬、宙に舞うかに見えた砲塔は、車体から3、4メートル離れた場所に、凄まじい響きを立てて落下した。

シュタイナーが、思わず首をすくめる。その耳元を銃弾が掠めた。随伴歩兵の突撃だった。彼らは二輌の戦車を失ったが、戻ることは許されていない。ただ突撃あるのみだった。

このやり口は、三年前から変わっていない。最前線に並ばされるロシア兵は、ソヴィエト共産党にとって最も安価な兵器であり、人間ではなかった。だがそれでも、彼ら哀れなロシア兵に対する情けは無用だ。ここは、極寒の地獄なのだ。

「ウラァ！」

ロシア兵の強襲が開始された。シュタイナーは、左手に握っていたシュマイッサーMP40自動小銃を素早く持ち換える。その直後、黒い影が眼前に迫った。叫び声とともに、白い防寒服に身を固めたロシア兵が、シュタイナーに襲いかかった。距離5メートル。咄嗟《とっさ》に彼は、シュマイッサーの引き金を引いた。

弾丸《たま》が出ない！　弾倉詰まり《つっこみ》だ。潤滑油《グリース》が凍りついたのか、原因を考える間《ま》はない。腰の拳銃を抜く余裕もない。

シュタイナーは、銃剣を構えて突進して来たロシア兵の顔面めがけ、シュマイッサーを横殴りにぶつけた。鈍い衝撃とともに、屈強のロシア兵の顔がひしゃげた。大男は仁王立ちとなったまま静止した。が、まだ倒れない。更にもう一撃、今度は縦にシュマイッサーを振り下ろした。ヘルメットの奥で、頭蓋が砕ける音が響いた。

ここでの戦闘には、慈悲も容赦も、ましてや恩情も無い。ただ生き抜くために戦う。続くロシア兵の影がシュタイナーに躍りかかった。銃剣が突き出される。間に合わない！

その瞬間。ロシア兵の身体にずぶずぶと機銃弾が撃ち込まれた。全身に穴をあけられた敵兵は、灰色の硝煙の中に朱色の血しぶきを上げ、泥で混濁した雪原に仰向けに転倒した。シュタイナーの背後からハインツ伍長が、鹵獲《ろかく》したロシア製バラライカ短機関銃を撃ち込んだのだ。仰向けに倒れ、鮮血を噴き上げているそのロシア兵もまた、まだ二〇歳に満たない少年だった。

顔を上げると、雪原には、一〇〇以上のロシア兵の影があった。彼らは泥を蹴立て、やみくもに突進を続ける。その距離は、ロシア兵の吐息や喘《あえ》ぎ声までも聞こえそうなほどに接近している。だが同時にこの距離は、何挺か配置されているMG42機関銃による無情な射界の中に在った。

MGの乾いた射撃音は、ロシア兵の突撃開始以来、途絶えなかった。ロシア兵の影は次々と射線に捉えられ、そして視界から消えてゆく。彼らの死を賭けた突撃は、塹壕に身を隠したドイツ兵による機銃掃射で壊滅していた。彼らの死は殆ど、否、まったく意味を成していないのではないか？

残存するロシア兵は、ある者は転がり、ある者は未だこちらに向かって突撃を敢行しようとしていた。然し掩蔽物のない雪原で、それはただ死に向かう突撃となるだけだ。MGの射線は、波のようにうねりながら、残りの影をひとつひとつ捕捉してゆく。掃射に包み込まれた影たちは、声も上げずに泥と化した雪原の中に倒れ込んでいった。

兵士たちは沈黙の中で、突然訪れた死を受け入れてゆく。この冷気は、悲鳴や絶叫すらも呑み込んでしまうのかもしれない。

やがて雪原上に動く影は、ひとつもなくなっていた。MGの乾いた射撃音の最後の一連射が終わる。殺戮《さつりく》には、あまりにも似つかわしくない乾いた銃声が、背後の森林に響き渡り、やがて木霊《こだま》となった音のうねりは徐々に小さくなりながら、深い森の中へと吸い込まれていった。奇妙な静寂が戻った。泥と雪の入り混じった辺り一面の原野に、一〇〇を超えるロシア兵の死骸が散らばっている。一陣の風が、骸《むくろ》の上を吹き渡っていった。

古参の擲弾兵《てきだんへい》曹長が、薄い煙を上げているKV1重戦車の砲塔によじ登る。彼は、鋼鉄製の重いハッチを開けると、なんの躊躇《ちゅうちょ》もなく棒型手榴弾を投げ込んだ。手榴弾が鉄板の床を転がる音が不気味に響く。その瞬間、このKV1は鋼鉄の棺桶となった。

曹長が斜めに傾《かし》いだ重戦車の車体から飛び降りた時、籠《こも》った爆発音が腹の底に響き渡った。同時に悲鳴が聞こえたような気がした。轟音や破裂音に麻痺《まひ》した耳の幻聴か。それにも馴れてしまってはいたが……。

シュタイナーは、胸のポケットをまさぐり、煙草を取り出すと、潰れかかったその箱から、折れ曲がった一本をひねり出し、口の端にくわえた。雪の森に、ふたたび静寂が戻る。KV1型重戦車の燃える音だけが、しじまの中に聞こえていた。兵士の絶叫が耳に残る。

「ダンケ《ありがとう》、ハインツ」

シュタイナーは振り向くと、ハインツ伍長に声をかけた。ハインツは、煤《すす》けた顔にぎこちない笑みを浮かべた。つい今しがた、自分の銃でロシア兵を殺したことへの緊張感で、その表情には強張《こわば》りが残っていた。

「威力偵察か。近々大きな攻勢がありそうだな。それにしても、あのT34は素人《シロウト》だ。T34《あいつ》は、走りながらじゃ射撃はできない。然も横腹を見せていた」

シュタイナーは、煙草を口の端にくわえながら呟くように言った。

「みんな無事か？」

「全員、生きてます。ケスラーが負傷。傷は軽いです」

ハインツが答えた。

「本隊に戻し、手当てをしてやれ。ハインツ、これで何輛撃破した？」

「少尉。もう数えるのは、やめにするって言ったじゃないですか。これで、六〇と六一輛目です。装甲車は、七台。戦車兵なら、騎士十字章《リッタークロイツ》ものですね」

「なんだ、勘定してるじゃねえか……ハインツ。だがな、いつもこうだとは限らんぞ。生きているだけでも有難いと思え。敵は今の戦闘で我々の配置を確認した。また、移動だな」

そしてシュタイナーは、ハインツの顔を見て笑った。

「それにしても、お前。あんなブリキの勲章が欲しかったのか？」

「いいえ、少尉。戦車兵ならともかく、我々砲兵が鉄十字章《アイゼンクロイツ》もらえる訳ないし、欲しくもない。私はそれより、休暇が欲しいですね」

「ハインツ。それこそ無理な注文ってやつだ」

シュタイナーは、戦闘帽の脇から金髪の巻き毛がなびく、まだ少年のような顔つきのハインツ伍長に笑ってみせた。だが、気分は暗かった。昨年8月の「クルスク戦」失敗以降、後退戦のさなかに自分の元に配属されて半年、ハインツは既に新米兵を指導できるまでの一人前の兵士に成長した。だが、この青年もいつまで生き延びられるのか。ここは、ドイツ人が死に絶えるまで続く地獄なのだ。

二

後方から、キャタピラの音が聞こえた。小さな車輌のようだ。

陣地の移動作業を始めたシュタイナーたちは手を休め、後方の森を見やった。一台のケッテンクラートが森の中の細い小道を、雪と泥を掻き分けながら進んできた。運転席部分がオートバイ、車体後部がキャタピラを装備した荷台となっている小型弾薬運搬車輌だ。泥濘《ぬかるみ》となった雪に、難儀している様子だった。頻繁にエンジンを噴かしている。

「シュタイナー少尉！」

声が届く距離となった時、操縦手が大声で叫んだ。通信兵のペートゲンだ。ヘルメットも被らず、耳から後頭部までを覆う毛糸の防寒帽の上から、つば付きの戦闘帽を被っている。

「シュタイナー少尉、朗報ですよ！」

ふたたび彼は叫んだ。ケッテンクラートはもう間近まで来ていたが、キャタピラの騒音で、声はなかなか聞こえない。ペートゲンは陣地に到着するや、やかましいエンジンを停止させた。不意に静けさが戻った。遠くで砲声は聞こえていたが。ペートゲンは周囲を見回し、5センチ砲弾を喰らって撃破されたKV1重戦車と、砲塔が吹き飛ばされて燻りの黒煙を上げるT34中戦車を見て口笛を鳴らした。戦闘の緊張感などまるで無い。

「少尉、生きていて良かった。いい報《しら》せですよ。休暇命令です」

ペートゲンは操縦席から降りるとマフラーを外し、ふうっと白い息を吐いた。それから腰の革カバンの蓋《ふた》を開け、中から一通の書類を取り出した。

シュタイナーは黙ったまま、ふたたび片手で胸のポケットをまさぐり、潰れた煙草を取り出す。残り少ないマッチを両手で包み込むようにして、小さな火を点けた。ここでは何もかもが欠乏している。それから彼は、おもむろにペートゲンの差し出した書類を手に取ると、暫くの間その一枚の紙片に眼を落としていたが、やがて少し上を向き、ふっと白濁した煙を吐き出した。煙は、未だ冬の名残《なご》りを留めて重く鉛色に垂れ込めた空に向かってゆっくり流れ、やがて溶け込んでいった。

「ハインツ、なんだか妙だぞ」

紫煙を吐きながら、彼の脇で怪訝《けげん》そうに見つめるハインツ伍長に、その命令書を手渡した。紙片が風に煽《あお》られる。

「よろしいんですか？」

伍長が不安げにシュタイナーの眼を見ながら、その紙片を受け取った。

「お前の名前も入っている。だが、……奇妙だ」

ペートゲンが口を挟んだ。

「休暇命令書です。然も二か月間の。少尉と、ハインツ伍長のふたり同時にですよ。今日の戦闘で死んでしまってたら、元も子もありませんでしたね」

ペートゲンの無神経な言葉には応えず、シュタイナーはハインツに言った。

「ハインツ、これは休暇なんかじゃないぞ。出頭先まで書かれている」

ハインツ伍長も紙面から顔を上げた。

「確かに、フランクフルトの本土航空隊第9防空司令部と書かれてますね。それに、この書類は許可証じゃなく、特別休暇命令となってる。休暇だったら、出頭先なんかない筈だ。しかも……出頭先は、空軍じゃないですか」

「だから、奇妙だと言ったんだ」

煙草をくわえながら、シュタイナーはなげやりに言った。それに対し、ハインツは無邪気に応える。

「私たちは空軍に転属でしょうか」

だが、シュタイナーは表情も変えずに言った。

「俺は飛行機は嫌いだ。乗りたくもない」

ペートゲンが、また口を挟んだ。

「いいじゃないですか。休暇に変わりはない。とりあえず、戦争しなくって済むんですよ。二か月間もね」

シュタイナーは、ペートゲンの饒舌《じょうぜつ》にうんざりしたように煙を吐き出した。それからハインツに眼をやり、意を決したように言った。

「ハインツ、お前の無理な注文が通じたのかもな。とにかく四月二五日までに、ここからフランクフルトまで行かなきゃならんということだ。あと、五日しかない。すぐに出発せねばならんな」

「少尉、大丈夫でしょうか。所属違いの命令書なんて……」

「サインを見てみろ。フォン・オッペルン・プロニコフスキー大佐。連隊長のサインだ」

「えっ、プロニコフスキー大佐って、馬術でベルリン・オリンピックに出た？」

「そうだ、俺の……」

シュタイナーはそこで言葉を切った。もう、それ以上は言わなかった。それから、ふたたび書類に眼を落とす。

「出頭先が空軍《ルフトヴァッフェ》だろうが海軍《マリーネ》だろうが、連隊長の署名がある限り問題はなかろう。ただ……」

周囲に眼をやる。若い歩兵たちが、5センチ対戦車砲の移動準備をしている。この戦区に来て、まだ二か月程度の新兵たちだ。今後の指揮は、ベテランのシュルツ准尉に任せるとしても、彼らは大丈夫なのだろうか。二か月もの間、この薄皮一枚で辛うじて防御しているこの戦区が、このまま安泰であろうとはとても思えなかった。

「なぜ、俺とハインツがこの時期に、ましてや空軍の司令部に呼ばれたのか？」

疑問は、シュタイナーの脳裏から離れなかった。敵は、必ず近いうちに大攻勢を仕掛けてくるだろう。この戦区のロシア軍は二線級の兵装だから、我々もとうに威力の低下している5センチ程度の対戦車砲でも、なんとか凌《しの》いでこられた。

だが敵は、今日のKVやT34などよりも遥かに優秀で強力な火力と重装甲を持つ戦車を大量に実戦配備し始めている。8・5センチ高射砲を対戦車砲としてT34の車体に装備したT34—85型も既に各戦線で猛威を振るっているが、JSⅡ《2》、ドイツ軍からの仇名《あだな》を「スターリン」とか「怪物《モンスツルム》」とも名付けられた12・2センチ砲装備のとんでもない重戦車までが出現したとも聞く。Ⅴ《5》号戦車「パンター」の長砲身7・5センチ戦車砲でさえ、撃破できないらしい。

ましてや現在の戦力比は、わが軍の戦車1に対し、ソヴィエト軍の20から30。歩兵に至っては、一〇〇倍の差がある。いかにドイツの戦車兵や砲兵が優秀だとしても、三〇倍の戦力比では勝つことなどできない。ましてや、この戦区にはもはや一輌の戦車もなく、予備兵力どころか練度の低い少年兵の補充によって、辛うじて戦線を支えているのが実情だ。弾薬、燃料はもちろん、医薬品までが欠乏して久しい。

まともな戦力にはならない5センチ対戦車砲が僅か二門と数挺の機関銃しか持たないこの小隊は、明日以降どうなるのか。定数割れして半数しかいない三五名の、然も戦闘経験の乏しい若い兵士たちのことを考えると、シュタイナーの気分は重苦しかった。

まだ子供のような兵士たちを残して二か月もの間、自分が戦線を離れるということは、少年兵たちは祖国から死ねと宣告されたに等しい。祖国ドイツ、いや、ナチス第三帝国は、兵士たちのみならず国民を見棄てようとしている。シュタイナーは、この戦争だけでなく、この国家自体の悪意と残忍性をあらためて感じていた。もう、とうに身をもって知っていたことではあったが。

それにしても、おかしい。この奇妙な特別休暇命令の裏には、いったい何がある？　シュタイナーは、脳裡で訝《いぶか》る。が、心当たりも答えも見つかる筈はなかった。煙草は極端に短くなり、唇が熱くなっていた。青白い煙を吐きながら、やや暗い面持ちで吸殻を雪の混じる泥の中に棄てたシュタイナーに向かい、ペートゲンが呑気に言った。

「少尉、早いところケッテンに乗ってください。また、ソヴィエト軍の攻撃が始まる前に、ここをずらかりましょうや」

少年兵たちが、不安げに顔を上げた。

第二章　疑惑

一

一九四四年四月　ノルウェー　トロンヘイム　午後三時

「ストロハイム。高度を下げよう」

下降を始めたジュラルミンの長い翼が、厚く濁った大気の層をナイフのように切り裂いてゆく。翼端に気流の帯が幾筋も現れ、後方に流れる。濃い灰色の雲間から、重い鉛色に濁った海面が遥か下方に見え隠れする。ノルウェー海は、果てしなく続く鈍《にび》色《いろ》の世界だった。

この暗く重い北の海が、世界の果てまで永遠に続くように思える。いや、この世界自体が鉛色をしているのだ。現実に、今の世界は溶けた鉛のようなもの。灼熱に焼けた煉獄《れんごく》。それが、現在の彼の正直な感触だった。

カムフーバーは、何故かその鉛色の海に近づきたい、下降し続けていたいと思う。このまま低く、低く。そうすれば、全てが終わるのではないか。想えばこの一〇年間、自分は何のために、なぜこれほどの熱狂に駆られてきたのか。そして何故、遂にはこの奈落《ならく》まで来てしまったのかを自問する。

特にこの数年間、自分はただひたすら、駆け続けてきたような気がする。あの男の狂気のゆえか、それとも、自分自身の内に秘められ、自身も気づかなかった熱情の故《ゆえ》か。あるいは、得体の知れない何か。時代の力、負と虚無に向かう途轍《とてつ》もなく巨大で冥《くら》い力が、この世界を衝《つ》き動かしている。この鉛色をした灼熱の煉獄も、すべてはその巨大な力に動かされた己の内なる熱狂と陶酔、そして……錯綜と覚醒の結果であるような気がする。

然し、その熱狂と陶酔が、錯綜と覚醒が、遂には何を生み出してしまったか。ドイツ人は、そして我々はその結果、途方もなく大きな負債と罪過を背負ってしまったことか。だが今は、思考することすら煩わしかった。ただ癒《いや》されたかった。やすらぎだけが欲しかった。

「カムフーバー少将、どこまで下げましょうか」

ストロハイム中尉の不安げな声が聞こえた。カムフーバーは我《われ》に返る。高度は、かなり下がっていた。重い鉛色の海面は、接近するにつれて海底に引き摺り込もうとするかのような獰猛《どうもう》な表情を剝《む》き出し、荒れた海面に無数の白波の刃《やいば》を蹴立てていた。

「高度100。降り過ぎたか。いや、これでいい……」

カムフーバーは、操縦桿《そうじゅうかん》を少し立て直しながら、側面の窓から海を眺めた。白い波しぶきが、機体を呑み込む幻影を抱《いだ》きながら。

フォッケウルフFw200Cコンドルは、そのままの高度で三分間飛んだ。暗黄色《ドゥンケルゲルブ》と呼ばれるドイツ空軍の中でも特殊な色で塗装された機体は、この北の海には溶け込まない。この塗装は、敵に発見されにくいカムフラージュとしての機能は殆ど成していない。むしろ撃沈されたり、不時着した友軍の漂流者からの視認性の高さに重点が置かれていた。

この塗装を指示したカムフーバーの狙いは、流氷さえ浮かぶ北部ノルウェー海で遭難したならば、その生命は五分と持たないと言われる極限状況に於いても、遭難者を救助する意図があるのか。コンドルの長い翼に取り付けられた四発のBMWブラモ一二〇〇馬力エンジンが、強い逆風に向かって咆哮《ほうこう》する。圧《の》しかかる大気を、押し分けて進んでいるかのようだ。

もともと、ルフトハンザ・ドイツ航空の大西洋路線用高速旅客機として開発されたコンドルは、大戦前の僅かな期間とはいえ、華やかな時代を経験した。美しいシルエットを持つその機体は「大西洋路線の貴婦人」と謳《うた》われた。故にこの機体の骨格は、当然ながら爆撃機ほどの頑健さは持ち合わせていない。然し彼女は、第二次世界大戦の勃発と同時にドイツ空軍《ルフトヴァッフェ》に接収され、こうして長距離偵察、沿岸哨戒、潜水艦攻撃、輸送船団に対する洋上攻撃などの過激な任務をこなす多用途軍用機として生まれ変わっていた。

事実、この大戦初期にはその長い航続力を買われ、北大西洋に於いて英国から支援物資を満載してソヴィエト・ロシアに向かう大規模輸送船団《コンヴォイ》を、ドイツ潜水艦「Uボート」と連携した波状攻撃によって撃沈し、英国船団に大打撃を与えたこともあった。然し、大西洋上の殆どの制空権が連合軍によって支配されている現在、彼女の活動は、欧州の北の果て、ノルウェー沿岸の一部にまで追い詰められていた。こうしてコンドルは、その華奢《きゃしゃ》ながら美しい機体に四個の50キロ爆弾を抱え、現在も北の海で哨戒任務に就いているのだった。

「敵艦発見！」

突然、ストロハイムが叫んだ。

「三時方向、敵艦です！　少将」

ふたたび興奮した口調で、ストロハイムが言った。カムフーバーは眼を細め、その方向を見やる。そこには確かに鉛色の洋上を、白波に翻弄される木の葉のように喘ぎながら進む一隻の船影が見えた。

「カムフーバー少将。さすがですね。こんなに視界の悪いだだっぴろい海で、敵艦を探し出しちまうんですから。頭の中にも、電探《レーダー》が付いているみたいだ」

ストロハイムが、喜色を浮かべながら言った。同時に操縦桿を右に倒す。

「ストロハイム。あれは漁船じゃないか。やめておこう」

カムフーバーは、ストロハイムの興奮を抑制するかのように、冷静に言った。

「いや、あれは敵艦に間違いありませんぜ。国旗は見えないが、イギリス艦に違いない」

ストロハイムの戦意は旺盛だった。既に機体は標的となった船の上空に達していた。高度は30メートルにまで下がっている。高波に揺れるマストにひっかかるほどの低空高度で、コンドルは船の頭上を掠め飛んだ。船影をやり過ごす一瞬、操縦席のふたりは左窓越しに、その標的を凝視した。武装は……ない。小型貨物船？　甲板に出た乗組員の怯えた表情まで見えた。

「やっぱりジョンブルだ。やっちまいましょう、少将！」

確かに船尾には、ユニオンジャックにも見える青いボロ切れのような小旗が強い風に煽られていた。だが、ノルウェー国旗かもしれない。いや、どちらであるにせよ……。

「やめておこう、ストロハイム」

カムフーバーは、正面に眼を戻しながら呟いた。

「どうしてですか？　ありゃ、間違いなくイギリスの船です。軍艦ではなかったが、貨物船ですぜ」

カムフーバーはほんの少しの間、応えることをしなかった。機首を東に戻す。

「ストロハイム。たぶんノルウェー船だ。武装はなかった。仮にイギリスの貨物船であったとしても、あの小さな船を失ったら乗組員はこの海では生きていられない」

「でも、少将。もしもですよ、あの貨物がロシアまで届き、その物資のためにわが軍が苦労することを考えれば」

カムフーバーは、初めて笑みを見せた。その笑みは、ただ口の端を歪ませただけのものだったが。

「ストロハイム。あの程度の物資のためにわが国が苦戦するようであれば、もう、この国は終わりじゃないのか」

ストロハイムは、驚いたようにカムフーバーの横顔を見た。今の発言は、国家に対する非難ではないか？　だが、その男は静かに正面を見据えたままだ。口元に微かな笑みを浮かべつつも。ストロハイムも正面に眼を戻した。僅か数十メートル下には、荒れ狂う北の海がある。この海に放り出されたら、三分と持ちはしない。

「確かに……そうかもしれませんが」

ストロハイムが、船員のこと、国のことのどちらを納得したのかはわからない。が、カムフーバーの言葉に驚きと不満を抱きつつも、彼は複雑な表情を浮かべながら頷くのだった。フォッケウルフＦｗ２００Ｃコンドルは、ゆっくりと針路を戻すと高度を上げつつ、やがて東の空に、その華奢な暗黄色の機体を溶け込ませていった。

二

コンドルは、ノルウェー中部トロンヘイムの、まだ雪の残る飛行場に着陸姿勢を取った。長く伸びた翼がゆっくりと滑走路に近づき、ふたつの車輪は殆ど音もなく接地する。やがて、その優美な機体は長い車輪跡を残しながら、するすると滑るように凍《い》てついた路面を走り、滑走路の端に停止した。本来九名の乗員が乗り組むこの機体も、ここでは正副ふたりのパイロットだけでの哨戒飛行が行なわれていた。

「くそっ。相変わらずの寒風ですな」

パラシュートを抱えたストロハイムが、思わず身を震わせた。幌付きのキューベルワーゲンが、ふたりに近づく。入れ替わりに滑走路から、二機のメッサーシュミット

Me109戦闘機が滑るように離陸していった。

　泥状に溶けた雪の残る滑走路を離れるや、短いトレッドの主脚を翼内に引き込むと、ふたつの機影は、独特の重い響きを挙げるダイムラー・ベンツのエンジン音を残しながら、低く垂れ込めた雲間へと消えていった。見事な離陸だった。

「今飛んだのは、誰かね」

　キューベルワーゲンの運転席に向かい、カムフーバーは問いかけた。運転席から、ホイットマンが顔を出した。頭には、軍帽ではなく薄茶色の毛糸帽を被っている。長い北国暮らしに、頬はすっかり紅《あか》らみ、リンゴのように膨れあがっている。その頬まで覆《おお》ったマフラーを下げながら、彼は言った。

「エールラー少佐とピンゲル曹長です」

　カムフーバーは、ふたつの機体の消えて行った先を見つめながら、更に訊く。

「緊急出動か？」

「英国《ジョンブル》の偵察機が、ティルピッツの方に向かっているようでさあ。でも、相手はモスキートらしいですから、追い払うことはできても、墜《お》とすのは無理でしょうけど」

　ホイットマンは、他人事《ひとごと》のように言って笑った。世界中を巻き込んでいるこの大戦争から取り残された、この北の果ての戦区では、軍規も緊張感もまったく無きに等しかった。

ここのドイツ第5航空艦隊第5戦闘航空団《ルフトフロッテ5JG5》は、戦闘航空団とは名ばかりの第二線級、いや、三線級部隊だった。その実質戦力は、既に生産終了となったメッサーシュミットMe109のE型が、ここでは未だに現役だった。それとF型が、あわせて僅か一四機。ドイツ本国からすれば、ここの戦線に最新鋭のG型を廻す余力も、また必要性もないのだろう。

激化する連合軍大型爆撃機による連日のドイツ本土空襲に対し、迎撃戦闘機の絶対数が不足するドイツ空軍は、窮余の策として国外占領地の航空隊から、主要な戦闘機とパイロットを本国に召還させ、本土防空に充《あ》たらせていた。そのため、ドイツ国外の空軍戦闘部隊は戦闘力が低下し、もはや骨抜き状態だった。戦線はいつ崩壊してもおかしくない。

然もこの時点で、JG5に於いて即時出撃できる機体は、僅か九機に過ぎない。部品調達もままならない状況で、他の機材から流用する、いわゆる〝とも喰い《カニバル》〟現象が常態化していた。あとは数機の哨戒、偵察機。コンドルは、この機体を含めて二機だった。

彼らの日常は、偵察と哨戒飛行を定期便のように行なうのみ。敵機も、この一か月以上、姿を現していない。最後に見たのも、フィンランドを越えて飛来したソヴィエト・ロシア機による、遥か上空からの偵察飛行だけだった。

それでも、この第5航空艦隊が、ここノルウェーの僻地に置かれている存在意義は唯一、ナチスドイツ栄光の時代の残滓《ざんし》、北部ノルウェーのフィヨルド、トロムセ・ゼーに潜む戦艦ティルピッツを護るためのみにあった。然し、英軍は執拗《しつよう》だ。必ずこの巨大戦艦を沈めるために、あらゆる手段で攻撃して来るだろう。だが、我々はこの貧弱な装備で、どうやってティルピッツを護れというのか？

今、カムフーバーの眼の前を離陸していったエールラー少佐は、この戦区に残された数少ないベテランパイロットだった。撃墜数、実に一八〇機。東部戦線の地獄を生き抜き、二か月前にこの基地に転属となった撃墜王《エース》でもあった。

だがカムフーバーは、エールラーの表情に、冥い翳《かげ》を見ていた。エールラーの端正な顔立ちからは、とても二七歳の青年とは思えない疲労感と、世を捨てた老人のような虚無感が漂っていたのだ。たとえその撃墜数が二〇〇機を超えたとしても、それは彼の生命に活力を与える価値にも栄誉にもならないのではないか。

この非情な戦《いく》さの中で、彼は人生の理想とか尊厳といった、人間としての価値観や理念を、もう何処《いずこ》かへと捨て去ってしまったのだろう。彼もまた、この狂気の時代の犠牲者なのだとカムフーバーは、彼らが飛び去っていった暗い空を見上げながら想うのだった。

然し、カムフーバーはこの時、その七か月後に生起する、英国空軍によるティルピッツ爆撃転覆事件で、責任を問われ、最悪の結末を迎えるエールラーの運命を知るよしもなかった。

今、彼の胸の内に、滑走路を吹き渡る北風よりも冷たい空洞が広がっていた。飛行場の隅に設置された2センチ対空機銃も、迷彩網が被せられたままだ。その上を、凍りついた雪が覆っている。これほどの寒さの僻地に来てまで、何故戦う必要があるのだろうか。

カムフーバーは、もて余す単調な時間の中で、時おり思うのだった。いや、むしろ彼は、ヨーロッパ大陸やアジアの極東で連日、あまりにも多くの人命が失われてゆくこの戦争の当事者でありながら、極北の地で無為な時間を過ごし、生命《いのち》を永らえている自分が不思議でもあった。僅か半年前までの、ドイツ本国に在って死線の最中《さなか》で、一日いち日を生き抜こうと努めた自分が嘘のようにも思える。

ヨーゼフ・カムフーバー。彼こそは、一九四一年に早くも祖国ドイツの防空システムの欠陥を指摘し、オランダ、ベルギーからドイツ本国に至るまでの、レーダーによる防空システムを完成させたドイツ防空戦略開発の第一人者であった。

「カムフーバー・ライン」。ドイツ本国のみならず、連合軍側からもそのように呼称されたレーダーシステムは、当時、最先端技術であった電波探知機を機能的に配置し、大西洋側から侵入する連合軍機を早期発見する迎撃システムとして完成させたものだった。それは、当時のドイツ科学技術の粋を集めたものでもあった。

カムフーバー。一空軍将校であった彼が、このシステムを構築したのだ。然し彼は、その防空方針を巡ってドイツ空軍元帥にして、ナチス・ドイツでアドルフ・ヒトラーに次ぐナンバー2の巨魁、ヘルマン・ゲーリングと対立し、ゲーリングから目の仇《かたき》とされた。そして今、カムフーバーはノルウェー、トロンヘイムの小さな航空団の司令官として、本国から遠ざけられ、この極北の果てで、戦争とは殆ど無縁な日々を送っていた。多くの若者が死にゆくこのときにも……。彼の脳裏に去来するのは、一抹の虚無感だけだった。

「少将。先ほどから、本国よりしきりに電話が入ってましたぜ」

ホイットマンが、運転席のドアに片肘を出し、ぶっきらぼうに言った。伸びきった時間の緩《ゆる》みと戦争から掛け離れた緊張感の欠如が、その言葉のみならず兵士としての風体《ふうてい》にも少なからず影響を与えていた。

「誰からだね？」

車のドアノブに手を掛けながら、彼は訊いた。

「電話交換は、フランクフルトの第９防空司令部とか言ってましたが、相手が誰なのかは名乗りませんでしたよ。誰か、お偉いさんの秘書のようでしたが。声の感じからは、とびっきりの美人のようでしたぜ」

「フランクフルトの第９防空司令部？」

そんな司令部があったか？　カムフーバーは、ホイットマンのつまらない饒舌には応えず、ふと眉をしかめながら助手席に乗った。ストロハイムは、パラシュートを後部座席に投げ込むと、ドアも開けずにその脇に跳び乗った。「ビア樽車《キューベルワーゲン》」と仇名された四人乗り軍用車は、排気管から黒い煙を思い切り噴き上げて発進した。そのエンジン音からも、整備は殆ど行なわれていないように思われた。

大隊本部の掘っ立て小屋のような木造の管制所に入ると、焚《た》かれた薪ストーブの熱気が凍えた顔を包み込む。奥の司令室から、電話の鳴る音が聞こえてきた。ドアを開けると、副官のペルッ大尉が受話器を取っていた。

「はいっ。あっ、たった今、お戻りになりました。……はい。今、電話を代わります」

ペルッは横目でカムフーバーを確認すると、受話器を持ったまま起立した。

「少将、フランクフルトからです」

大尉が受話器を渡す。ホイットマンの言っていた、何度目かの電話なのだろう。しつこい電話である以上、用件は緊急には違いない。が、オスロからではない。それに相手が女性ということは、出撃命令でもなさそうだ。では、何か？　心あたりは無かった。カムフーバーは、電話の先の相手を想像できないまま、渡された受話器を取った。

「カムフーバーだ」

彼はひとことと、そう名乗った。

「カムフーバー少将ですね。ただ今、電話を代わりますので、少しお待ちください」

冷ややかではあったが、澄んだ声が受話器の向こうから聞こえた。確かに、とびきりの美女かもしれない。温《あたた》かいというよりも、クールな美人なのだろう。高級幹部の秘書か？　電話をつなぐ音が聞こえる。やがて、

「ようやく、つかまりましたね。ガーランドです」

受話器の向こうから、丁重で静かな声が聞こえた。

ガーランド……？

「アドルフ……ガーランド中将、ですか？」

思いがけない相手に、一瞬、カムフーバーは耳を疑った。

電話の相手は、アドルフ・ガーランド中将。ドイツ空軍戦闘機総監。僅か三二歳で、

ドイツ空軍中将にまで昇りつめた男。然も彼は、ナチかぶれの多い空軍将官たちの中に在って、決してナチ党幹部におもねることなく、アドルフ・ヒトラーに次ぐポストと絶大な権力を振るうドイツ第三帝国空軍元帥ヘルマン・ゲーリングに対しても、平然とものを言う男だった。

ガーランドは一九三六年に勃発したスペイン市民戦争に、ドイツからの義勇軍「コンドル部隊」のパイロットとしてフランコ将軍の元に派遣され、当時、世界最強と謳われたメッサーシュミットＢｆ１０９戦闘機を駆って、ソヴィエト軍に支援された共和国政府軍戦闘機と戦った経験を持つ。

更に第二次世界大戦に入って以降も空戦を重ね、実に九〇機以上の敵機を撃墜していた。そして、戦闘機総監という立場にある現在でも、時おり出撃し、撃墜スコアを伸ばしているという、根っからの飛行機乗りだった。それ故に、ドイツ空軍の前線指揮官やパイロットたちから絶大な信頼を寄せられ、同時に現場の声を戦略に反映できる唯一の将官だった。

カムフーバーは、ドイツ本国に居た頃、会議の席で何度か彼に会うことはあったが、特に親しい間柄ではなかった。そのガーランドが、いったい何故、然も何度も彼に電話など掛けてよこしたのか？

「ガーランド将軍。何か……？」

カムフーバーは、事の成り行きを訝《いぶか》りながら尋《たず》ねた。

「カムフーバー少将。お久し振りですね。空の散歩は、無事済んだようですね」

「あっ……」

電話の向こうの声に、好物の葉巻をくわえながら静かに笑うガーランドの表情が見えるようだった。カムフーバーは受話器を握りながら、ペルツ大尉を横目で睨《にら》んだ。ペルツは、知らぬふりを決め込んでタイプライターを打っている。ガーランドは続けた。

「いや、構わんのですよ。司令官自らが飛行するのは固く禁じられていることは、ご存知の通りだが、貴官も私も空を飛ぶことは、根っからの飛行機乗りの性分《しょうぶん》なのでしょう」

「中将、お聞き及びでしたか……。この件は是非、お見逃し願いたいものですな」

カムフーバーは、自分より一六歳も若い中将に言うと、苦笑した。

「いや、カムフーバー少将。たまには、飛ぶのもいいものです。私も、幕僚たちの眼を盗んでは、時おり飛んでいますよ。ただ最近の本土では、どこを飛んでも敵機と出くわす可能性が高い。ドイツの空は、もはやドイツのものでなくなりつつある。そちらも、同じようなものでしょうがね。おっと、最近ではこういう発言をしただけで敗北主義だと見なされる。気をつけないとね。ところで、あなたのような将官が飛ぶ時には、せめて機銃員だけでも乗せて飛んだほうが良いと思いますよ。事故でも起きれば、部下にも迷惑が及びますしね」

「わかりました。以後、気をつけましょう」

カムフーバーは受話器を握ったまま、ふたたびペルツを睨んだ。まっすぐにタイプ用紙を見たままのペルツの眼が、笑っていた。

「ところで、少将」

ガーランドが切り出した。その口調が真剣味を帯びる。

「突然ですが、頼みがある。四月二五日に、フランクフルトまでおいでいただけないでしょうか」

「フランクフルト……ですか？」

カムフーバーは、聞き返した。

「それはまた、なぜ？」

「いや、今は理由を言えません。が、悪い話じゃない。良い話とも言えないが。ただ、私どもには、あなたが必要なのです」

「何かの作戦会議でしょうか」

「いや、内容は、電話で言う訳にはいきません。電話で済むほどたやすい話ではない。それに、この電話も盗聴されているかもしれないし。今のドイツにとって必要な話であることは事実です。が、くだらない連中が多すぎてね」

カムフーバーは苦笑を浮かべた。

「相変わらず本国では、やりづらいようですな」

「悪化の一途ですよ。昼も夜も、敵の空襲に晒《さら》されている上にね」

「ドイツ上空には敵機を一機たりとも入れないと豪語したデブは、どうしてるんですかね」

「はは、あの太っちょですか。彼は相変わらず……いや、危ない危ない。もう、やめておきましょう。とにかく、四月二五日に、フランクフルトで待っています。第9防空司令本部です」

カムフーバーは、一瞬壁に掛けられたカレンダーに眼を移した。四月二五日まで、あと五日。ここに居たとて、何の予定もない。ただ無為な日々を過ごすだけだ。彼は、決めた。

「将軍、了解しました。四月二五日ですね。……そう言えば、今日は、あの、あの男の誕生日でしたな」

「ははは、はっ」

電話口で、小さな笑い声が聞こえた。

「カムフーバー少将、連名で祝電でも打ちますか。本国ではおべっか者たちが、わざわざわざ東《オスト》プロイセンにまで馳《は》せ参じていますよ」

「残念なことに、ここからじゃ行けないとでも伝えてください」

「ふっ。あいにく、私も忙しくてね。せめて、ゲッベルスの祝賀演説だけでも、ラジオで聴いておいた方が良いかもしれませんな。難癖をつけられないためにね。では、無事に到着することを祈っています」

受話器の向こうから、ガーランドの静かな声が聞こえた。

「では、また《アウフ ヴィーダーヘーレン》」

会話は終わった。電話を切る際、ガーランドは、ナチ幹部や将校たちの間では慣用句となっている「ハイル・ヒトラー」という言葉を使わず、通常の挨拶で終えた。カムフーバーもまた、その男の名ではない返礼で応えた。ペルツ大尉が起立し、受話器を受け取った。

「ペルツ」

彼は、大尉に眼を向ける。ペルツが顎《あご》を少し上げて気を付けの姿勢を取り、大仰《おおぎょう》に長靴の踵《かかと》を鳴らした。その大きな腹が、一層前に突き出る。

「今の電話は、聞かなかったことにしておけよ。デブと言ったのも、君のことじゃない」

「もちろん判っとります、少将殿っ。あのゲーリング大元帥のことではない、というこども」

ペルツが気を付けの姿勢のまま、右目をつむって見せ、笑った。太い腹が更に出た。

「少し口を慎んだ方がいいぞ。壁に耳ありだ」

カムフーバーは右手を挙げ、その人差し指を口の前で二回、左右に振ると静かに笑った。

アドルフ・ガーランド中将からの直接電話。四月二五日に、フランクフルトでいったい何があるのか？

カムフーバーは、コンドルを降りて以来、着たままでいた厚い飛行《フライト》ジャケットを脱ぎながら思った。胸のポケットから、煙草を取り出す。ペルツが立ち上がり、火を点けようと机の引き出しを開け、マッチを探した。彼は煙草をくわえながら、左手でそれを制した。そして、ジャケットを椅子に掛けると、ふたたび管制所の外へ出た。

冷気を含んだ風が、僅かに暖まっていた身体を刺し貫くようだった。ジャケットを脱いで外に出たことを悔やんだ。が、戻る気分にはならなかった。

彼は、フランネルの乗馬型ズボンの前ポケットからライターを取り出すと、火を点けた。鈍い光沢を持つジッポのライター。オイルの匂いが鼻先を掠め、オレンジ色の炎が冷気を含んだ風に煽られる。それでも火の消えないアメリカ製のライターだった。

「これを差し上げましょう。このライターなら、風があっても火が消えません」

ふと、男の声が甦《よみがえ》る。

半年前、デュイスブルグの空襲で撃墜されたアメリカ軍爆撃機の将校から受け取った品だった。

その男は、カムフーバーが本土防空司令部の大佐だった当時、米軍の機上レーダー装備についての尋問のために訪れた空軍施設で会った捕虜だった。美しい金髪《ブロンド》のその青年は、米軍の機上レーダーについてはおろか、一切の軍事事項について決して語ろうとしない。いかなる質問に対しても、ただ認識番号と階級、姓名だけを繰り返した。

彼の強情さにしびれを切らしたカムフーバーが、ポケットから煙草を取り出し、彼に一本を勧め、自分も一本をくわえながらマッチ箱を開けた時、箱の中に残っていたマッチは僅かに一本だった。その一本も、極端に短い軸の頭に、ほんの僅かな赤燐《せきりん》が申し訳程度に付いているものだった。彼がマッチに火をつけ、青年の口元に持ってゆこうとした瞬間、惨めなほどに小さく燃えた炎は、ドアの隙間から入ったほんの僅かな風に消えてしまった。カムフーバーの指の先から、紫色のかい細い煙が流れ、硫黄の匂いとともに気まずさだけが残った。

その時、そのアメリカ青年は黙って胸ポケットからこのライターを取り出したのだ。

彼は、馴れた手つきでジッポの蓋《ふた》を親指で開けると、まず自分の煙草に火をつけ、そして豊かに燃える炎を、カムフーバーの口元に近づけた。ふたたび親指で蓋を閉じると、彼は手の中でその銀色の光沢を放つライターをいとおしそうに握りしめた。やがて、それをカムフーバーの手前に置いた。

「差し上げましょう」

だが、カムフーバーはその申し出を断った。

「君のものだよ、大尉。持っていたまえ。ただし、これからは煙草を満足するほど支給することはできないだろうがね」

然し、それでも青年はそのライターをカムフーバーの手前に置くのだった。その物体は、テーブルの上で鈍い銀色の光沢を放っていた。

「ジッポのライターです。ドイツ空軍は捕虜でも将校には紳士的《ジェントル》ですね。今のところは、取り上げられずに済んでいます。私にとっては大切な品ですが、いずれはあなたの国の兵隊に奪《と》られてしまうでしょう。それならばカムフーバー大佐、あなたに使っていただきたい。あなたのお名前は、我々アメリカ軍の航空部隊将校なら誰でも存知あげております。敵ではあるが、尊敬の念も抱かれております。名もない兵隊に奪われるよりも、あなたに使っていただければ光栄です」

青年はそう言うと、静かに笑った。その澄んだブルーの瞳に、心なしか哀し気な色が浮かんだような気がした。

　カムフーバーは、そのライターを掌に乗せた。銀色に光る金属製の、重いライター。蓋を開けてみる。オイルの匂いが鼻先に漂った。ドイツでは最重要物資である石油を、ライターにまで使っている。初めてジッポのライターを手にした彼は、その時、アメリカに対し、圧倒的な国力の差と敗北感を思い知らされたのだった。彼は吹きすさぶ寒風の中で、今いちど掌のライターに眼を落とす。空軍の捕虜収容所に送られたあの大尉の、その後の運命を噂で聞いていた。胸が痛んだ。

　カムフーバーが、このライターを手にする度に、その青年のことで胸に苦痛を覚えたのには理由があった。

　二か月前、ドイツ南部の連合軍捕虜収容所で、大量脱走事件が発生したのだ。連合国空軍の将校たちを中心に実行された収容所脱走事件で、五〇名以上の捕虜が逃走した。然し、彼らの殆どは秘密国家警察《ゲシュタポ》と親衛隊によって逮捕され、そして五〇名が銃殺された。

　カムフーバーは、ヴァルター・ノボトニーなど国民に知名度の高い戦闘機パイロットたちに声をかけ、数十名のドイツ空軍将校の連名によって捕虜の助命嘆願を行なった。然しその声は聞き届けられず、捕虜の銃殺が強行されてしまったばかりか、この助命嘆願の行為が、国家元帥ヘルマン・ゲーリングの怒りを買った。助命嘆願そのものが国家への反逆的行為だと見なされ、嘆願書に名を連ねた男たちは、常にゲシュタポからマークされることとなったのだ。若い米軍将校のことを思い出しながら、カムフーバーは、煙草に火をつけた。

「認識番号002828367A1305　アメリカ陸軍航空隊大尉　リチャード・ペッパー」

彼が繰り返し言った言葉が、脳裏に焼きついている。

かちりと引き締まった金属音を響かせて蓋の閉じられたライターの表面に、極北の冷気が伝わっていた。彼は、その冷えた金属の塊を掌に包み込みながら、空を見上げる。

ノルウェー中部の海岸線から、内陸に深く切れ込んだトロンヘイムズ・フィヨルドを取り囲むように、水際から名もない山々が一気に聳《そび》え立っている。その急峻な峰々は、まだ春も遠い北欧の空に突き刺さるかのように屹立《きつりつ》していた。幾つかの頂《いただき》は、垂れ込めた暗い灰色の雲に覆われて見えなかった。

吐き出した煙草の濁った煙が、どんよりと鉛色をした空に向かって流れ、溶けてゆく。その重苦しい空の色のように、今は何も見えない。想像すらつかなかった。ただ、フランクフルトで今、何かが進行している。得体の知れない疑念が膨《ふく》らんでゆく。ガーランドは、何かを企《たくら》んでいる……。四月二五日、フランクフルトに赴こう……それが、少なくともこの地に残ることよりも、今、生きていることを実感できる何かなのだろうと、カムフーバーは思った。

第三章　集　結

一

一九四四年四月二五日　フランクフルト第9防空司令部　午後二時

ドアにノックがあった。秘書のマルガレーテ・ヘーゼラーが、美しい金髪を揺らめかせながら入って来た。ドイツ空軍女子地上勤務員の濃いブルーの制服に身を包んではいたが、大きく張ったその胸元と、タイトスカートからすらりと伸びた長い脚、そして何よりも彼女の美貌が、悲惨な戦争を一瞬たりとも忘れさせる色香を漂わせていた。

「中将。タンク《プロフェッソア》博士《タンク》がお見えです」

彼女は、水晶のような水色の瞳と、鼻筋の通った端正な面持ちにほんの少し作り笑いを浮かべ、振り向いた。どこか冷たさを感じさせる美人だった。ドアを開けた戸口に、彼女とは釣り合わないほど小柄な男が佇んでいる。

「博士。お待ちしておりました。どうぞ中へ」

アドルフ・ガーランドは、愛用の葉巻を右手の指に挟みながら立ち上がった。ここは、ドイツ本土航空隊第9防空司令部などと大仰な名称が付けられていたが、実態はガーランドの個人執務室のようなものだ。決して広いとは言えない室内は、素っ気ないほどに簡素な調度品が据えられているだけだった。

壁には、各種航空機の写真と図面が額縁なしで貼られている。その中には、連合軍機の精密な三面図もあった。正面司令官執務用机の背後の壁には、第三帝国総統アドルフ・ヒトラーの顔写真が、これは一応、額縁に入れられて飾られている。が、ドイツ空軍の総帥である国家元帥ヘルマン・ゲーリングの写真はなかった。

立ち上がったガーランドの胸元には、騎士十字章が、ネクタイの代わりに着けられている。その鉄十字章の上に、小さいが何かが輝く。黄金で作られた柏の葉と、交叉する二本の剣、そこにちりばめられたダイヤモンドだった。剣とダイヤモンド付柏葉騎士十字章。ドイツ軍将兵が受けることのできる勲章の中でも、最高位の勲章だった。

「ヘーゼラーさん《フロイライン》。ヘーゼラー《ヘーゼラー》博士にお茶をお願いする。それから、今日の訪問者のことは、くれぐれも内密に……な」

ヘーゼラーは黙って頷《うなず》くと、紅いルージュを引いた蠱惑《こわく》的な唇に愛想の笑みを浮かべ、部屋を出て行った。

軍の施設の中では珍しく、平服を着た小さな男は、被っていたソフト帽を片手で取ると胸の辺りに持ち、ガーランドに近づいた。小柄ではあったが、体格はがっしりとしており、幅広い肩の上に短い首と大きな頭が載っている。後退した栗色の髪には白髪が混じっているばかりか、その数も数えられるほどに僅かとなっていることが、この男を年齢以上に老けさせていた。更に、ほつれた髪がこめかみ辺りにかかり、男の疲れを感じさせた。だが、男の眼は鋭く、この眼光と小さな身体からみなぎる気魄《きはく》のようなものが、外面的な疲労感を凌駕《りょうが》していた。

「ガーランド中将、久し振りだったね。元気そうで何よりだ」

男はガーランドに近づくと、太い声で言い、親しげに右手を差し出した。

「タンク博士。わざわざおいでいただき、申し訳ありませんでしたな」

ガーランドは葉巻を持ち替えると、タンクと呼ばれた男の手を握った。

「今日で間違いはなかったんだね、例の件は」

タンクは念を押すように、太い眉の下の小さいが鋭い眼で、ガーランドの顔を見上げた。その眼は、彼の風采よりもずっと力強く、情熱的ですらあった。ガーランドは頷く。

「博士、今日です。ただし、あとのメンバーが本当に今日中に到着できるかどうか、私も心配ではあるのですが。とにかく最前線からやって来るのですから、時間の指定までできませんし、ご存知の通り移動機関は最悪だ」

博士の眉間に、深い皺が寄った。

「無理は言えないだろう。最近は、特に鉄道拠点に爆撃が集中している。状況は日を追って悪くなるばかりだ。これからは、市民の疎開《そかい》どころか兵隊の移動すらままならなくなるだろうね」

タンクは暗い表情のまま言う。その小柄なタンクの肩に手をやり、ガーランドは促すように椅子を勧めた。

「その通りです、博士。事態はどんどん悪化しています。東西の戦線が縮小しているから、部隊の移動が楽になったなどと冗談も言えなくなった。これで連合軍がフランスに上陸したら、もう壊滅的ですな。東のロシアで手一杯な現状で、西に廻せる部隊なんかない。だからこそ、今、我々の計画が必要なのです。ドイツ人を、ひとりでも多く生き残らせるためにも。そのために、一日も早く……」

そう言ってガーランドは、声を潜《ひそ》めた。

「行動を起こさなければならない。この計画を実行せねば。もう、あまり時間がない。最近は我々までが監視され、この国がいったい誰を相手に戦っているのか判らないほどだ。私の近くにも、つまらぬ輩《やから》がこそこそ動き廻っているのでね……」

　すると、タンク博士は上眼づかいにガーランドを見た。

「ゴードン・ゴロップ大佐のことですな。中将、あの男には気をつけた方がいい。妙な野心を持っている。非常に危険だ」

「そのとおりです。彼は、あからさまに私の追い落としを図っている。ゲーリングだけでなく、親衛隊長官のヒムラーにまで、私について讒言《ざんげん》しているようだ」

「彼にとって、あなたは言わば命の恩人の筈だ。彼の公金横領が発覚し、銃殺になりかけた時、なんであんな男を救ってやったのですか？」

「彼は、わが空軍で三人目の剣とダイヤモンド付騎士十字章受賞者だ。一四〇機以上墜《お》としている。その英雄が逮捕されるとあっては、国民の士気にも影響する。それに彼は私に泣きついてきたのだよ。あれでもスペイン動乱時代の戦友ですからな」

　ガーランドの眼はタンクに向けられず、虚空を見つめたまま、その濃い眉だけを動かした。その襟元には、ゴロップと同じ、剣とダイヤモンド付騎士十字章が、微妙な輝きを見せていた。

「然し、結果的にはあなたの同情が裏目に出た。むしろ、裏切られている。下手をすると、あなたの命取りにもなりかねない」

　タンクは、そこまで言い切った。

　だが、ガーランドは、あえてその愛嬌のある眼で笑ってみせた。

「タンク博士。彼だけじゃないさ。彼は、今のこの国の醜悪を象徴しているような男だ。この国のすべてが、今では腐りきっている。然も、この戦争で最も非力な一般市民、女性、子供たちが毎日、何百、何千と殺されている。そんな中で、国民を守らなければならない軍人として、私は身を挺して戦うつもりだ。自分の延命策を図るつもりはない。私はむしろ、アドルフ・ガーランド個人として、今の立場ででき得る限界を尽す。それが私自身の人生に対する回答なのですよ。ゴロップ大佐やあの手の輩を相手に無益な抗争をして、組織や立場に執着するつもりはまったくありません……」

タンクは、ガーランドの浮かべる笑いの中に、一抹の寂しさを見た。だが、それは決して絶望ではなかった。今、眼の前にいるこの男が、絶望することは決して有り得ない。この男は、見掛け以上にタフなのだ。タンクは、それを確信していた。

ただ、一九三九年九月から始まったこの戦争が既に五年にも及び、更に状況は絶望的な厳しさを増していることが、自分たちのみならずドイツの未来に一層暗い翳《かげ》を落としており、その最中《さなか》で自分たちが戦う真の目的、或いは必然性をどこに見出すのか。そして、その行動は本当に正しいのか？　自分と同じ問いかけを、ガーランドもまた胸の内に秘めている、そして苦しんでいるのだろうとタンクは思う。

ドアがノックされ、ヘーゼラーがコーヒーを運んできた。会話は、丁度途切れていた。ガーランドは、押し黙ったまま葉巻をくわえた。

「同じようなものさ、私もね」

ほんの少し間延びした時間の後、タンクは呟くように言った。それは、独り言のようにも聞こえた。言葉だけが、葉巻の煙とともに部屋の中を漂う。

その言葉が聞こえたふりもなく、ヘーゼラーがコーヒーカップを静かにテーブルの上に置くと、タンクは気を取り直したように彼女を見上げた。

「いい香りだ、お嬢さん。本物のコーヒーを味わえるなんてね。昨今は、代用コーヒーですらなかなか手に入らないんだよ」

ヘーゼラーがその美しい唇に笑みを浮かべた。ガーランドが話しかけた。

「ヘーゼラーさん。今日は、あと何人か私を訪ねてくる。どんな人物が来ようと構わないから、直接私のところへ通してくれたまえ」

〝どんな人物〟という言葉に、ヘーゼラーは一瞬怪訝《けげん》そうにその柳のような眉根《まゆね》を寄せたが、ふたたび笑みを作りながら言った。

「承知しましたわ、閣下。ところで、その皆さんたちは何時頃お着きになるのですか?」

ガーランドは左指に葉巻を挟んだまま、イタリア人のようにその両手を広げた。イタリア人ほど大げさではなかったが。

「私にもわからない。彼らが何時に来るのか。いや、来られるのか」

そう言って、その殆ど黒に近い眉と髭の愛嬌のある顔に笑みを浮かべ、とぼけてみせた。彼の風貌は、一見するとおよそドイツ人というよりは、イタリア人か少なくともラテン系に見られた。鼻筋も、ヒトラーが理想とする典型的アーリアン民族のような高く筋の通った鼻ではなかったが、その下に黒い髭をたくわえたことで、彼が見かけよりも几帳面で頑固な性格を和らげることには、奏功していた。

「何時に来いと、ご命令なさらなかったのですか？」

ヘーゼラーは、まるで子供を窘《たしな》めるように、ガーランドの鳶色《とびいろ》の瞳を覗き込んだ。ガーランドは、少し困惑した表情を見せ、ふたたびイタリア人のような素振りを見せた。

「実際、命令できる立場じゃないものだからね。今、三時過ぎだろ。あっ、もちろんあなたは五時になったら帰っていいのだよ、ヘーゼラーさん」

「まあ、閣下。そんなつもりで申しあげたのではございませんわ。わかりました。今日は、その方々が到着するまで、何時まででも私はお待ちしますし、どのような方がおいでになっても、間違いなくお通ししますわ」

ヘーゼラーは、〝どのような〟という部分を強めて言うと、口元に笑みを作った。

「そうだ、どんな人物、どんな風体であっても、だ。頼んだよ」

彼女が部屋を出て行くと、タンクが言った。

「いつ見ても、美しい人だね、彼女は。そろそろいい年齢《とし》なんだろ？」

「ああ、二五歳と聞いている。確かに美人だよ」

ガーランドは、他人事のように素っ気なく言うと、葉巻をくゆらせた。

「婚約者でもいるのかね。なんなら君が、空軍のエリート・パイロットでも紹介してやったらどうかね？」

椅子に深く座っていたガーランドが、脚を組み替える。そして、ふたたび両手を広げた。だがその表情は、先刻のような愛嬌のあるものではなかった。

「博士もご存知でしょう。わが国のパイロットの寿命は、今や前線に出たら四週間に満たない。ドイツ上空は挽き肉器《ミンチローラー》だと言われている、ドイツ人にとっても、連合軍パイロットにとっても。どんなにいい男でも、とても彼女には薦められない。すぐに後家さんになってしまうでしょうからな」

「挽《ひ》き肉器……おぞましい表現だが、その通りかもしれないな」

タンクの顔が曇った。

「それに……」

ガーランドは、口元からゆっくりと煙を吐き出した。

「彼女には、既に許婚者《フィアンセ》がいる。親衛隊員《SS》だ」

タンクは一瞬、驚きの表情を見せた。が、もうそれ以上何も言わなかった。

二

ヨーゼフ・カムフーバー少将が、遥かノルウェーの僻地からフランクフルトの第9防空司令部に到着したのは、それから一時間後だった。そして彼は、そこで自分を招聘《しょうへい》したアドルフ・ガーランド中将以外に、もうひとり、予想もしなかった人物と対面することとなった。傑作戦闘機フォッケウルフFw190の設計者として名高いクルト・タンクは、カムフーバーとも面識があるばかりか、ドイツ第三帝国の防空システムを巡って、幾度か激論を戦わせた因縁《いんねん》を持っていた。

二年前、ドイツの夜間防空の問題点が深刻さを増した時、当時、夜間戦闘機総監であったカムフーバーは、フォッケウルフ社の夜間戦闘機開発能力が脆弱《ぜいじゃく》である点を鋭く衝《つ》いた。

事実、当時のフォッケウルフ技術陣は、空軍省からのあまりにも無謀で手前勝手な要求をこなすのに手一杯だった。そのような劣悪状況の中で、優先順位が高く緊急性を持つ次期主力夜間戦闘機の設計に、クルト・タンク自らが臨み、開発されたのがフォッケウルフTa154だった。この機体の呼称には、ヒトラーから直々にタンク博士への敬意として彼の名の頭文字「Ta」を付けることが許された。それほどに、この夜間戦闘機へのドイツ空軍の期待が込められていたのだ。

何故なら当時のドイツ上空には、早急に対処せねばならない逼迫《ひっぱく》した難問があった。夜間の偵察、精密爆撃でドイツ上空を跋扈《ばっこ》するイギリス空軍デ・ハビランド・モスキート双発戦闘爆撃機による被害が、無視できないほど甚大になりつつあること。更にナチ幹部の面目を潰したのが、この敵機に対抗できるドイツ戦闘機がまったく存在しなかったことだった。

何故、モスキートを撃墜できない？　実はモスキートは全金属製が主流となったこの時期に、軽量の木製構造を持ち、それ故に当時のドイツ機が追いつけない高速力と航続力を発揮していた。まさにこの英国製「蚊《モスキート》」は、ドイツの暗夜を煩わす厄病神となっていたのだ。

そこでTa154は、モスキートを真似た双発木製機として開発された。その高速性能と重武装は、カタログデータ上ではモスキートを一撃で仕留め得る機体となる筈だった。新鋭機はドイツ空軍の期待を一身に担《にな》い、あえてライバル機と同じ「蚊」と命名された。

然し……ドイツの「蚊」は、飛ぶことすらできなかった。Ta154は、予定された高速に達しなかったどころか、木製機体の開発経験を持たなかったフォッケウルフ社は、木材の接着技術に致命的な欠陥を抱えていた。やがてそれは、飛行中の空中分解という最悪の事態を招き、結局、タンクＴａ１５４の開発は中止に追い込まれることになる。が、一九四四年早春、つまりこの時点では、未だそれは露呈していなかった。

　この時、カムフーバーは、フォッケウルフ社技術陣の、航空機設計思想の硬直性を鋭く追及した。なぜ英国人のような柔軟な発想ができないのかと。そして、ドイツの防空体制そのものに対しても意見具申《いけんぐしん》したのだった。それは、クルト・タンク博士とフォッケウルフ社に向けられたというよりも、ドイツ空軍とナチ党に対する政策批判でもあった。彼のこの愚直なまでの過激さ、純粋さは空軍幹部の反感を買い、遂にドイツ空軍総司令官にして国家元帥であるヘルマン・ゲーリングを激怒させたのだった。激昂したゲーリングはその時、同時にひとつの苦い記憶を胸に甦らせていた。

　四年前、この大戦の緒戦でドイツが圧倒的優勢を誇っていた一九四〇年七月に開始された英国本土航空戦《バトルオブブリテン》においてドイツ空軍は思い掛けない敗北を喫したのだ。英軍戦闘機スーパーマリン・スピットファイアによって、ゲーリングが豪語した世界最強のドイツ空軍《ルフトヴァッフェ》は大打撃を被《こうむ》った。原因は明らかにゲーリングの犯した戦略的失敗と無策、そして自惚《うぬぼ》れによるものだった。

　然し、あまりの損害の大きさに驚愕したゲーリングは、自分の非を認めず、その失敗の全責任を航空本部幹部と最前線の戦闘機指揮官たちに押し付けたのだ。

直ちに招集され、整列した戦闘指揮官たちに向かい、ゲーリングは我を忘れて怒鳴り散らした。彼は指揮官たちを口汚く罵《ののし》り、誹謗《ひぼう》し、辱《はずかし》めたのだった。失敗の原因はすべて指揮官たちの怠慢にあるのだと。

その間、前線指揮官たちは拳《こぶし》を握りしめ、歯を喰い縛り、ひたすら屈辱に耐えた。相手は国家元帥。然も第三帝国総統アドルフ・ヒトラーに次ぐ、ナチのナンバー2だ。絶対に逆らえない。ドーバー海峡やロンドン上空で死んでいった戦友、部下たちまでも侮辱《ぶじょく》された怒りに震え、涙を流す将校までいた。

その様子を見たゲーリングは、ようやく勝ち誇ったように嘲笑《あざけり》の笑みを浮かべた。悪いのはすべてお前たちだ。儂《わし》ではないぞ、と。そして、こう言ったのだ。

「どうだ、自分たちの無能さがよく判ったか。だがな、儂は決して冷酷ではない。お前たちの要求を聞いてやってもいいぞ。お前たちは、いったい何が望みなのかね？」

その時だった。航空本部幹部の中から、ひとりの男が一歩前に進み出た。なんと、アドルフ・ガーランドだった。彼は、ゲーリングの前で直立不動の姿勢を取ると、こう答えた。

「スピットファイアを一個大隊ください」

ゲーリングは、絶句した。

カムフーバーの意見具申に、ゲーリングは、この苦い記憶を甦らせたのだった。それでも権力とダイヤモンドにしか興味を示さなくなっていた彼の脳髄は、正常な思考も判断もできなかった。ゲーリングはカムフーバーの防空体制改革案を握り潰したばかりか、カムフーバーの能力と人望を怖れ、憎んだ。そこへ、ある事件が起きたのだった。

一九四三年七月二四日から二五日にかけての深夜、八〇〇機の英軍爆撃機がハンブルグを襲ったのだ。だがその夜、「カムフーバー・ライン」と呼ばれたレーダー・システムの画面には奇妙な雲が映し出されるだけだった。緊急発進したドイツ夜間戦闘機隊は、搭載したリヒテンシュタイン・レーダーに現れた奇妙な雲に向かい、英軍機を追い求め続けた。然し敵機の姿は無い。その夜、ドイツ空軍は遂に一機の敵も撃墜することができなかった。英軍の開発した「ウインドウ」と呼ばれる電波妨害装置による撹乱《かくらん》の成果だった。

この夜、上空に一機の防空戦闘機も現れなかったハンブルグでは、執拗かつ残忍な包囲爆撃により、逃げ場を失った四万人のドイツ人が燃え盛る炎の中で焼け死んだのだった。

自国民の犠牲は、ゲーリングにとって何の痛みでもなかった。それは彼にとってむしろ、絶好の政治的攻撃材料となった。ゲーリングは、この事件の責任をカムフーバーに取らせたのだ。カムフーバーは夜間戦闘機総監を解任され、ノルウェーの第5戦闘航空団《JG5》へと左遷された。

　ハンブルグ大空襲事件は、クルト・タンクがカムフーバーと直接対立した案件ではなかった。然し、ドイツの夜間防空戦略の欠陥に懸念を抱くカムフーバーと、ドイツ戦闘機開発の第一人者であるクルト・タンクにとって、四万人の市民をひと晩で焼殺したハンブルグ大空襲は、彼らの人生の大きな転機となった。それは、連合軍の無差別爆撃に対する怒りであると同時に戦争に対する、そして殺戮に対する途轍もない憤《いきどお》りでもあった。その怒りと苦しみこそが運命的に繋《つな》がってゆく。それはやがて、或るひとつの動機、行動、そして或る飛行へと結びついてゆくのだった。

　この日、カムフーバーがフランクフルトの第9防空司令部で、クルト・タンク博士と再会した時、彼はタンクに遺恨《いこん》など抱いてはいなかった。ただ、なぜフォッケウルフ社の主任設計技師がここに居るのか、カムフーバーにはまったく理解できなかった。

　一方、タンク博士は、既にアドルフ・ガーランド中将との間で、この計画を秘かに進めていた。彼は、ドイツ電波探知《レーダー》システムを開発した第一人者であり、ハンブルグの一件が遠因とはいえ、現在は遠くノルウェーの空軍基地司令官となっているヨーゼフ・カムフーバーが、この計画にとって最も重要な役割を担うためにここに招集されたことを知っていた。が、その内容について語ることはしなかった。アドルフ・ガーランドもまた、彼の胸の内にある計画の全貌を、未だカムフーバーには語らなかった。

彼らは、更に重要な男たちの到着を待っていたのである。カムフーバーは、この日以降がいったいどのような展開になるのか、実は巨大な不安と微《かす》かな期待を胸の奥に抱きながら、ヘーゼラーの入れた香り高いコーヒーを口に含んだ。連日の爆撃によって大都市フランクフルトは、既に広い区域が瓦礫《がれき》と化していた。その郊外に設けられた本土航空隊第9防空司令本部にも、遅い春の夕暮れが迫っていた。

ノックの音が聞こえた。ドアが開く。三人の男たちの視線がドアに向いた。そこに、ヘーゼラーがその美しい長身を、なぜか竦《すく》ませるように立っていた。表情が呆然《ぼうぜん》としている。驚きのあまり言葉を失った少女のようだった。

「閣下……。お客さまです……」

やっとの思いで、その紅いルージュの唇から震えるような言葉が漏れた。彼女の瞳は、幽霊でも見たかのように見開かれたまま。その背後に、ふたつの影が見えた。

異様な光景だった。

ふたつの泥人形が立っているのだと、執務室の三人は思った。

影となった男たちは、泥の塊《かたまり》そのものだったのだ。その塊は、確かに冬期戦闘用の白い防寒ヤッケを身にまとってはいたが、その地色はまったく残るところなく泥にまみれていた。否、泥だけではない。そこには、かさぶたのように黒々と固まった汗と埃《ほこり》、垢《あか》、そして血糊《ちのり》さえ染みついていたのだ。

泥人形の立つドアの方向から、異臭が流れ込む。数か月間、風呂もシャワーも浴びることなく、硝煙《しょうえん》と殺戮《さつりく》の最前線で闘ってきた男たちの臭いだった。

戦場の酸鼻《さんび》を知り尽しているガーランドでさえも、思わず息を呑んだ。ヘーゼラーは卒倒しそうな表情でガーランドに救いを求め、その翡翠《ひすい》色の瞳に哀願の色を浮かべた。

入口に佇む影の片方。若そうな男は、大男の陰から恐るおそる部屋の中を覗き込むようにこちらを見ていた。そして、その若者の手前に、小山の如く屹立《きつりつ》する男。その周囲に紫煙が漂う。

潰れた将校帽を斜めに被《かぶ》った男の口の端には、曲がった煙草がくわえられている。ヘルムート・シュタイナー陸軍少尉と、ハインリヒ・ウェーバー伍長だった。

第四章　降　臨

一

「到着早々で申し訳ないが、陽が落ちる前に行きたい所がある。挨拶はその後だ」

ガーランドが言うと、男たちを促した。その表情から、つい今しがたまでのくつろいだ笑顔が消えていた。むしろ異様な緊張感が漂う。

男たちは立ち上がった。クルト・タンクもまた、硬い面持ちとなっていた。地下に造られた防空壕のような第9防空司令部の、セメントで固められた狭い階段を上がると、夕闇の迫る司令部前にはいつの間にかメルセデス・ベンツ大型乗用車が廻されていた。

五人の男たちは無言で車に乗り込む。空軍大尉の階級章を襟元に付けた若い士官が運転席に乗り込み、エンジンを始動させた。

「私の副官、ローゼンバッハ大尉だ。これから皆さんをご案内する」

ガーランドが助手席に座りながら、二列の後部座席に座った男たちに振り向き、言った。ローゼンバッハは、ちらりと後部座席に振り向き、笑ったようにも見えた。が、その顔は、フロントガラスから入る残照の翳《かげ》りとなり、わからなかった。

ドイツ本土航空隊第9防空司令部は、フランクフルト中心部から南に二〇キロ外れた場所に在った。公的な司令部機能はない、いわばガーランドの私設執務室だった。然し、それでも連合軍の大型爆撃機による爆撃から逃れることはできず、司令部周辺もかなりの被害を被っていた。人の気配がなくなった大通りもある。瓦礫と化した街並みだけが延々と続いた。住民は疎開してしまったのか。今のドイツは、どこに行こうとも同じであろうが。後部座席に座った男たちは、互いに会話を交わすこともなく、ただ車窓を過ぎゆく廃墟となった町の光景を眺めていた。

自動車専用高速道路《アウトーバーン》に出ると、長い避難民の列と出喰わした。荷車を引いている者は、まだましだった。殆どの人々は背中に大きなリュックを背負い、両手に大型のトランクを持っている。これが彼らの家財のすべてなのだろう。小さな女の子の手を引く者がいた。少女の背中にも、リュックが括《くく》りつけられている。そして、煤《すす》けた顔の少女の小さな手には、しっかりと熊の縫いぐるみが抱えられていた。彼らは、昨夜の空襲で焼け出されたのだろうか。朝から歩き続けているのかもしれなかった。

銀色の憲兵胸章《ゴルゲット》を首から下げた野戦憲兵と警察官が、彼ら避難民を誘導している。

この先に避難民収容施設があるのか、それとも行くあてもなく同じ境遇の群れとともに移動しているのか。憲兵のひとりが車に近づいてきたが、ベンツのフェンダーに掲げられた中将旗を見ると敬礼し、中を確認することも身分証明を求めることもなく、車の前方の道を開けさせるのだった。

メルセデス・ベンツの行く手は、避難民たちの列によって度々遮《さえぎ》られた。そのつどローゼンバッハは、苛立たしげに警笛を鳴らした。ハインツは、その慈悲の片鱗もない機械的な音に、胸が圧迫される思いだった。

「ローゼンバッハ君。我々も急いではいるが、警笛を鳴らす必要はない。彼らは疲れ切っているんだよ」

ガーランドが、前方を直視したまま言った。それからベンツは、難民たちの群れの中を縫うようにして、ゆっくりと進んだ。声もなく、ただ南に向かって歩き続ける難民たちは、ただ澱《よど》んだ表情、虚ろな眼で高級乗用車を一瞥《いちべつ》し、道を開けたが、ふたたび夕暮れが迫る高速道路を歩き続ける。黒々と続くそれは、まるで幽鬼たちの葬列のように見えた。

「ひどい……」

若いハインツは呻《うめ》いた。それは、彼がロシアの最前線で体験した、凄惨《せいさん》極まりない戦場の光景とは異質の苦痛だった。一年の間、ロシア戦線で戦ってきたハインツは、銃後の祖国、ドイツ本土が、かくも凄まじい打撃を受け、これほどまでに悲惨な状況に追い詰められていたことが信じられなかった。ここで犠牲になっているのは、彼ら兵士や将校、パイロットや戦車兵などの戦闘員ではなく、一般の市民、女性、そして子供たちなのだ。

「神さま……」

ハインツの呟きが狭い車内に聞こえた。男たちの沈黙が続く。やがて、避難民の列にはあまりにもそぐわない大型のメルセデス・ベンツは、南へ向かう自動車専用道路から逸《そ》れると、周辺には何もない広大な草原の中の間道《かんどう》を進んで行った。

それから三〇分、牧草地の中を走り続けたが、相変わらず周囲には何も現れず、時おり農家が点在するだけの田舎道となっていた。その農家からも、灯火管制のために窓に灯りすら見えない。ベンツの前照灯だけが、辛うじて野道を照らし出す。いったい、どこまで行くのか。車上の男たちの胸に一抹の不安がよぎった。が、誰も何も言わなかった。やがて、農家の影すらもなくなった原野の先、薄闇の中に、忽然《こつぜん》と大きな建物の影が現れた。

影は、数棟の大きなバラックのように見えた。一見、粗末に見えたその建物は、近づくほどに巨大で見かけ以上に頑丈な構造を持ち、然も巧妙にカムフラージュが施されている。上空からの発見を可能な限り、否、絶対に防ごうという強い意志が窺《うかが》えた。

倉庫というよりも、明らかに格納庫だった。建物の、のっぺりとした壁面は、フランクフルトの西方ラインラント・ファルツに広がるフンスリュック高地の山並に隠れようとする淡い西陽を受け、奇妙なほどに穏やかな薔薇《バラ》色に染まっていた。

建物の前には、アスファルトの敷かれた、かなり広い空き地があった。対空偽装されたその空き地に、既に十数台の軍用車が停まっている。メルセデス・ベンツは、その一番手前に停車した。

ローゼンバッハが運転席から降り、ドアを開けようとガーランドの座る助手席に廻り込んだが、中将は自身でドアを開け、車を降りた。次いでカムフーバーが車両から外に出る。

疲れきっていたのだろう。いつに間にか寝息をたてていたハインツを、シュタイナーは片肘で起こすと、黙って車外に出た。

タンク博士は、車の外に出るなり、ふうっと大きく息をついた。狭い車の中で、シュタイナーたちの臭いに耐えかねていたのかもしれない。

ガーランドの部下と思われる数人の空軍将校が、巨大な建物の中から現れ、足早に彼の元に駆け寄ると敬礼をした。右腕を斜め前に挙げる者はいなかった。全員が空軍式の敬礼をする。ガーランドは右手を軽く上げ、軍帽のつばに触れる程度の返礼を済ますと、将校たちに何やら指示を出した。空軍将校や兵士たちの動きが、慌《あわただ》しくなった。そこには、思いがけないほどの多くの人影があった。

カムフーバーたちは、車を降りた場所に佇み、ただ黙ったままその光景を眺めていた。シュタイナーは、胸のポケットから潰れた煙草ケースを出し、折れかかった煙草を一本つまみ出した。陽はいつの間にか山の端《は》へと消え、周囲に闇がひたひたと迫る。西から風が出ていた。

シュタイナーの取り出したマッチは、その風に煽られてなかなか火が点《つ》かない。その口元に、ライターの炎が差し出された。カムフーバーの手だった。ジッポのライターから紅いゆらめきが上がり、シュタイナーと、そしてカムフーバーの顔を薄闇の中に照らし出した。

ふっ。

煙草に火が点《とも》る。シュタイナーは押し黙ったまま、紫煙を吐き出した。その隣で、カムフーバーもまた、一服の煙草をくゆらす。未だ得体の知れない使命を預けられた男たちが、夕闇の中に、沈黙のまま佇《たたず》むのだった。

背後に大きな音が響き渡った。ガラガラと鎖を引くような音だ。深い群青色《ぐんじょういろ》に染まる空を眺めていた男たちが、振り返る。建物の南に面した巨大な鉄の扉が、まさに開かれようとしていた。

「諸君、お待たせした。こちらに集まってくれ」

ガーランドの声がした。ゆっくりと開かれた扉から灯火が漏れてくる。灯りを背に、ガーランドが叫んだ。

「急いでくれ。灯火が漏れる」

シュタイナーは、まだ吸いかけの煙草を惜しそうに捨てると、泥塗《どろまみ》れの軍靴で踏み消し、灯火に向かった。その後ろからハインツが、怪訝《けげん》そうな表情を浮かべながら続いた。

二

「なんだ、これは……」

居並ぶ男たちは、息を呑んだ。彼らはそれ以上、何も言わなかった。その物体は、巨大な倉庫のような建物の中で、長い翼を展《ひろ》げていた。これまで誰も見たことのない、異様な飛行機だった。男たちは、一様に押し黙ったまま機体を仰ぎ、凝視を続けた。

「ガーランド中将。これは……コンドルじゃありませんか？」

男たちの中で、最初に口を開いたのは、カムフーバーだった。ガーランドは、愛用の葉巻をくわえながらカムフーバーに顔を向けた。その眼が頷《うなず》く。そしてふたたび、一同はその巨大な機体に視線を注いだ。

「言われてみれば……この機体は、確かにコンドル……いや、コンドルだったかもしれない」

誰かの、確信を得ない訝《いぶか》りながらの呟きが聞こえた。ガーランドやカムフーバーの後ろには、シュタイナー、ハインツだけでなく、いつの間にか二、三〇人ちかい空軍の将兵たちが居並んでいた。声はその中から聞こえた。

長い主翼には、ドイツ機には珍しい四発のエンジンが装備されている。カムフーバーの言う通り、その機体は、フォッケウルフFw200Cコンドルであるのかもしれなかった。

だが、それはあくまで「原型」という意味でしかなかった。今、彼らの眼の前に長大な翼を展げているその機体は、その原型であるコンドルの優美な姿とはあまりにかけ離れた、異様な、いやグロテスクとさえ思える風貌を、暗い照明の元に浮かび上がらせていた。

機首からコックピット周辺にかけて、数ミリ厚の装甲が施され、操縦席の窓は、まるで戦車の視察孔ほどに小さく、周囲は四角い鉄板で覆われている。その風防ガラスでさえ、二〇センチ以上あるであろう防弾ガラスだった。

「まるで戦車だ……」

「不気味ですな」

誰かの口から、溜め息とも呆れ果てるともつかない呟きが漏れる。やがて、ガーランドを中心に円陣を形成していた男たちは、その機体の周囲を舐《な》め廻すように見上げながら、ゆっくりと動き始めた。戦車の視察孔のような操縦席のすぐ後左側に、一挺の機関銃が突き出している。2センチ機関砲だった。

更にそのやや後方の機体上部には、大型旋回式銃塔が据え付けられていた。その旋回銃塔は、機体のバランスを欠くほどに大きなものだった。巨大な銃塔に装備された機関砲の大きさが、更に異様に感じられた。

「あれは、口径1・3センチどころじゃないな。2センチ、いや……3センチか？」

呟くように言ったのは、カムフーバーだった。彼は、機銃や砲の口径単位を、ドイツ軍では常用表示となっている「センチ」で言った。

「3センチです。故にあの旋回銃塔は、全周旋回はできない。左後方120度だけです」

ガーランドが葉巻をくゆらせながら、事もなげに言った。男たちは声もなく、その異様な銃塔を見上げたまま立ち尽す。

「全周旋回しない旋回銃塔。後方だけ。然も、3センチだなどと……」

「なにを考えているんだ……」

嘲《あざけ》りともとれる呟きが、ガーランドにも聞こえよがしに漏れる。

ガーランドは葉巻をくわえたまま、黙って機体の後方へと進んでゆく。驚きは、これからだと言わんばかりの悠然さだった。

機体の主要部分には装甲が施されている。もはや、しなやかなシルエットを持っていたコンドルの面影など、どこにもなかった。四発のエンジン周囲にさえ装甲を施した長い翼を展げるその姿は、全身に鉄の甲冑《かっちゅう》をまとい、長大な槍と盾を構えた中世の騎士を思わせた。

機体下方には、コンドル特有のゴンドラが膨《ふく》らんでいる。英国船団攻撃の際には、爆弾倉として使われていたものだ。その一部が改造され、2センチ機関砲が二門取り付けられていた。

「ここにも、2センチか……」

誰かが言いかけたが、もはや驚く以前に呆れ果て、途中で声は消えていった。

「そう、2センチ連装砲だ。ただし、上下に20度、左右には45度しか動かせん。然も左側面のみ」

他の誰もが沈黙する中で、ガーランドだけが、むしろ得意気に解説してゆく。好物の葉巻をくわえたガーランドは、その濃い眉を少し上げ、更に後方に進んだ。広い格納庫に、ガーランドの声と、長靴の靴音だけが響いていった。

やがて、主翼を潜《くぐ》って機体の左後方に廻った男たちは、あらためて息を呑んだ。いや、もはや驚愕のあまり凍りついた、と言った方が的確かもしれない。機体の左中央から斜め後方に向かい、異様に長く突き出たものに男たちの視線が釘付けとなったのだ。そこには……機上搭載砲としては見たこともない、信じられないほどに長い砲身が突き出ていた。

「ガーランド中将。まさかこれは、7・5センチ砲じゃないでしょうな」

その時、はじめてシュタイナーが口をきいた。

「そのとおり、7・5センチ対戦車砲です。これが、あなたがたを待っていた」

煙草をくわえていたシュタイナーの口元が歪んだ。

「ばかばかしい。7・5センチ砲を積んで飛行機が飛べるか」

シュタイナーは、誰に言うともなく吐き捨てた。

「少尉。あなたがこれで、アメリカのB17を殲滅《せんめつ》するのだ」

ガーランドは、事もなげに言う。疑念も迷いもない、あっけらかんとした物言いだった。

シュタイナーの背中から、ハインツが恐るおそる声をかけた。

「少尉、こんなの当てられたら、アメリカの爆撃機なんて、一発で吹き飛んじゃうんでしょうね」

「その前に、一発撃った反動で、こっちの飛行機が潰れちまうぜ」

シュタイナーは、もう答えるのも馬鹿ばかしそうに言い捨てた。

「少尉は、飛行機に乗ったことないじゃないですか。どうしてわかるんですか？」

「乗ったことなくたって、わかるんだよ。物事には、道理ってものがあるんだ」

シュタイナーは、くわえていた煙草から、薄い煙を吐き出しながら言った。

「いや、少尉」

シュタイナーの脇で、後ろに手を組みながら声をかけたのは、ガーランドだった。

「これを飛ばすのです。そのために、タンク博士やあなたたちに来ていただいた」

ガーランドは、口の端から葉巻を取ると、そこに集《つど》った男たちを見回しながら言った。

「これで、一〇〇機以上の敵重爆撃機を一気に墜とす。ただ一回の出撃で、だ。それが我々の目的です。実際にこの武装を装備してからは、この機体はまだ飛んではいないがね」

「無理だろう」

集団の後方から声が飛んだ。同時に笑い声さえ起こる。ガーランドが振り返った。その眼から、ふだんの穏やかな笑みが消えていた。

「飛ばすのだ」

彼は語気を強め、きっぱりと言った。後には引かないという強い意志が、その声とともに巨大な格納庫の中に響き渡った。

「これを飛ばすために、諸君にわざわざ集まっていただいた」

笑い声は消えた。暫くの静寂の後、ガーランドが集団を機体の後方へと誘導した。コンドルの尾部には、更に二門の機関砲が装備されていた。だが、もう誰も驚かず、声も立てなかった。またか、と思うだけで。

「詳細な作戦計画はいずれお話しするが、ご覧のとおりこれは2センチ連装砲です。これで、Ｂ17の操縦席を狙う」

尾部から突き出た二門の2センチ機関砲を見つめながら、ガーランドが言った。暫く黙っていたカムフーバーが、眉を曇らせた。

「失礼ですが、中将。まったくの絵空ごとですな。私も常日頃、コンドルに乗っているが、これだけの重武装をしていたら、この機体ではＢ17には追いつけない。操縦席を狙うとおっしゃるが、どうやって敵の前に出るのですか」

カムフーバーが冷ややかに言った。ガーランドの夢想に、いささか興醒めしたといった表情だった。だが、ガーランドは相変わらずその口元に、愛嬌のある笑みを浮かべるのだった。

「追いつくとも、追い越すとも言っていないですよ、カムフーバー少将。そのやり方を成功させるためにも、貴官が必要なのです」

　ガーランドの眼が笑った。この男は、どこまでも自信があるようだった。

　陽はとうに落ちていた。巨大な格納庫の中には幾つかの小さな照明が灯され、その僅かな灯りに照らされた異様な姿のコンドルが、濃い翳りの中に在った。

「こんな時間までつきあっていただき、ありがとう。遠方から来られた方もおられる。今日はこれで、お休みください。近くに宿舎を用意した。分散しての投宿となるが、副官のローゼンバッハ大尉がご案内する。ゆっくり休んでくれたまえ。明日は早朝から、ふたたびここに集合していただく。この機体を飛ばすためにね」

　ガーランドは、男たちを見廻しながら笑った。シュタイナーも煙草をくゆらせながら、ふと周囲に眼をやった。気がつくと、背後の男たちの集団は、七、八〇人に膨れあがっていた。

　これから、何が始まるのか。怪訝な表情を浮かべる男たちの間からは声も上がらず、その視線はただこの奇妙な機体に注がれたままだった。外に出ると、五月も近いというのに、夜の冷気が肌を刺した。が、ロシア戦線に比べれば充分の暖かさだと、ハインツは思った。

「ハインツ、久し振りにシャワーを浴びられそうだな」

シュタイナーは、ローゼンバッハに指示された車の方に歩きながら煙草を取り出し、ハインツを振り返りながら言った。

「私は、とにかく眠りたいですよ。あっ、でもその前に、温かい食事がしたいな」

男たちの分乗した数台の乗用車とトラックは、やがて灯火管制された漆黒《しっこく》の闇の中へと消えていった。

三

一九四四年四月二六日　フランクフルト郊外　特設格納庫　午前八時

「国民学校《フォルクスシューレ》のようだな。戦場の方がましだぜ」

シュタイナーが小声で、隣に座ったハインツに言った。

「私は、なんだかうきうきしてますよ。学生に戻ったみたいじゃないですか」

「お前は大学出だったな。俺は、勉強なんか大きらいだったよ」

「大学卒業前の繰上げ徴兵でしたからね。また、大学に戻りたいな」

「お前は、国民学校の方が似合いだぜ」

シュタイナーは、煙草をくわえた口の端を歪めて笑うと、まだ少年のような面影の残るハインツをちらりと見た。色白の顔を紅潮させて怒るハインツの金色の巻き毛が、早朝の陽を浴びてきらきらと輝いていた。

昨日までの、ふたりのあまりにも汚れた衣服は、ガーランドの部下が回収していた。今日、彼らは新たに支給された空軍の明るい紺色の開襟型制服を着ている。白いワイシャツに、普段着けたこともないネクタイまで支給されていた。が、馴れないネクタイをシュタイナーは早速《さっそく》外していた。

「こんな服装じゃ、落ち着かないぜ」

脚を組み、煙草をくわえながら、周囲を見廻したシュタイナーが言った。つられて、ハインツも後ろを少し振り返った。

倉庫のような格納庫の中で、昨日招集された男たちが半円型に置かれた椅子に腰かけている。その数は、昨日よりも増え、ざっと一〇〇人近くはいるようだった。パイロットたちの出撃前のブリーフィングのように、彼らの前面には大型の黒板が立てられている。黒板の脇には、ドイツを中心とした欧州の地図が貼られている。

ざわめきや、小さい笑い声さえ聞こえていたが、昨夜以来の緊張感が、どこかに張りついていた。その原因となったのが、彼らの後方に据えられた、フォッケウルフFw200Cコンドルの、跡形も無く改造された異様な姿であったのかもしれない。

前方の扉が開く。磨かれて黒光りする長靴を鳴らしながら、アドルフ・ガーランド中将が入ってきた。その後ろに、昨日紹介された副官のローゼンバッハ大尉を従えている。ローゼンバッハは、小柄なガーランドとは不釣合いなほどの長身で、空軍型の前立《まえだて》の高い軍帽が、彼を更に大きく見せていた。長い脚に、乗馬型のズボンが似合う。軍帽の脇から覗く髪の色は、まさにヒトラー好みの金髪《ブロンド》で、颯爽《さっそう》と歩く姿はギリシア彫刻から抜け出た戦士のように見えた。

「あの副官、格好いいですね」

ハインツが、シュタイナーに囁《ささや》くように言った。

「いけすかねえ野郎だ」

シュタイナーが呟いた。

「どうしてですか。将校の理想像みたいじゃないですか」

「ふっ」

シュタイナーは、煙草の白濁した煙をローゼンバッハの立つ方向に吐き出した。

「負けを知らねえ。そういうのが、いちばん厄介なんだ」

四

ガーランドが、黒板の前に立った。居並ぶ将兵たちを見廻す。

「諸君、いよいよ作戦を発動する。今日から一か月後、我々は米軍の爆撃機梯団《ていだん》を撃滅する。君たちは、そのために特別に招集させてもらった八五名のスタッフだ。空軍以外の兵科からも、おいでいただいた。厳しい訓練も必要になるが、目的のために是非、協力してもらいたい。君たちの原隊復帰は、二か月後。状況によっては延長もあり得る。本作戦は最大極秘だ。よろしく頼む」

ガーランドが、その愛嬌のある顔に笑みを浮かべた。が、眼だけは笑っていない。

「中将、そんな話は聞いておりませんな。我々の特別休暇というのは？」

後方の席から、誰かが質問した。ガーランドは、その方を見てふたたび笑った。

「この作戦遂行が、君たちの特別休暇だ」

ここに集った将兵たちの殆どが、シュタイナーたちと同じくあの奇妙な「特別休暇命令」を受けていたのだ。その目的すら知らされずに。格納庫の中に、不安と不満の入り混じったどよめきが起こった。その気配が一瞬静まった時、ひとりの男の声が響き渡った。

「飛ぶかどうかも判らない機体で、何をしようというのですか。昨夜から聞いていれば、絵空ごとだらけだ。巨大なおもちゃのお遊びにはつきあえませんな。我々は日々、戦場で命を懸けて戦っているのだ」

明瞭な、然も毅然《きぜん》とした声だった。その声には、怒りを含んだ抗議の意志さえも帯びていた。ガーランドの眼が光った。

「今のは、誰かね？」

皆の顔が、一斉に声の主の方を向いた。ひとりの男が、立ち上がる。

「アルフレート・バルクマン。第27戦闘航空団《JG27》所属。空軍大尉」

周囲から一瞬、おおっという感嘆の声が聞こえた。

男は、四角い精悍な顔だちをした中肉中背、灰色がかった金髪に濃い青の瞳が鋭い。頬はこけ、その表情は硬い。明るい紺色の空軍制服の上から、黒い皮革の飛行ジャケットを着用していたが、そのジャケットは至る所に疵《きず》が付き、光沢も失われていた。彼自身が言うとおり、まさに戦場という地獄を闘《たたか》い抜いてきたという風貌の男だった。

「ようこそ、バルクマン大尉。九七機撃墜のエース。騎士十字章受章者《リッタークロイツトレーガー》。君を待っていたよ。この機体を操縦するのは、君だ」

だが、バルクマンと名乗った将校は、表情を変えることなく冷やかに言った。

「確かに、私は第27戦闘航空団に所属し、現在は対重爆撃機戦闘専門です。然し、大型爆撃機を操縦したことはありません」

「バルクマン大尉。あの機体を操縦した者は、今までにも誰もおらんよ。これから君が飛ばすのが初めてとなる。まず本日の午後、初飛行をしよう」

「お言葉ですが、閣下。私はアフリカ戦線以来、確かに多くの戦闘を経験し、数多《あまた》の死線を掻《か》い潜《くぐ》ってきた。これからも、如何なる出撃命令も拒むつもりはない」

バルクマンの言葉は静かだった。その毅然とした冷静さが、彼の言葉のひとつずつを確かなものとして説得力を刻んでいった。彼は、更に続けた。

「然し、私はテストパイロットではない。ましてや、曲芸飛行や度胸試しをやるつもりはない。あなたのお遊びのために、飛ぶことすらも危うい機体を操縦する気はありません」

気まずい静寂が漂った。ここに招集された将兵の誰もが今、バルクマンの言葉に同意していた。ガーランドの作戦は馬鹿げており、あの奇妙な機体が空に浮く筈はないと。その時だった。それまでガーランドの脇で俯《うつむ》いて座っていた背広の男が、ゆっくりと立ち上がった。

「バルクマン《ヘルバルクマン》さん。あなたのおっしゃることはよくわかります。だが、これは決してお遊びなどではない。本気だ。何故ならあの機体は、私が造った。おっと失礼。私は、フォッケウルフ社のクルト・タンクです」

格納庫の中に、どよめきが起こった。何人かは、腰を浮かしてその私服の男を確かめようとさえしていた。クルト・タンクは、まさにドイツ航空界の至宝だった。その有名な、フォッケウルフＦｗ１９０戦闘機を設計したクルト・タンク博士が、まさかここに居ようとは、誰ひとり思わなかったのだ。

「バルクマン大尉。このコンドル、いや、もうコンドルと呼ぶにはあまりにも変容したこの機体……何という機種なのか考えてもいなかったが、とにかくこの機体は、私が手を加えたものだ。ご承知のとおり、コンドルはもう生産されていない。この機体は、ルフトハンザの格納庫に眠っていた旅客機を引き出し、改造した。見かけからの不満や不審もあるだろう。が、少なくとも、曲芸飛行用でも、ましてやお遊びで造ったものではない。私は本気だ。そしてこの機体を、私は実に気に入っているよ。それに、こいつは……ちゃんと飛ぶ」

一瞬、その場に笑いが起こった。タンクも、その頑迷そうな顔に笑みを浮かべた。然し、バルクマンと名乗った男の表情は変わらなかった。無言のまま、ガーランドとタンクを睨《にら》み据えた。それでも、タンクは言葉を続ける。

「我々は今、ガーランド中将の元で、壮大な計画を進めている。この計画は、国家の存亡に関わるものだ。いや、特別に集められた諸君の前だ、はっきりと言おう。この国の行く末がどうなるのかはわからない。問題は、祖国の将来にこそある。今、この戦争は我々にとって、いや、わが祖国にとって絶対的危機の状況にある。一体、この戦いが正しかったか、それとも我々が誤っていたのか、それはわからない。良し悪しの裁《さば》きは、神と歴史に委《ゆだ》ねよう。ただ、我々は今、この絶望的な状況の中で、それでも戦わなければならない」

タンクはいったん言葉を切った。一気に話したため、息が上がったのか。やや俯くと、深く溜め息を吐いた。だが、それは彼の疲労や息が上がったためではなかった。彼の語った事実、それはすべてのドイツ人が悲嘆しようとも、もはや避けることのできない現実であり、今、目前に現出している地獄でもあった。

その現実の重さ、地獄の酷《むご》さが、タンクの言葉を詰まらせるのだった。彼はふたたび顔を上げると、聴衆である男たち一人ひとりを見据えるようにその青い眼を巡らせた。しばしの沈黙の後、彼は話を続けた。

「なぜか。知ってのとおり、先年の秋以降開始された米英軍によるドイツ本土爆撃は、今年に入って更に苛烈さを増した。僅か一日で、数百人、ひどい時では数千人ものドイツ人が殺されている。この一年間で、その数は既に十万を超えた。皆さんも忘れてはいないだろう。昨年の七月二四日から二七日にかけてハンブルグで四日間、延べ三〇〇〇機の爆撃機による昼夜連続の無差別爆撃が行なわれたことを。『クッキー』と名付けられた特殊焼夷榴弾《しょういりゅうだん》で市民の逃げ場を塞《ふさ》いで囲い込み、遅延信管で消防活動を破壊し、市民が逃げられない状態を作り、爆撃した。それによって少なくとも五万人のドイツ市民が爆殺され、焼き殺された。その犠牲者の殆どは一般市民、消防団員、救護隊員、女性、少年、少女、そしてまだ幼い子どもたちだった。連合軍はこれを『ゴモラ作戦』と名付けたそうだ。つまり……」

タンク博士は、思わず言葉を詰まらせた。あまりの悲惨な、そして屈辱的な想いが彼の胸を圧迫していた。

「ゴモラ……聖書の中に出てくる、神によって滅ぼされた町の名だ。つまり連合軍は、神に成り代わって、我々ドイツ人を皆殺しにする、という明白な殺意を明らかにした。彼らはもはや、たとえ女子《おんなこ》どもであろうと、ドイツ人であれば、すべて殺すことに躊躇《ちゅうちょ》しない。そして今や、ハンブルグと同様の無差別爆撃が、ドレスデンでもデュッセルドルフでも、そしてこのフランクフルトでも行なわれている。このままでは、わがドイツ民族は、残らず死に絶えるだろう。前線だけでなく、本国に於いても。皆さん、気づいてほしい。この戦争の発端や理由がいかなるものであるにしても今、ドイツは、その未来に於いて最大の危機を迎えている。私が、何を言いたいかおわかりか？　皆さん。私は、この戦争で勝つためとか、多くの敵を斃《たお》すためとか言っているのではない。そんな一義的な目的ではない。我々は決して、血に飢えた殺戮《さつりく》者ではないのだ。ただ、もうこれ以上わが国の市民や女性、子供たちを犠牲にさせてはならない。あの無差別爆撃による大量殺戮から救うためだけに、せめて女性や子供たちを、そして我々の愛する人たちを護《まも》り、この戦《いく》さが終わるまで、生きて残すためにこそ、我々は戦おう……。それは、現在のこの国、この国家のためなのではない、未来のドイツのためなのだ。今、我々はドイツの未来のことをこそ考えよう。そして、たとえ我々は『ゴモラ』の汚名と屈辱の中で討ち果てようとも、未来のドイツに生きるべき子どもたち、少年たち、女性たち、そして愛する人をこそ護るのだ。そのためにこそ、戦おう。それが、我々に与えられた最後の使命なのではないだろうか」

タンク博士は、ふたたび男たちを見廻す。そこに集った百人近い将兵たちからは、咳払いひとつ聞こえなかった。ただ、男たちの鋭い視線が、タンクに集中していた。

「諸君、戦っていただきたい。たとえ連合軍が如何なる正義の名の下《もと》に我々に無差別爆撃を行なおうとも、我々は、ただこのこと、ドイツの市民と少年少女、女性たち、愛する者たち、そしてドイツの未来のためにこそ、戦っていただきたい」

タンクの眼から笑いが消え、強い光を帯びた。

「そのために私は、この計画を六か月前から、ガーランド中将と練りあげてきた。そして、この機体を造ったのだ。なんとしても、アメリカ爆撃機群に決定的な一撃を加え、壊滅的な損害を与え、絶望的な犠牲を強いる。無差別爆撃の代償が途轍《とてつ》もなく高くつくものだということを、身をもって味わわせる。そして彼らに、この残忍な爆撃行為を放棄させることなのだ。毎日、祖国のどこかの都市や町に対して行なわれている大量殺戮を阻止するために。もう一度言う。この国の市民や女性、子供、そして愛する者を護り、この民族の血を次の世に繋《つな》いでゆくために。この機体は、そのためにこそ造られたのだ。バルクマン君。いや、ここにおられる皆さん。この戦いは、この国の未来のためなのだ。そのために、この機を飛ばしてもらえないだろうか」

タンクは、表情を変えなかった。だが、小柄なタンクのこめかみから汗がひと筋、流れ落ちた。彼は饒舌家ではなかった。その彼の言葉が、熱を帯びていた。

「ところで、皆さんはご存知ないだろうか。実は私もテストパイロットの出身だ。だからバルクマン大尉、今日の午後、私も操縦席に座る。どうかね、一緒に飛んでいただけないだろうか。未来のドイツのために、そして愛する人のためだよ」

タンクは言い終わると、依然として席から立ち上がったままのバルクマンを見た。

バルクマンは、冷徹そうな表情を崩さなかった。その鋭い眼で、タンクを見据えていた。長い沈黙が続いた。

突然、しじまの中に、奇妙な音が響き渡った。

コツ、コツ……

誰もが、音の所在を訝しがった。振り向く者、不思議そうに顔を合わせる者もいた。

コツ、コツ、コツ……

音は、続く。

バルクマンの右手が、その拳《こぶし》が、椅子の肘《ひじ》あてを叩《たた》いていたのだった。

コツ、コツ、コツ……

堅い木製の肘あてを叩く音が、続く。拍手の代わりに贈られる、ドイツ式の喝采《かっさい》。

敬意の表明だった。その瞬間、奇妙なことが起きた。音はふたつ、みっつと重なり始めたのだ。

五つ、九つ、……十五、三十、男たちの拳が椅子を叩きだす。格納庫の中に、音が溢れ出した。強く、強く椅子を叩く男たちの姿があった。彼らの拳には、血が滲《にじ》みはじめていた。それでも彼らは叩き続ける。その眼には涙が浮かんでいた。ガーランドも、将兵たちの前に立ったまま、黒板をその拳で叩いていた。

「未来のために！」

誰かが叫んだ。

「未来の祖国のために。愛する者のために！」

ふたたび声が響いた。タンクは、気難しげなその顔に微かに笑みを浮かべた。彼に向かって喝采を送る士官たちに軽く片手を挙げ、そしてバルクマンに笑ってみせた。

「あぁ、とうとうみんな、その気になっちまったぜ」

シュタイナーだけは、椅子を叩くこともせず、煙草をくわえながら憮然と呟いた。右手の拳で椅子を叩いていたハインツが、不満気に顔を上げ、シュタイナーに言った。

「少尉、やりましょうよ。僕らの後の世代のためですよ」

シュタイナーは、そんなハインツのまっすぐな表情を横目で見ながら言った。

「この戦争ではな、お前みたいな奴が、生き残らなきゃいけねえんだ」

五

ふたたび、ガーランドが話し始めた。

「諸君、ありがとう。タンク博士、心のこもった演説に感謝します。私自身の気持ちも代弁していただいたことにも。さて、諸君に同意していただいたところで、この作戦に重要な役割を担う方々をご紹介する。まず……」

ガーランドと副官のローゼンバッハの横にひとり、空軍少将の襟章を付けた男が、先刻から控えめに佇んでいた。

「ヨーゼフ・カムフーバー少将です。この計画《プロイエクト》のために、わざわざノルウェーのトロンヘイムからおいでいただいた。1500キロの彼方からだ」

カムフーバーという名に、空軍将校の間からざわめきが起こった。彼の名が、電波探知《レーダー》システムの開発者として有名であったのみならず、ナチス第三帝国大元帥を自称するヘルマン・ゲーリングと対立した男として知られていたのだ。故《ゆえ》に、そのざわめきには複雑な想いが混じり合っていた。囁き声も聞こえる。ざわめきが、この作戦の置かれた微妙な、そして危険を含んだ位置づけと、招集された男たちの複雑な立場を物語る。

　ガーランドが両手を上げた。余韻を残しながら、ざわめきが退《ひ》いてゆく。彼は続けた。

「もう一度、言っておく。この作戦は、ほぼ毎日のように数百機の大編隊を組んで襲来する米軍のB17爆撃機梯団を殲滅することにある、然も一撃で、だ。カムフーバー少将には、目標とする敵爆撃機編隊の発見と侵入ルートの予測、そして、局地どころではない、局点での攻撃地点の決定についてご指導いただく。この作戦での攻撃チャンスは一回限り。然も、ピンポイントでの一撃必殺だ。絶対に外すことも、やり直すことも許されない。したがって、カムフーバー少将の高い経験値から、敵梯団の確実な捕捉手法を捻出していただく。そして我々は、短期間でそれを完遂せねばならない。では、カムフーバー少将」

　ガーランドは、カムフーバーを促した。カムフーバーが将兵たちの前に立ち、皆の顔を見廻す。将兵たちの視線もただカムフーバーひとりに注がれた。カムフーバーは、暫く声を発しなかった。ただ、そこに居並ぶ男たちの顔を見続ける。格納庫に、物音ひとつしない静寂と緊張が漂った。誰ひとり、微動もしなかった。

「ようこそ、諸君」

　静かな口調で、カムフーバーは語り始めた。そのまま、ふたたび男たちを見廻した。

「祖国が、危機に瀕している……」

その眼に、光が走った。

「危機は、外側からだけではない。内側からもだ」

居並んだ将兵たちが、思わず息を呑んだ。危険な発言だった。だが、カムフーバーは、その表情に静かな笑みを浮かべた。その笑みは、ある種の諦観すら漂わせているようにも見える。その時、彼の眼の奥には、ノルウェーのあの鉛色の海が広がっていたのかもしれない。

「我々は……」

カムフーバーは、静かに語り始めた。

「この数年間、或る熱狂の中に在った。その熱狂の結果が、今、我々に何をもたらしたのか、あるいは何を味わわせたのか、考えてみてほしい」

やはり危険すぎる発言だった。この中にナチ党員、あるいはナチの信奉者がいたならば、即刻抗議の声が挙がる、いや、奴らは更に陰湿だ。この国では、秘密国家警察《ゲシュタポ》への密告が常態化している。通報されれば、明日の命も知れない。が、カムフーバーは続けた。

「あの熱狂の責任は、我々一人ひとりの内に在る。我々一人ひとりが、これからの歴史に於いて身をもってその結果を受け容《い》れてゆかねばならない。だが、今、殺されているのは、その歴史と祖国の将来を担う子どもたち、少年たち、そして女性たちなのだ。この計画自体が、果たして決定的な贖罪《しょくざい》の手段になるのか、また、果たして実行できるのかどうか、今の私にはわからない……。闘いの道程は、たぶんまだ辛く長いのだろう。だが、ただひとつ間違いなく言えるのは、私たちこそが、私たちの責任に於いて、子供たちを、そして女性たちを護らなければならないということなのだ。私たちの親兄弟、妻、子供、愛する人、そして……未来のドイツのために」

寡黙な男は、多くを語らなかった。そして、彼の得意分野である電波探知システムについては、ひと言も触れなかった。カムフーバーはそのまま一歩下がると、なぜか軍帽を脱ぎ、それを右胸にあてた。そこには軍人の姿ではなく、強い決意を秘めたま佇むひとりの愚直なほど真摯な男の姿があった。

誰かが、椅子を拳で叩いた。音の輪が、ふたたび波紋のように拡がってゆく。

ガーランドが、ふたたび前に進み出た。音が止む。

「さて、あとふたり、紹介しよう」

それまでの、やや緊張した面持ちを崩すと、愛嬌ある顔で笑った。

「昨日、諸君に見ていただいたとおり、この改造型コンドルの機体は、非常に変わっている。その一番の特徴は」

ガーランドは、将兵たちの後方に翼を広げたコンドルに眼をやった。何人かが、その視線につられ、振り返った。

胴体の左側面に突き出た長砲身が、鈍い異様な光を放っている。

「あの、7・5センチ対戦車砲だ」

機上搭載砲としては有り得ない口径だ。未だに、ここに集った将兵たちは、これを搭載して飛べるのか、あるいは本当に機上射撃が可能なのか、半信半疑だった。その砲口が将兵たちを睨む。男たちは、あらためて固唾《かたず》を呑んだ。

「この砲は、わが陸軍の戦車砲の中でも特に優秀な砲だ。砲弾は低伸《ていしん》し、命中精度は非常に高い。この炸裂弾が命中すれば、あのB17の巨体ですら一撃で吹き飛ぶだろう。だが諸君の中で、この砲を撃ったことのある者は居ない。そこで、この作戦では、7・5センチ対戦車砲の熟達者《エクスパルテン》をお招きした」

ガーランドの視線が、シュタイナーとハインツに向けられた。

「陸軍少尉ヘルムート・シュタイナーと、ハインリヒ・ウェーバー伍長だ。私の友人、フォン・オッペルン・プロニコフスキー国防軍《ヴェアマハト》大佐に頼み、特別においでいただいた」

ガーランドは、片手を差し出し、ふたりに起立を求めた。ハインツは、慌ててシュタイナーを見上げた。

「知らなかったよ。そういうお膳立てだったのかい」

シュタイナーはそう呟くと、ハインツを横目で見た。

「立てよ、ハインツ。こういう時には、黙って立つしかねえんだ」

シュタイナーは、ハインツを促して立ち上げると、煙草をくわえたまま空軍将兵たちに向かい、軽く片手を挙げた。ハインツも、シュタイナーの動作を見ると作り笑いを浮かべ、振り返りながら手を挙げた。ふたたび、拳で椅子を叩く音が響いた。

「シュタイナー少尉とウェーバー伍長は、ロシア戦線でT34とKV《カーヴェ》重戦車を合わせて五九輌も撃破している。然も、5センチ砲でだ。空軍ならば、間違いなく騎士十字章だ」

ハインツが、顔をしかめる。

「六一輌ですよね、少尉」

シュタイナーは、口の端を歪めただけだった。

「これから、ふたりを教官として、この中の何人かは7・5センチ砲射手となっていただく」

ガーランドが、周囲の将兵たちを見廻しながら言った。

「このコンドル特別仕様機だが、併せて五機が準備されている。各機に二名ずつが7・5センチの砲手として搭乗してもらう。ただし相手はソ連軍戦車ではなく、飛行中のB17爆撃機だ。地上とは、かなり要領が違うだろう。ついては、まずシュタイナー少尉とウェーバー伍長のふたりに、機上射撃に馴れていただかなければならない。午後の飛行に搭乗していただく」

と、透《す》かさず、シュタイナーが遮った。

「ちょっと待ってくれ、中将《ヘルゲネラール》さん」

シュタイナーは、立ち上がっていた。煙草を口から外す。

「俺は、陸軍砲兵少尉だ。ソヴィエトの戦車は随分撃ってきたが、飛行機は撃ったことがない。地上で7・5センチの射撃を教えるのは構わないが、空を飛ぶのは勘弁願いたい」

彼は、相手が中将だろうと元帥だろうと、同じ口のきき方をしただろう。

ガーランドは、笑みを浮かべながら応えた。

「この作戦では、飛行中の爆撃機を機上から7・5センチ砲で撃つのが目的だ。そのためには、まず君たちが空中で射撃ができなければならない」

ガーランドは、片方の眉を上げた。

「ここに居る空軍将兵たちは、7・5センチを撃ったことがない。あなたは、空を飛んだことがない。これで、あいこだ」

「俺は、飛行機酔いがひどいんだ」

「少尉は飛行機に乗ったことないって言ったじゃないですか」

ハインツが小声で言い、肘でシュタイナーの脇腹をつついた。空軍将兵たちの間から、笑いが起こった。

「午後には、よろしく頼むよ」

　ガーランドも笑った。

「ところで」

　ガーランドは、やや神経質な面持ちに表情を戻すと、全員を見廻した。

「この機体だが、正式な呼称を与えたいと思う。この機種は、たぶんわが国で最初の、いや、世界でもこれまで類を見たことのなかった空中砲艦《ガンシップ》になるだろう。この機を創ったクルト・タンク博士ご自身に名付けていただこう」

　そう言って彼は片手を差し伸べ、タンク博士を促した。タンクは立ち上がり、背後の機体に眼をやった。全員がふたたびその機体に振り返る。

　全身を甲冑で固めたような重装甲と重武装の施された機体は、見れば見るほど奇態だった。機首の左側面には2センチ機関砲。機首上部銃塔に3センチ機関砲。下部ゴンドラに2センチ連装砲が。そして胴体側面からは7・5センチ対戦車砲が突き出していた。この機体は、すべての火力が左側面に集中装備されていた。更に尾部には2センチ連装機関砲までが装備されている。どこかで見たことのある姿……。そうだ、長い槍を構えた中世ゲルマンの騎士。その姿を見ながら、ハインツは生唾を呑んだ。

「この機体の名は……」

しじまに包まれた格納庫の中に、タンク博士の低い声が響いた。彼は、黒い機体に眼をやったまま、その名をはっきりと言った。

「ワルキューレ」

一瞬の静寂と緊張が支配した。ひとつの言葉だけが余韻を残して。

ワルキューレ。

「古代ゲルマン神話の、戦《いく》さの女神……」

ハインツは、思わず呟いていた。

戦さ乙女《ワルキューレ》……。戦いで死んだ勇士たちを古代戦車に乗せ、黄泉《よみ》の世界に在るという戦士たちの殿堂、ヴァルハラに運ぶという美神たち……。

格納庫の天井の隙間から、遅い春の光が射し込んだ。一条の光が、鋼鉄の塊となった機体を包み込む。その時、ハインツの眼には、翼を大きく広げた古代神話の美神、否、畏《おそ》れ神が今まさに降臨したように見えたのだった。

第五章　死　闘

一

一九四四年四月二六日　フランクフルト郊外　特設飛行場　午前一〇時三〇分

プロペラが、ゆっくりと回転を始めた。やがて、加速のついたその運動は、風を切りながら虹色の弧を描き、ＢＭＷブラモ・エンジンの排気口から夥《おびただ》しい黒煙を噴き上げると、一気に咆哮《ほうこう》した。

「バルクマン、スロットルを絞れ！　噴かし過ぎだ」

タンク博士が、操縦席の下から叫ぶ。が、コックピットの厚いガラス越しに、男は微かに笑っただけだった。昨日、戦車の視察孔のように見えた操縦席の防弾板は、内部レバーによって開放されていた。この防弾板は、戦闘時にだけ操縦席を防護するために降ろされるものだった。バルクマンが、親指を立てた右手を差し出す。

「車輪止めを外せ」

整備担当の士官が叫ぶ。ワルキューレは、四発のエンジンを轟かせながら、ゆっくりとアスファルトで整地された滑走路に進んでゆく。

その日の午前、格納庫から引き出された改造コンドル「ワルキューレ」には、第27戦闘航空団から選抜されたアルフレート・バルクマン大尉とフォッケウルフ社の主任設計技師、クルト・タンク博士が搭乗する筈だった。更に、7・5センチ対戦車砲の射撃顧問として、ヘルムート・シュタイナー陸軍少尉、ハインリヒ・ウェーバー伍長も。然しバルクマンは、それを強硬に拒んだ。彼は言った。

「今さら、タンク博士の設計技術を信頼しない訳ではありません。然し、新設計の機体では、何が起こるかわからない。もし墜落したら、元も子もない。ましてや制空権は敵側にある。いつ何どき、敵機が現れないとも限らない。ドイツ航空界の至宝、クルト・タンク博士を危険に晒《さら》すわけにはいかない。まず、自分が飛びましょう」

そう言って、彼は譲らなかった。ガーランド中将も、結局彼の意見を受け入れた。そしてバルクマンは、彼とともにここへ来たキルヒナー曹長を従え、ふたりで大空に向かうことになった。

「大丈夫です。キルヒナーは爆撃手あがりだ。北海作戦では、このコンドルで英国船団を攻撃し、何隻も沈めている。私が誰よりも信頼できるパートナーなのだ」

バルクマンは、強面《こわもて》の顔に静かな笑みを浮かべた。タンクは、草地の間に造られたアスファルトの滑走路を、ゆっくりと進むワルキューレの後姿を、期待と不安の入り混じる思いで見つめるのだった。格納庫の脇に広がる草地には、直線で二キロに及ぶアスファルトの滑走路が造られていたが、日常は枯れ草で隠蔽され、滑走路上には車輪の付いた移動式の偽装農家まで置かれて、敵偵察機の眼を欺いていた。

また、滑走路の素材であるアスファルトは、コンクリートに比べて強度に難点はあるが、上空から見た時に白く反射するコンクリートと違い、その黒色が隠蔽性に効果を上げた。ガーランドが、この作戦のために特別に造らせたものだった。

軍需大臣アルベルト・シュペーアが、陰で協力していた。偽装農家も移動され、小枝や枯れ草も取り除かれた滑走路の周辺には、一気に新芽のふき出た草叢《くさむら》が広がっている。満身創痍《まんしんそうい》となったドイツの大地にも、遅い春は確実に巡っていた。その広げられたアスファルトの滑走路から、ワルキューレの黒い機影はいよいよ加速をつけ、離陸態勢に入る。

エンジン音が高鳴る。プロペラが鋭く風を切りながら、ワルキューレの重々しい機体は、滑走路をゆっくりと滑ってゆく。誰もが固唾を呑んだ。

「上空警戒！　監視員は見張りを怠るな！　フランクフルト管区高射砲部隊には、もう一度射撃の禁止確認をしろ」

ガーランドは通信兵に向かい、指示を出した。

「こちら第9防空司令部。再確認を請う。現在、フランクフルト管区上空をフォッケウルフ社実験機がテスト飛行予定。当該管区での射撃を禁止する。これは第9防空司令本部からの命令である。なお当該機種は四発大型。機数、一。再確認を要請。繰り返す……」

事前に通達されていた高射砲部隊への射撃禁止要請が、再確認される。周辺には、多数の監視役将兵が望遠鏡を覗き込み、上空を警戒する。そんな喧騒と緊張の中、ワルキューレは加速すると一気に浮揚を試みる。が、機体は浮かばない。鋭いエンジン音を轟かせながらも、ただ滑走路を走り続ける。タンクの額に脂汗《あぶらあせ》が浮き始めた。こめかみから、ひと筋の汗が流れ落ちる。

「やはり重すぎるのか。停《と》めるなら、今しかない」

一瞬の不安が脳裏を掠《かす》める。タンクは躊躇《ちゅうちょ》した。生唾を呑む。機体は、一度浮揚するかに見えた。が、ふたたび車輪は着地してしまった。そのまま、見守る全員の眼の前を通過してゆく。滑走路の残り、あと五〇〇……。未だ離陸しないまま、機影が遠ざかる。まだ、浮かばない。

「飛べ！」

誰かが叫んだ。続いて幾つかの声が。然し機影は、そのまま草地の先に消えてゆく。まさか……。口に出さないまでも、誰もが草地の向こうに黒煙が上がらないことを祈った。

その時。緑に萌え始めた草原の遥かな先に、黒点がひとつ。黒い影となった機体が大空にゆっくりと浮かび上がった。爆音が、遠くゆったりと、寄せる波のように聞こえる。

「やった！」

周囲に歓声が上がった。タンクは、思わずガーランドの右手を取った。ガーランドもまた、タンクの肩を抱いた。

「現在、速度280、高度400、上昇中。機体は予想以上に重い。離陸はサーカス並みだ」

無線機を通し、拡声器からバルクマンの声が聞こえた。

ガーランドがマイクを手に取ると言った。

「よくやった、バルクマン大尉。機体のバランスはどうか？」

「最悪だ。無事基地に戻れたら、もうこんな機体には二度と乗らないぞ」

拡声器から、バルクマンの怒鳴り声が響いた。然し、彼の声も心持ち笑っているようにも聞こえる。

「バルクマン、高度を稼げ。上昇限度が、どこまでか知りたい」

「タンク博士に聞いてくれ！」

バルクマンの声が届く間に、上空から聞き馴れない爆音が響く。地上の誰もが、その方向に顔を上げた。ひとつの影が、鈍く甲高いエンジン音を轟かせながら南の空から現れ、ゆっくりと頭上を航過してゆく。その時、長い翼が二回、バンクした。陽の翳《かげ》りとなったその機体は、宙空を泳ぐ神話の龍《ドラゴン》のようにも見えた。その姿は、あまりにもグロテスクだ。

その巨龍に向かい、地上の男たちは軍帽を脱ぐと片手に取り、思い切り振った。歓声も上がる。黒い飛行物体、あまりにも奇妙な容貌を持つその巨龍は、まさに中天に在る太陽の光を反射させながら、北の空へと消えていった。

「ワルキューレの飛行か……」

大空を見つめたまま、カムフーバーは独り言のように言った。

「高度２０００。これから上昇に入る。機体の安定は、はっきり言って最悪だ。トリムは、常に左に5度。回復不能。バランスを取るための縦揺れ、常にあり。たぶん機首上部の旋回銃塔のせいだ。速度にも影響している。４００に満たない。翼ぶれ《フラッター》も激しい。これでは、銃塔は使えないぞ。旋回させれば、失速《ストール》するだろう。……上昇に入る」

バルクマンの判断は的確だった。ガーランドの脇で技術担当士官が、バルクマンからの指摘や状況を技術報告書に記録する。タンク博士とスタッフたちも、バルクマンからの通報のたびに、データとの比較に没頭していた。ガーランドは、もう一度空を見上げ、雲量を確かめた。

「雲量五。敵機の飛来率は、半々だな」

彼は振り向くと、脇に広げられた机の上に通信機を置き、そこに張り付いている通信兵に訊《き》いた。

「レーダー班からの報告はないか？」

「各地のレーダー基地からは、今のところ敵機の侵入警報はありません」

若い通信担当兵がヘッドホンの片耳を外し、答えた。

「よし、バルクマン。上昇を続けてくれたまえ。なんとか6000まで持っていきたい」

拡声器にノイズが入る。

「いま、やってる最中だ。現在、高度、やっとこさ4500。これで搭乗員や弾薬を積んだら5000も無理だ。それにこの寒さでは、5000に到達する前に凍死しちまうでしょうな」

暫く無線機にノイズが入り、交信が中断する。ふたたび、途切れがちにバルクマンの声が聞こえた。

「現在、高度５２００。限界だ。ここらで水平飛行に入る。と言っても、機体は傾きっぱなしだ。……速度３５０、……60、……80……フラッターが激しい。３９０、ここまでだ」

その時だった。通信が突然途絶えた。地上の全員が息を呑む。

「バルクマン、聞こえるか？　ワルキューレ、応答せよ！」

ガーランドが呼びかける。

拡声器に凄まじいノイズが入った。

「これから……緩降下《かんこうか》に……高射砲は大丈夫だろうな……凄い揺れだ……速度、毎時４００……」

「高射砲隊には連絡済みだ、安心してくれ。バルクマン、聞こえるか、無理をするな」

「……４１０……聞こえている。速度４２０……機体が軋《きし》む……」

「バルクマン、フラッターの状況を教えろ」

タンク博士が、ガーランドのマイクに割って入った。声が上ずっている。上空で凄まじい爆音が聞こえた。全員が押し黙ったまま、空を見上げた、ただ祈るように。黒い物体が、遥かな森を掠めたようにも見えた。

「タンク博士、フラッターは相変わらずです。だが、この機体は異常なくらい強靭《きょうじん》だ。

この戦乙女《ワルキューレ》のねえさんは、かなりのじゃじゃ馬のようだが、ベテラン騎士《リッター》なら、なんとか扱えそうだ」

無線機のノイズの中で、バルクマンの声が聞こえた。

「頼んだぞ、バルクマン、君こそ最高のリッターだ！」

タンクが叫んだ。

二

プロペラの回転を轟かせながら着陸したワルキューレは、滑走路の端で停まった。ガーランド以下、全員が数台の軍用車に乗り、駆けつける。万一のため、小型の消防車と救急車までが準備されていた。その二台も、走った。エンジン・スイッチが切られ、唸《うな》りが徐々に鎮《しず》められてゆく。機体後方のハッチが開き、バルクマン大尉とキルヒナー曹長が機体から跳び下りた。

「よくやってくれた、バルクマン大尉、キルヒナー曹長」

ガーランドが声を掛けた。が、バルクマンは憮然《ぶぜん》としている。ゴーグルを外したふたりの顔に、両目の周囲だけを残して、顔半面に黒い煤《すす》が付着し、まるで異人種のようだった。

「とんでもない女神だぜ、まったく。女神というよりも、魔女だな、俺たちには」

機体を振り返りながら、バルクマンが吐き捨てるように言った。それを補うかのように、キルヒナー曹長が説明する。

「排気煙が機内にまで逆流しちまうんです。銃塔と3センチ砲が気流を乱して、機体安定を崩してるんですな」

「わかった。銃塔は、なんとかしよう」

タンク博士が応えた。やや離れた場所で、その光景を眺めていたシュタイナーが呟いた。

「やはり、こんな危なっかしい代物《しろもの》には乗れないぜ」

ハインツが、隣で息を呑む。

「銃塔だけじゃありません。7・5センチ砲は降ろしてください。あいつを積むのは自殺行為だ。機体トリムが、完全にイカれてる」

バルクマンはガーランドに向かい、真顔で抗議した。然しガーランドは、この抗議だけは、頑として取り合わなかった。

「だが、ワルキューレは、ちゃんと飛んだ。もちろん、君たちのお陰だがね。ワルキューレは、この砲がなければ存在意義がない。トリムは、乗員の移動でバランスをとるんだな。7・5センチは切り札だ。これだけは譲れんよ、バルクマン君」

そう言うと、ガーランドはバルクマンに背を向け、整備スタッフに声を掛けた。愛嬌のある顔だちに似合わないガーランドの、強情頑固な一面が如実に現れた。

「午後に、もう一度飛ばす。搭乗者は昼食を済ませておいてくれ。格納庫に用意されている。整備士は、その間に機体の整備と3センチ旋回銃塔の撤去だ。今度は、シュタイナー少尉も乗ってくれ」

ガーランドは、やや後方に立っていたシュタイナーとハインツにも声を掛けた。

「勘弁してくれ、中将さんよ……」

シュタイナーは独り言のように呟くと、苦々しく煙草を吹かした。整備士官のひとりが、ガーランドに駆け寄った。白い口ひげを生やした、ベテランらしい風貌を持った男だった。

「中将。午後までに3センチを撤去するのは、無理です。今日は艤装要員が全て、他のワルキューレの武装搭載に追われています。それに、現在のこの機体で射撃可能なのは3センチ砲だけです。念のために、今日は搭載しておいた方が良いと思います」

ガーランドは佇んだまま、暫く熟考した。横に立ったバルクマンは、勝手にしろとでも言いたげな表情を見せていた。

「そういう訳だよ、バルクマン君。これから、この機体の積載量は更に増える。条件は、余計に悪くなるわけだ。なんとか飛んでくれたまえ」

「墜落しても知りませんよ」

バルクマンは、堅い表情のまま吐き捨てるように言った。

「今度は、私も飛ぶ。私の機だ。墜《お》としはせん」

タンク博士が顔を上げ、バルクマンの眼をまっすぐに見る。いかつい顔に、断固とした決意があった。バルクマンは苦笑せざるを得なかった。

その日の午後三時。バルクマン大尉、タンク博士、そして憮然としたままのシュタイナーとハインツ、それに今回は機関士要員としてキルヒナー曹長を搭乗させたワルキューレが、ふたたび滑走路を蹴上がった。二度目の飛行は、さすがにベテラン・パイロットのバルクマンとタンク博士のコンビネーションが、ワンバウンドで地表を離れさせた。

四発のＢＭＷエンジンが轟きをあげ、回転するプロペラが、大気を切り裂いてゆく。ワルキューレの長い層流翼が風を孕《はら》み、そこから生まれた揚力が、重い機体を徐々に持ち上げてゆく。滑走路の灰黒色のアスファルト路面が矢のような速さで後方に流れ、重厚な機体はゆっくりと気流に乗った。殆ど同時に車輪《ギア》が鈍い音を立て、エンジングリルの内側に引き込まれる。

次第に高度が稼がれてゆくと、フランクフルト郊外の森林地帯が、敷きつめられた褐色の絨毯《じゅうたん》のように広がっていった。ハインツは、7・5センチ砲の砲尾にしっかりとしがみつき、機体の左側に僅かに開けられた視察孔からその光景を食い入るように覗き見ていた。

林立する針葉樹が、棘《とげ》のように微《こま》かく遥か彼方まで続いている。その中に、ぽつりぽつりと赤茶色にくすんだ家々の屋根が、おもちゃ細工のように点在する。そして、視界の更に先には、連日の爆撃によって瓦礫と化しつつある大都市、フランクフルトが、どんよりと垂れ込めた暗い曇り空と大地の間に、溶け合うように遠望された。

ハインツの胸に、ふと郷愁がよぎった。この深い森と赤茶けた町並みの屋根。ほんの一年半前まで彼が住んでいた大学街、フライブルグの風景によく似ていた。フライブルグの街は無事なのだろうか。あの町並みは、まだ残っているのだろうか。そして、彼の通った大学は……。

土曜の昼下りなど、彼はよく市の中心、マルクト広場に建つ聖堂《ミュンスター》の鐘楼《しょうろう》に登り、その美しい風景を眺めたのだった。然し、哲学を学んだことは、この現実に、いったい如何なる繋がりがあるというのか。そして戦争という無慈悲な現実は、今も彼の視界の先に確実に存在する。この大地の延長する途轍《とてつ》もなく遠い彼方には、彼がつい先日まで死闘を続けていたロシアの戦場が厳然と存在するのだ。ハインツの心はふたたび萎《な》える。そして彼は、春の泥濘期を迎えた戦場に残された、まだ幼さの残る少年兵たちのことを想った。

と、機体が突然大きく揺れ、弾《はじ》かれたハインツは我に返った。高度は、未だ1000メートルにも達していない。ハインツは、後ろを振り返る。

「少尉、見てください。町がもう、あんなに小さい」

ハインツが眼下を見つめ、言った。シュタイナーは、機内に設けられた銃弾ラックの支柱を握ったまま、何も言わない。

操縦席から、バルクマンが何か言っている。ふたりが顔を上げる。が、凄まじい轟音で、バルクマンが何を言っているのか判らない。代わりに操縦席の後ろに座ったキルヒナーが上体を捻《ひね》るように振り向くと、ふたりに向かって大声で叫んだ。

「そこの坊やと対戦車砲《パック》のだんな、機体の右側に寄ってくれ！　機体が左に傾いたままだ」

髭面のキルヒナーが、片腕でふたりを追い払うような仕草をしながら白い歯を見せた。シュタイナーとハインツは、機内に摑めそうな手掛かりを探しながら、泳ぐように機体の右に寄る。情けない格好だった。

突然シュタイナーの咽喉《のど》の奥から、込み上げるものがあった。必死にこらえたが、間に合わない。彼はよろめきながら、胴体の右側に開けられた薬莢《やっきょう》排出孔に駆け寄ると、食道から上がってきたものを吐き出した。が、強い風が汚物を機内に逆流させ、排出孔の周辺を汚した。

「あぁ、やっちまったぜ、対戦車砲のだんなが。しょうがねえな」

キルヒナーが振り向き、笑った。

「だから、乗らねえと言ったんだ」

シュタイナーは蒼白の顔で、憮然と言い返した。が、その声は、強い風に打ち消されて聞こえない。キルヒナーはそんなことにはお構いなしに、追い討ちをかけるように叫ぶ。

「少尉さん、初めてだからしょうがないが、後方の警戒は頼むよ。坊やもだ。ここはもう、ドイツの空じゃないからな」

ハインツは、蒼醒《あおざ》めたシュタイナーの顔を心配そうに見上げながら、尻のポケットからハンカチを出し、シュタイナーに渡した。シュタイナーは黙ってそのハンカチを受け取ると、ふたたび口元を押さえた。

「くそっ《シャイセ!》……」

シュタイナーの呻《うめ》きが漏れた。

三

一九四四年五月五日　フランクフルト郊外　特設飛行場　午後一時

一〇日後、二機のワルキューレが、滑走路に並んだ。機体には、まだ臭うような真新しい航空機塗料による塗装が施されていた。機体全体が、暗灰色で塗られ、そこに数本の帯状の黒いストライプが走る。幅を持った黒いストライプは、直線と鋭角による稲妻型のラインで構成されている。それはまさに、暗い中空に走る黒い稲妻を連想させる。その塗装の意味するものが、単に上空での迷彩性を考慮したものだけでない、この機体に賭ける強い意志の表現であるかのように、ハインツの眼には映るのだった。あたかも戦場に臨む騎士のようなワルキューレの姿に、彼は不思議な感銘を覚えながら、暫くの間眺め続けた。

その時、ハインツは奇妙なことに気づいた。この二機の垂直尾翼には、ドイツ機に必ず描かれる筈の「鉤十字《ハーケンクロイツ》」が描かれていなかったのだ。彼はそれに気づいた。が、何も訊かず、何も言わなかった。

二機のうち、「1号機」と呼ばれた機体には、7・5センチ砲弾をはじめ、全武装と弾薬が装備された。バルクマンの指摘を受けた、機首上部の大型旋回銃塔は撤去されていた。だが、そこには替わって一門の2センチ機関砲が、後方の斜め上方を睨み上げるかのように突き出ていた。然もガーランドは、3センチ砲を諦めた訳ではなかった。旋回銃塔から撤去されたかに思われた3センチ機関砲は、胴体後部の右面に再装着されていたのだ。

四日振りに、この基地に姿を見せたガーランドが、整列した隊員の前に立った。東からの風が、広い滑走路を吹き渡った。ガーランドは上空に眼をやる。空は久しぶりの蒼さが戻っている。視線を戻すと、ガーランドは語り始めた。

「諸君も耳にしたと思うが、昨夜、ヴィルヘルムスハーフェンが大空襲を受けた。連合軍の爆撃は、今や一夜の空爆に二〇〇機どころではなく、八〇〇から一〇〇〇機の規模となっている。ひと晩で、ドイツの都市ひとつがまるごと消滅するほどの大殺戮だ。然も彼らは、一時間から六時間までの遅延信管を使用した大型爆弾を、一〇〇発に一発の割合で混入させている。これにより、一般市民の犠牲者が激増している」

「少尉。なぜ爆弾に遅延信管なんか使うんですか？」

ハインツが、小声でシュタイナーに訊いた。

「連合軍《やつら》はな、ドイツの救援活動と消火能力が半端じゃなく強力なことに気づいたのさ。いくら爆撃しても、すぐに火を消し、都市の機能を復旧させちまうということにな。だから、爆撃後の救助や消防活動が始まってから爆発するように、遅延信管を装着した爆弾もバラ撒《ま》くんだ。救援や消防活動する民間の防衛隊や一般市民まで、徹底的に殺すためにな。奴らは、ドイツ人をぜんぶ焼き殺さなきゃ、気がすまねえんだろうよ」

シュタイナーは、ハインツの顔も見ずに応えた。そこに表情は失せていた。ハインツは、俯《うつむ》いた。ガーランドは、彼の前に並んだ八五名全員の顔を見廻した。その眼には、以前のような愛嬌のある柔和さは、微塵もなかった。

「更に、敵の爆撃は、このところ交通拠点に集中し始めている。これは、彼らがいよいよ欧州大陸への侵攻を開始する前兆ではないかと、国防軍統合参謀本部も警戒感を強めている。たぶん、このフランクフルトにも、近日中に大規模な空爆があるだろう」

ガーランドの眼に、鋭さが帯びた。

「この敵兵力を壊滅させるために、今、諸君に訓練を積んでいただいている。だが、敵の偵察もこのところ強化され、この中部ドイツ上空では、敵機との接触頻度が激増している。本日は、7・5センチ砲の射撃訓練を行なうが、諸君には充分な警戒をお願いしたい。また、後ろに並んだ二機のワルキューレは、先日の試験飛行の結果から、飛行の障害となった機首上部の旋回銃塔を撤去し、代わりに2センチ機銃を一門据えさせていただいた。上方から被《かぶ》られるのが一番厄介だからね。ちなみに、撤去したのは旋回銃塔だけで、3センチ機関砲は、胴体後部に再装備した。……私は、ただじゃ起きないのでね」

　ガーランドは、この日初めて、にやりと笑った。

「1号機には、7・5センチ砲弾も含め、全装備を搭載した。実戦と同じ条件だ。机上訓練でも述べられたとおり、ワルキューレは、従来のいかなる種別にも属さない特殊な攻撃機だ。あえて言うならば、〝待ち伏《ヤークト》せ攻撃機《アングリッフェル》〟とでも言おうか。あらかじめ敵の侵入コースを読み取り、その予測地点上空で敵の爆撃機梯団を待ち伏せるのだ。然も、敵に突っ込むのではなく、敵編隊の前方で敵と同じ針路を取りながら、後方から敵編隊に呑み込まれる、つまり同航しながら戦う。ワルキューレの速度は、B17よりも遅い。ワルキューレは、敵梯団の中に入り込んで戦うのだ、同じ進路を取りながらな。こんな戦法、今までにやった人間はおらんだろう」

　ガーランドは、いったん言葉を切ると、二機のワルキューレに眼をやった。

「敵爆撃機編隊は、爆撃目標進路に入ると、方向転換はしない。速度の遅いワルキューレは、敵編隊に追いつかれた所で、まず敵編隊の誘導機を見つけ出し、尾部の2センチ連装砲でその操縦席を破壊する。誘導機を喪った爆撃機編隊は、爆撃目標を見失うだろう。乱れた敵編隊の中に入り込んだワルキューレは、敵に追い越されながら同航戦に持ち込むのだ。周囲はすべてB17だ。然も同航戦であるから、敵は静止標的と同じだ。徹底的に撃ちまくれ。ワルキューレの装甲は、Ｂ17の搭載機銃、ブローニング1・27センチの集中弾幕にも耐えられるだけの厚みを持たせた。だが、……奴らが撃つよりも先に墜とすのだ。そのために7・5センチ砲を装備した。準備は整った。あとは、君たちがワルキューレを使いこなすだけだ。一発必中の腕を磨け」

ガーランドの眼が、前列に立ったシュタイナーを捉えた。その眼に笑みを浮かべた。

「これからの具体的内容は、ローゼンバッハ大尉から説明する」

そう言うとガーランドは、軍帽のつばに軽く触れる程度の敬礼をした。ガーランドに代わって、ローゼンバッハが前に立った。相変わらず、皺《しわ》ひとつない制服に、磨きあげられた黒革の長靴をはいている。彼は几帳面そうに、隊員の前で大型の手帳を開いた。その手帳にも、黒い革製のカバーが付けられていた。ローゼンバッハは、いったん手帳に眼を落とすと、それを確認したように眼を上げ、整列した隊員を見廻した。もったいぶった面持ちだ。

「1号機の装備は、今、中将から話のあったとおりだ。二号機には、武装は何も載せていない。操縦手二名と補助員二名のみ。二機が同時に離陸した後、高度3000メートルの上空で、二機は同航飛行を行なう。航法は、事前にパイロットとは打ち合わせしたとおりだ。南東に向かって飛んでもらう。飛行が安定したところで、2号機は標的用吹き流しを後方に流す。この吹き流しの長さは、23メートル。Ｂ17の機体と同じ長さだ。二号機の右側に位置した1号機は、この吹き流しを標的として射撃訓練を行なう。地上とは要領が違うから、なかなか当たらないだろうがね」

　ローゼンバッハは、皮肉のこもった口調で言うと、ちらりとシュタイナーを見た。

　この数日間、ガーランドの代わりにこの特別編成部隊の指揮をとったローゼンバッハの、教本どおりの杓子定規《しゃくしじょうぎ》な訓練方針が、苛酷な戦場を堪え抜き、鍛え上げられてきたシュタイナーの実戦論と噛み合う筈はなかった。ハインツは上目づかいに、隣に立つシュタイナーを見た。だが彼は、表情ひとつ変えなかった。

「各機の間隔は、70メートル。これもB17の飛行間隔と同じだ。速度は」

　そこまで言いかけた時、声がかかった。

「もういいでしょう、ローゼンバッハ大尉」

　声の主は、バルクマンだった。

「我々は、この一週間、机上訓練でそれらのことは充分確認済みだ。理屈よりも、むしろ戦闘経験が大切だ。一回の実戦は、半年の訓練に勝《まさ》りますからな」

　彼もまた、理論づくめのローゼンバッハにうんざりしていたのだった。隊列の至る所から、笑い声が起きた。これが、隊員すべての総意でもあった。ローゼンバッハは、次の言葉を失った。頬が紅潮する。

「それに」

バルクマンが続けた。

「我々は、シュタイナー少尉の腕を信じている。だからこそ、この危うい機体にも搭乗するのだ。そろそろ実行にかかろうじゃありませんか」

「バルクマン大尉、私はただ……」

ローゼンバッハが口ごもりながらも言いかけた時、ガーランドが割って入った。

「よろしい。ローゼンバッハ君、ご苦労だった。ここでは、君の理論も大切だ。今後もよろしく頼む」

ガーランドは、ローゼンバッハの顔を潰さないことも忘れなかった。

「それでは、さっそく腕前を見せていただこう。準備はいいかね？」

ガーランドは、列の後方に並ぶ整備隊員たちに声をかけた。

「発進準備完了。いつでも飛び出せますぜ、中将殿」

老練の整備班長が、太い声で応えた。ふたたび、ワルキューレのエンジンが咆哮した。

操縦席には、バルクマン大尉とキルヒナー曹長が、アフリカ戦線以来のコンビネーションで臨む。

機関士兼、上部2センチ単装機関砲手のワグナー空軍少尉が、操縦席のすぐ後方に座った。翡翠《ひすい》色の美しい眼を持つ物静かな男だった。規定どおりの完全装備をしている。

機体左側面の2センチ機関砲手を兼ねた通信手のレーム軍曹が、バルクマンの後ろに座った。口髭《くちひげ》の痩《や》せた男。ユンカースJu87急降下爆撃機《スツーカ》の通信手だった。クルスク戦の地獄を経験した数少ない生き残りだ。

シュタイナー、ハインツが胴体中央に身構える。

機体下部ゴンドラの2センチ連装機関砲の射手は、ホフマン曹長。デミヤンスク包囲戦、クレタ島降下作戦に出撃し、瀕死《ひんし》の重傷を負いながらも生還した輸送機パイロット。そのドイツ輸送機部隊はもはや壊滅して、この世にはない。

胴体後部には、3センチ機関砲の射撃手としてツィンマーマン中尉と装填《そうてん》手のコーラー伍長が搭乗した。ツィンマーマン中尉とワグナー少尉は、同じ戦闘機部隊からの抜擢だった。ふたりは、仲を疑われるほどに親しく、常に行動を共にしていた。

機体最後部の2センチ連装機関砲は、ミューラー少尉が担当する。ハンサムな戦闘機パイロットだった。いずれも、この一〇日間で配置部署を任ぜられ、机上訓練によって各自の役割は確認されていた。

「この狭い機内に、豪勢にも十人もの男たちだぜ。然も、男前ばかりだ。ワルキューレの女神さんも、さぞかし面食らっているだろうよ」

キルヒナー曹長が、操縦席から振り向くと、発進準備をする搭乗員全員に声をかけ、笑った。

「いや、汗臭くてかなわないそうだ」

ツインマーマンが皮肉を込めて応える。無口なワグナーが顔を上げ、口元で笑った。

「墜落したら、大量殺人ですね」

思わずハインツがはしゃいだ。が、周囲の男たちから睨《にら》まれ、眼を伏せた。ワルキューレに搭乗しての射撃訓練は初めてだった。然し彼らは、いずれも各地の最前線で飛行機乗りとして苛烈な激戦を繰り返し、数多《あまた》の死線を潜《くぐ》り抜けてきた歴戦の強者《つわもの》たちだった。腰が退《ひ》けている者はいない。

エンジンが、回転数を上げる。滑走路に一陣の風が舞った。バルクマンの差し上げた拳《こぶし》に、親指が立つ。実戦装備を施し、重量の増したワルキューレは、ゆっくりと黒いアスファルトの滑走路を移動し、やがて地面を這うように地上から離れて行った。轟音と強い排気煙の臭いだけが後に残った。

この日、フォッケウルフ社のクルト・タンク博士も特設飛行場に足を運んでいた。彼は、胴体上の大型旋回銃塔を撤去したことによる機体バランスの移動を修正するため、この数日間を技士たちとともに現場で作業に臨み、殆ど眠っていなかった。彼もまた、このワルキューレの飛行にすべてを賭けていたのだ。禿げあがった頭部の周囲に、残った僅かな髪が舞う。疲労の色が濃かった。それでも彼は、大空の一点を見据えた。頭上を一心に見つめるタンクのその眼が、彼の無言の執念を語っていた。

「さすがに、選《え》りすぐりの男たちだ。もう、ワルキューレを手足のように操縦している」

ゆっくりと大空に溶け込んでゆくふたつの機影を見上げながら、ガーランドは感嘆を込めて言った。タンクは、同じ空の一点を見つめたまま頷《うなず》く。

「確かに凄い男たちだ。だが、まだ判らんよ。あれだけの大型砲を射撃してみるまでは。7・5センチ砲の反動がどれほど影響するのか、私にも予測がつかん。まさか、反動で空中分解することはなかろうが、飛行には相当な負担が発生するだろう。それに、敵の弾幕の真っ只中に飛び込むわけだ……。ブローニング1・27センチ機銃には耐えられるように設計したつもりだが、果たして敵の集中砲火の中で、ワルキューレの機体がどこまで持ちこたえられるか、私にもわからん……。或いは、彼らに大変申し訳ないことをしてしまっているのかもしれない」

「いや、あの男たちはわかっていますよ、彼ら自身の役割をね。たとえ、どのようなことがあろうとも、彼らは逃げも悔やみもしないだろう」

ガーランドもまた、めずらしく紺碧に澄んだ五月の空を仰ぎながら、言った。それから、ふと眉間を曇らせた。

「むしろ、これだけの晴天だ。敵機の急襲を警戒せねばなりませんな。敵戦闘機や戦闘爆撃機《ヤーボ》にぶつかったら、ひとたまりもない。すべてが終わりだ」

そう自分に言い聞かせるように呟くと、ガーランドは通信兵を振り返った。

「フランクフルト管区の高射砲部隊に射撃禁止命令を再確認しろ。それに、第2戦闘航空団から、警戒機を何機か出動要請してくれ」

通信兵が、慌《あわただ》しく無線連絡を始めた。


「シュタイナー少尉、いよいよだ。射撃の腕前を披露してくれ」

バルクマンが、咽喉《タコ》マイク《ホーン》を通して言った。既に搭乗員全員が、受信用のヘッドホンと通話用タコホーンを装着している。シュタイナーが、機体中央の左側面に寄り、左後方に向けて設置されていた7・5センチ砲を中央に向ける。空気抵抗が強まり、それでなくても重量過大の7・5センチ砲の砲身は、思うようには動かない。ハインツが手伝った。

「シュタイナー、ゆっくりやってくれ。抵抗が凄まじい」

バルクマンが叫んだ。

「急げったって、出来ねえよ。こんなもの着込んでちゃな。ハインツ、視察孔を開けろ」

シュタイナーが言った。その格好は、中世の胸甲騎兵のようだった。胸から下腹まで、甲冑のような防弾板をまとっている。然も、その下にはパラシュートを着けていた。

「ハインツ。本番の時には、こんなもの取っちまおうな。とてもやってられない」

「少尉、それはまずいですよ。パラシュートの使い方だって、教わったじゃないですか」

ハインツが、視察孔を開けながら言った。強い風が彼の顔を歪ませる。

「俺は、いざとなっても高い所から飛び降りるなんてまっぴらだぜ」

「だから、いざとならないように訓練するんじゃないですか」

「何をぐちゃぐちゃ言ってんだ。2号機に並ぶぞ！」

バルクマンの怒声が、ヘッドホン越しに響いた。

シュタイナーが、視察孔を通してワルキューレ一号機の左側面を見る。強い気流に揺れながら、二号機の暗い灰色の機体がゆっくりと並んだ。同高度、同速度だ。と、その胴体下のゴンドラ後部から、するすると何かが流れ落ちた。一本のワイヤー。その先に、大きな袋状のものが付き、機体の後方で気流に大きく揺れて、くるくると回った。

同時に、その袋が開く。鮮やかな赤いものが空中に広がる。オレンジと白に塗り分けられた吹き流しだった。B17爆撃機と同じ、23メートルの長さと胴体の太さを持った吹き流しが、二号機の後方に曳航されてゆく。

「シュタイナー少尉。あれを敵機だと思え。B17と同じ大きさだ。今から一〇分間、このまま飛行する。模擬砲弾で射撃開始してくれ」

ワルキューレ一号機の機体は、やや速度を落とし、吹き流しと同位置に並んだ。

「ハインツ、模擬砲弾を装塡しろ」

シュタイナーが、オレンジ色の吹き流しを見据えたまま、ハインツに命じた。その眼は、既に敵に挑む眼、ロシア戦線でT34戦車を睨んだ眼に変わっていた。

「思ったより、でかいな」

シュタイナーは、これから相手にする敵の巨大さに、あらためて息を吞んだ。ハインツが、拳で7・5センチ砲弾を砲尾に押し込んだ。閉鎖器が、鈍い音を立てて閉じた。

「射撃準備、完了！」

ハインツも、緊張した面持ちで視察孔を覗き込みながら、叫んだ。シュタイナーは、吹き流しを睨み据えながら、照準を調整してゆく。

「ハインツ、ちょい右。3度下げ」

シュタイナーが、7・5センチ砲の発射レバーを握った。オレンジ色の吹き流しが、眼前に膨れあがった。発射レバーを押す。発射音と同時に、凄まじい衝撃が走る。ワルキューレの機体が弾かれたように波打ち、反転するほどに大きく揺れた。ツィンマーマン中尉とハインツの身体が跳ね上がり、おもいきり壁面にぶつかると、床に転がった。

ワグナー少尉は、辛うじて砲弾ラックに摑まり、衝撃に耐えることができた。機体が、悲鳴のような軋《きし》み音を立てる。狭い筒状の胴体の中を、灰色の硝煙が突風のように突き抜けた。シュタイナーは、のけ反《ぞ》る身体を7・5センチ砲の俯仰角《ふぎょうかく》調整器を摑むことで支えながらも、その眼は砲弾の行方を追った。模擬弾は、23メートルのオレンジ色の吹き流しの後方を、やや下に逸《そ》れ、霞を帯びた初夏の地平の彼方に消えていった。

「ちっ、外した。7・5センチ砲弾でも、風に流される。ハインツ、次弾装塡！」

床に転げていたハインツは、ツィンマーマン少尉とともに起き上がると、這いずるように配置に戻り、模擬弾を抱えた。機上からの射撃は、予想以上に難しい。同高度、同速度とはいえ、互いが時速400キロ以上で飛行し、然も機体は常に上下に揺れているのだ。

シュタイナーの額に、微かな脂汗が浮いた。いま一度、照準を微調整し、そして発射レバーを押す。凄まじい衝撃！　再び全員の尻が浮いた。7・5センチ砲の反動は、ワルキューレを分解させかねなかった。だが、今度は全員が何か手近な物に摑まり、身構えながら、男たちの眼が祈るように標的を注視する。

砲弾は、吹き流しに向かって一直線に飛んだ……そして、オレンジ色の布の真ん中を突き破った。

「命中！」

「やったか！」

視察孔を覗いていたハインツが、硝煙の中を弾き飛ばされながらも、歓声を上げた。

バルクマンの叫び声が聞こえた。

「あと一〇分でスイス国境だ。ターンに入る前に、二、三発撃っておけ」

彼の指示が、ヘッドホンに響いた。

「ハインツ、今度はお前が撃ってみろ」

シュタイナーが、ハインツに位置を譲った。二号機は、穴のあいたままの吹き流しを引いてゆく。

「少尉、あんなに揺れるものに当てるんですか？」

視察孔を覗いたハインツは一瞬息を呑み、不安げに訊く。

「戦車よりはでかい。気流が強いから、7・5センチ弾でも流されるぞ。偏差射撃だ」

シュタイナーは、7・5センチ模擬砲弾を装塡しながら、ハインツに言った。

ハインツは片目を瞑《つむ》り、ゆったりと上下に揺れ動く吹き流しに照準を合わせた……

大きい。こうして見る吹き流し、つまり彼がこれから墜とすのであろう「B17」は、途轍もなく大きかった。そして、その機体の中には、彼の射撃によって犠牲となる一〇人のアメリカ人青年たちが搭乗しているのだ……。

「吹き流しの頭、やや上を狙うんだ」

シュタイナーは、吹き流しを睨み据えたままハインツに指示した。が、ハインツの耳には聞こえていなかった。いや、彼の耳には、犠牲となる青年たちの絶叫が聞こえたような気がしていた。

ハインツは、射撃レバーを押した。ふたたび凄まじい反動とともに、機体は激しく揺れた。跳ね上がるほどの衝撃だ。鋼鉄で装甲された機体が軋む。ハインツ自身が大きくのけ反った。然し弾丸は、吹き流しの遥か下方に逸《そ》れていった。

ハインツの咽喉《のど》が鳴った……声さえ出ない。

「凄い反動だ。だが、この機体ならなんとか耐えられる。いいか、B17の搭載機銃は、片側だけでも一〇挺のブローニングを撃ち出してくる。それらの集中射撃を喰らう前に、一撃で仕留めるんだ、わかったか！」

バルクマンが、操縦席から叫んだ。

「どうした、ハインツ。しっかり照準しろ、連続射撃だ！　砲弾《タマ》は、おじぎをするんだ。この距離なら、3メートル上を狙わなきゃ当たらん」

シュタイナーが、ハインツの肩を叩いた。その瞬間、ハインツは我に返った。

「はっ《ヤー》、はいっ《ヤヴォール》！」

ハインツのこめかみから冷たい脂汗が流れた。気づけば、身体じゅうが汗まみれとなっていた。硝煙が眼に滲《し》みる……ふたたび、発射レバーを押す。次弾が発射された。

「ああっ……」

7・5センチ模擬弾は、吹き流しの後方に逸れてゆく。

だめだ、もう僕にはできない、シュタイナー……。ハインツは呟く。言葉にはならなかったが。

「落ち着け、ハインツ。偏差射撃だ、移動中のT34を狙う時と同じ要領だ。一点に集中するんだ」

眩暈《めまい》がした。それでもハインツは、生唾《なまつば》を呑み込む。シュタイナーは、額から首にかけて、べっとりと脂汗を流すハインツを横目で見た。

「ハインツ、深呼吸、三回！」

「はいっ……」

咽喉が、ごくりと鳴った。肩で大きく息をする。

「小僧、頑張れ」

横から声をかけたのは、ツィンマーマンだった。キルヒナーも振り向く。ハインツは、もう一度唾を呑み込むと小さく頷き、前方を睨み据えた。

そして、射撃レバーを押した。衝撃に拘わらず、ふたりは支柱を握りしめたまま、砲弾の行方を追う。その直後、オレンジ色の吹き流しが引き千切られ、宙に舞った。

「当たった……」

ハインツの咽喉の奥から、呟くような声が聞こえた。その瞬間、一〇人のアメリカ青年たちの絶叫も……「ママッ《かあさんっ》」という最期の叫び。


「坊主、やったな！」

キルヒナーの声が、実際に聞こえた。弟を気遣う兄のような声だった。ハインツは、操縦席のキルヒナーに向けて薄く笑い返した。その顔は蒼醒めていたが。

「今度は、お前が僚機の射撃手に教えなきゃならん。あと三、四発は命中させて、感覚を覚えておけよ……どうした、飛行機酔いか？」

シュタイナーは、暗い表情のハインツの肩を抱き、言った。ホフマン曹長が、遠隔操作の2センチ連装機関砲を標的に向け、連射した。2センチ機関砲弾が、琥珀色に輝く緩い弧を描きながら、オレンジ色の吹き流しに集束してゆく。吹き流しは引き裂かれ、形を留めないほどのボロ布と化していった。

四

その時だった。バルクマンの緊張した声が、ヘッドホンに響いた。

「基地より緊急入電だ。敵戦闘機二機、接近中。反転し、降下するぞ」

言葉が終わる間もなく、機体は大きく左に傾《かし》いだ。シュタイナーとハインツは、機内をよろけながら、手掛りを探した。視察孔から見ると、二号機は既に千切れた吹き流しをワイヤーごと切り離し、遥か下方へと急速に左旋回していた。一号機がそれを追う。

「敵機は、二機。北西方向より、まっすぐにこちらに向かっている。後方を警戒してくれ」

バルクマンの声は落ち着いていた。が、ただならぬ緊張が張り詰める。尾部2センチ連装機関砲射撃手のミューラー少尉が、筒型の通路に潜《もぐ》り込む。元来、銃座など設定されていないコンドルに装備された尾部銃座に行くためには、人ひとりがやっと這《は》うことのできるこの筒型の通路に入らなければならなかった。然も尾部銃座は、腹這《はらば》いとなったそのままの姿勢で、射撃操作をするのだ。

「ミューラー少尉。射撃位置に着いたか？」

バルクマンの声が、ヘッドホン通しに聞こえた。

「今、着いたところだ。環境は最悪だが」

ミューラーの、低くこもった声が聞こえた。

「後方の監視を怠るな、全員だ！」

ふたたびバルクマンが叫んだ。敵機は確実に襲って来る！　緊張が一気に高まる。

「マスタングでなけりゃいいが……」

3センチ機関砲射手のツィンマーマン中尉が呟く。

「少尉、マスタングって？」

視察孔から顔を上げたハインツが、不安げに訊く。シュタイナーは何も答えず、煙草をくわえた。

「P51って戦闘機のことさ。一番厄介な奴だ、アメ公のな」

シュタイナーの代わりに、3センチ機関砲の視察孔から眼を上げた装填手のコーラー伍長が、ハインツに言った。

「相手が誰だって、死ぬ時は決まってるんだ」

シュタイナーの乾いた呟きが聞こえた。紫煙が、機内を流れてゆく。

特設飛行場では、ガーランドたちの緊張が高まっていた。

「第2戦闘航空団《JG2》の返答は？」

　ガーランドが、先刻要請した掩護戦闘機の返答を問う。通信兵が緊張した面持ちで応える。

「本日、B17爆撃機梯団約一〇〇〇機が、ハンブルグに侵攻しているため、双発重戦闘機を含む全機が既に出動中との返答です」

「最も近い第7戦闘飛行隊から緊急発進を掛けられんか？」

　ガーランドが、通信兵のマイクを直接握って叫んだ。拡声器を通して、防空管制本部員の声が響く。

「第7戦隊は、全機ハンブルグに出撃中。予備機なし」

「第50戦闘飛行隊は？」

「同じく、ハンブルグに向かっている敵主力の陽動部隊が、現在カッセルを爆撃中。第50戦隊はこの陽動部隊を攻撃中なるも、敵護衛戦闘機に阻《はば》まれ、被害多数。そちらに廻す余力なし」

　ドイツ本土を護る戦闘機部隊は、既に火の車、手一杯だった。

「ワルキューレに発信。敵戦闘機と思《おぼ》しき機影二、ワルキューレに急速接近中。機種不明。方位は、北西。現在、ジーゲン上空。友軍戦闘機による掩護は、現在のところ困難と思われる。可能な限り敵機との接触を避け、低空で南東に飛べ」

「こちら、ワルキューレ1、了解。同方向の緊急着陸箇所を指定されたし」

　バルクマンの冷静な声が返ってくる。

「ミルテンベルグの緊急不時着用滑走路へ飛行されたし。指標015・334」

　通信兵が応答した。

「滑走路の長さは？」

　暫くの間があった。

「滑走路距離500メートル。繰り返す、滑走路……」

「馬鹿野郎、繰り返したって同じだ！　それじゃワルキューレは着陸できんぞ。こいつの重量は異常なんだよ！」

　バルクマンの怒声が響いた。

「バルクマン大尉、ガーランドだ。ミルテンベルグは本来、練習機とグライダー専用だが、この際、胴体着陸も止むを得まい」

「胴着？　中将、ワルキューレを潰しても構わないというんですか？　この作戦は」

　その時だった。

「四時方向、400メートル上方、距離3000、機影二、迫る！」

　ワルキューレ尾部銃座のミューラー少尉の声が、響き渡った。ツィンマーマンが、3センチ機関砲の弾丸を装填し、安全装置を外す。鈍い金属音がした。

機首下部のゴンドラに設置された2センチ連装機関砲を担当するホフマン曹長も、射撃位置に着く。ただしこの銃の射撃は、機内からの遠隔操作によって行なわれるので、高速戦闘機への照準はかなり難しい。

「この機体の火力は左側面に集中している。ワルキューレ1は、武装を搭載していないワルキューレ2を掩護しながら、左側面に敵機を引きつけるんだ」

バルクマンが叫んだ。同時に機首が急速に左旋回した。機内の全員が思わずよろめいた。

「敵機、接近。七時方向、サンダーボルト《P47》だ。二機、来るぞ!」

ツィンマーマン中尉の叫ぶ声が聞こえた。すかさず、ワグナー少尉が機首上部後方に突き出した2センチ機関砲に取り付き、敵の機影を探した。が、空気抵抗に配慮し、銃座が機内に引き込まれているため、射界は極端に狭い。

「くそっ、どこだっ、見えないぞ」

ワグナーが叫ぶ。尾部銃座が、射撃を開始した。2センチ弾を連射する凄まじい音と振動が、機体を微《こま》かく揺らす。

「こちら、バルクマン。全員に告ぐ。ワルキューレは、敵に知られてはまずい機体だ。だが、墜《お》とされるのは、もっとまずい。わが一号機は、武装の無い二号機を掩護するため、あの敵機を必ず墜とす!」

　ワルキューレは更に旋回した。全員が、それぞれに機銃の発射レバーを握りしめ、視察孔を睨《にら》み据えた。明るい灰色の空に、ふたつの機影が見えた。

　と同時に、その翼から何かがふたつ落下する。爆弾？　まだガソリンの入っている増槽《ぞうそう》だった。敵も戦闘態勢に入ったのだ。急速に速度を上げ、縦隊を組みながら降下を開始するふたつの敵影に向けて、2センチ弾が注がれる。が、明らかに届いていない。2センチ砲の連射は、P47の接近を牽制する効力しか発揮していない。ふたつの機影は、2センチ砲の射界からひらりと機体を外すと、明らかな殺意を持ってワルキューレに接近する。

　先頭の黒い影が、猛烈なダッシュとともにワルキューレ1に襲いかかった。影は既に銀色に輝く機体となっていた。その姿は、異様にずんぐりとしている。

　リパブリックP47サンダーボルト。プラット&ホイットニー「ダブルワスプ」二四五〇馬力という途轍《とてつ》もなく強大なエンジンを搭載した上に、ターボチャージャーを装備した米陸軍航空隊の最新鋭機だった。その機体はレシプロ単発機でありながらドイツ戦闘機の2倍近く、両翼に合計八挺ものブローニング1・27センチ機銃を装備していた。更に1100キロの爆弾、ロケット弾も搭載可能な重武装を誇る高性能重戦闘機だった。

　サンダーボルトの両翼が、点滅するように光った。

「坊主、伏せろ！」

ツィンマーマンが叫んだ。ハインツは転がるように床に伏せた。その直後。雷に打たれたような衝撃が走った。

至近距離から撃ち出された1・27センチ機銃弾は、集束されたオレンジ色の射線となって、ワルキューレの機体に強烈な打撃を与えたのだ。装甲板が、悲鳴のような凄まじい金属音を上げる。焼夷弾《しょういだん》、曳光弾《えいこうだん》が炎となって弾《はじ》き返され、火花が散る。徹甲弾が、ワルキューレの重装甲に突き刺さり、貫通した。猛烈な衝撃に機体が音を立てて振動し、機内が硝煙で充満し始めた。

シュタイナーの眼前を紅蓮《ぐれん》の炎が襲った。焼夷弾の炸裂だ。機体の一部が吹き飛び、アイスキャンデーのような棒状の塊が機体を刺し貫いた。誰かが転がる。が、白濁した煙で何も見えない。

「たじろぐな、次をやれ！」

バルクマンの叫びが、ヘッドホンを震わす。わかってる、誰もがそのつもりだった。

床に転げた男たちは透《す》かさず起き上がるや、ふたたび機銃にしがみついた。そして視察孔から敵機を探す。誰の眼にも凄まじい殺気《さっき》が奔《はし》った。絶対に墜としてやる、という殺意。灰色の煙の中に、焼け焦げた臭いが充満する。血の臭いさえ。が、ワルキューレは飛び続ける。

「墜ちるなよ、ワルキューレのねえさん……」

呟きながらシュタイナーは、7・5センチ砲の発射レバーを握った。姿勢を低く構えた彼の足元が滑る。倒れた誰かの血が流れているのだろう。が、振り向く暇も、確認するゆとりもない。

「ハインツ、装塡しろ！」

「できてます、少尉！」

ハインツの声が後ろから聞こえた。よかった、ハインツは生きている。シュタイナーの胸に、ひとまずの安堵《あんど》が奔った。

正面に翼の生えた丸い影が見えた。高速で突っ込んでくる。凄い速力だ。ワルキューレから、2センチ連装機関砲と機首上部の単装砲が撃ち出される。薬莢《やっきょう》がガラガラと耳障りな金属音を立てて、機内にばら撒かれるように転がった。敵機の周囲に火線が乱れ飛ぶ。が、白い煙の帯を残して直進する弾丸は、敵機の後方に流れてゆく。まったく当たらない。

「へっ……」

斜め上方を睨んだシュタイナーが、射撃レバーを押した。迫り来る敵機の影よりもだいぶ手前に向けて、7・5センチ砲弾が発射された。破裂音と同時に強い反動と衝撃が走り、爆風と硝煙の中で一瞬、シュタイナーの眼が機影を見失う。両翼に装備した八挺のブローニング1・27センチ機銃を撃ちまくりながら突っ込んでくるP47サンダーボルトの黒い影が、彼の眼前に大きく膨《ふく》れ上がった。その影が、ワルキューレの後方に逸れようとした、間一髪の瞬間だった。

一本の火線が、影と交差した。7・5センチ炸裂弾の鋭い矢だった。サンダーボルトの機影が、一瞬撥《の》ね退くように、飛行進路から消えた。まるで弾け飛ぶように消えたのだ。狭い視察孔からは、それしか見えなかった。いや、オレンジ色の光に、シュタイナーの巨体が包み込まれたのだ。八挺の銃口から発射された、数十発の1・27センチ機銃弾の集束火線だった。

シュタイナーの小山のような大きな身体が、どうっと後方へ倒れ込み、そのまま転がる。彼の周辺に、紅黒い煙が巻き上がった。それと同時だった。ワルキューレの上方で巨大な爆発が起こった。機体が大きく上下に震動する。衝撃波が、狭い機内の空気を圧搾《あっさく》する。鼓膜が痛い。脳髄が衝撃を受ける。搭乗した全員が、その爆発の凄《すさ》まじさを皮膚で感じ取った瞬間だった。

「命中！　撃墜したぞっ、空中分解だ！」

「シュタイナー！」

ワグナー少尉の狂喜の叫び声と、ハインツの悲鳴のような絶叫とが交差した。

分解し、粉々に砕け散ったサンダーボルトの破片が、ワルキューレの機体に衝突し、至る所で鈍い衝撃音と不快な金属音が響き渡る。機体が大きく振動した。分解した機体から脱落したサンダーボルトのエンジンが、オレンジ色の炎を噴き上げながらワルキューレの機首、僅か数メートル左の宙空を落下してゆくのを眼の端に見た操縦席のバルクマンも、さすがに縮み上がった。二秒の差で激突していただろう。

プロペラが高い金属音を上げてサンダーボルトの砕け散った機体の断片を弾き飛ばす。ワルキューレは、黒煙の中を突っ切るように進んだ。狭い機内を転がりながら、ハインツは床に倒れ込んだシュタイナーに駆け寄った。そしてシュタイナーの大きな身体を抱き上げた。

「安心するなっ、もう一機いるんだぞ！　奴を絶対に生きて帰すな。ワルキューレの情報を敵に渡すな！」

ふたたび、バルクマンの怒鳴るような声が聞こえた。全員がふたたび緊張する。そして配置に着く。

「コーラーがやられた！　機体は大丈夫か？」

ツィンマーマン中尉が、操縦席のバルクマンに向かって叫んだ。

「俺たちの女神は、想像以上に頑丈だ。それより、残りの一機を墜とすことだけを考えろ！　被害確認は後でいい」

その時。

「左下方一一時に敵機！　ワルキューレ2に向かう」

ホフマン曹長の悲痛な叫びが聞こえた。硝煙が濛々《もうもう》と煙る中で、ハインツはシュタイナーにしがみついていた。

「シュタイナー！　シュタイナーっ、死なないでっ」

ハインツはシュタイナーの肩を揺すった。が、抱いた肩の辺りからは鮮血が噴き出した。

彼の掌《たなごころ》が真っ赤に染まった。ハインツは息を呑む。それから急いで酸素マスクを取り出し、シュタイナーの口に当てようとした。シュタイナーは眼を閉じたままだった。

「少尉っ！」

ハインツは絶叫した。

その時、シュタイナーの眼がゆっくりと開いた。

「ハインツ、心配するな。飛行機酔いさ。酸素マスクよりも煙草をくれ」

シュタイナーの口元は苦痛に歪んだが、それすら笑いに見えた。それから、鮮血の噴き上がる左肩を無視するように、ゆっくりと立ち上がった。

その先の床の上に、コーラー伍長の生温かい遺体が転がっている。脳天がざくろのように割れている。ハインツの意識が朦朧《もうろう》となった。彼は思わず、込み上げてくるものを吐いた。

「まずいっ、ワルキューレ2がやられるぞ！」

視察孔を覗いたツィンマーマン中尉が叫んだ。

「この速度では、間に合わん」

冷静なバルクマンの声が、この時は緊張を帯びていた。それでもワルキューレ1は、降下を続ける。二号機は、第三エンジンからどす黒い煙を吐きながら、南東に向けて低空飛行を続けていた。P47による一撃を喰らったのだ。八挺のブローニング1・27センチ機銃を斉射し、ワルキューレ2の頭上を五〇〇キロ以上の速度で航過したリパブリックP47サンダーボルトの機影は、いったん遥か東に飛び去り、小さな黒点となっていた。が、その機体は宙返りを打つため、太陽の光をその銀翼に反射させ、大きな弧を描きながら上昇してゆく。反復攻撃をかけるつもりなのだ。

「あの野郎、しつこいな。また戻ってくるぞ」

「僚機をやられて、奴の頭に血が昇っているんだろう。次は本気だぜ」

誰もが、小さな視察孔から陽の光を受けて輝くその機体を睨み、息を呑む。

「いや、このままずらかられても困る。この機体の存在は、知られたくないからな。あいつが基地に連絡する前に、絶対に墜とさなきゃならん」

「もう、無線で連絡されているかもしれんな……」

誰かの、諦めかかった声が聞こえた。

「ワルキューレ2、被害を報告しろ！」

バルクマンの呼びかけに、返答があった。

「こちら、ワルキューレ2。第三エンジン停止。機長のヴェーゼル大尉負傷。現在、リッツマン曹長が操縦中。だが、この機体は頑丈だ。このまま、ミルテンベルグに向かう。掩護に感謝する。以上」

「ワルキューレ2、敵機は旋回した。もう一度、攻撃を仕掛けてくるだろう。我々から離れるな。次の攻撃は一号機が引き受ける」

「奴は、生きては帰さねえ」

コーラー伍長の遺体が転がる足元に眼をやり、ツィンマーマンが呟いた。

やがてサンダーボルトの銀色の機体は、不気味な爆音を轟かせながら大きく反転すると、ふたたびワルキューレ1の斜め後方に攻撃位置を取った。

「八時上方、来るぞ！」

「左旋回、左の胴体を晒《さら》してやれ。奴を絶対に喰らいつかせろっ」

ワルキューレ1の機内に、ふたたび緊張が走る。

今度は、殺《や》られるかもしれない。いや、今度こそ、奴を刺し違えてでも仕留める。

誰もが死ぬ気になった。その時、男たちの口元に、なぜか不思議な笑みが浮かんだ。シュタイナーも左肩に銃創を負っていたが、もう一度7・5センチ砲の射撃位置に着いた。

サンダーボルトが、攻撃態勢に入った。然しP47のパイロットは、この奇妙なドイツの四発機がただの輸送機や爆撃機などではないことに気づき始めていた。そして左側面に、強大な火力を持っているということも。

サンダーボルトは、ワルキューレ1の後方上空で機体を捻《ひね》ると、右後方に付けた。

バルクマンが、ふたたび左旋回する。が、あまり左に寄ると、ワルキューレ2との距離が開いてしまう。サンダーボルトは、この位置からワルキューレ2を襲うことも可能なのだ。

「くそっ、野郎、気づきやがった」

バルクマンの呻くような呟きが、ヘッドホンから漏れた。ワグナー少尉が、上部機関砲を撃ち出す。焼けた薬莢が、頭上からガラガラと降り注いだ。然し、射程外からの弾道を弄《もてあそ》ぶかのように銀色の機体をひと捻りすると、サンダーボルトは、ワルキューレの右側面に向かい、攻撃位置に着いた。

雷電《サンダーボルト》の名のとおり、獰猛《どうもう》なパワーを持ったその機体は、二四五〇馬力という途方もない強力なエンジンを咆哮させると、一直線にダッシュを掛けた。大型エンジンの鋭い唸り声が、ワルキューレにまで届く。野獣の雄叫《おたけ》びのような響きだった。

「来るぞっ！」

誰の声？　ワルキューレの右側面に装備された3センチ機関砲が火を噴く。だが、命中すれば破壊力の大きい3センチ弾も、発射速度は極めて遅い。その弾道は、高速で飛行するサンダーボルトの機体を捉えることはできなかった。オレンジ色の尾を引く弾丸は、敵機の過去位置に向かい、虚空を泳いでいった。

いよいよサンダーボルトの射程が、正確にワルキューレの死角を捉えた。ワルキューレの防御火網も消えた。もはや、右側面からは攻撃もできない。

「くそっ……！」

ワルキューレの全員に、絶望と死への想念がよぎった。後は、サンダーボルトの意のままだった。その重武装と高速で、奇妙なドイツ機をなぶり殺すつもりなのだ。ダブルワスプ・エンジンが唸る。

その時だった。サンダーボルトの斜め後方に、黒い機影が現れた。新たな敵機か？　ワルキューレ搭乗員の視線が、一瞬その影を凝視する。影は、ワルキューレに向かってまっしぐらに突進するサンダーボルトの真後ろにすっと近づくと、機位をその死角に着けた。

サンダーボルトのパイロットは、まったく気づいていない。彼は今、ひたすら眼前を降下する得体の知れない異常なほどに強靭《きょうじん》なドイツ機に向けて、低伸するブローニング1・27センチ機銃弾の束を浴びせることにのみ、全神経を集中させていた。僚機を思いがけないほどの大口径砲で粉砕した、この奇妙な四発機をなぶり殺すことによって、仇を討つつもりだったのかもしれない。アメリカ人パイロットの指が、機銃発射ボタンに力を込める。サンダーボルトの八挺の機銃が火を噴くかと思われた、その瞬間だった。

影の機体のプロペラ・スピンナーから、オレンジ色の火線が、サンダーボルトを襲った。それは、懐かしいほどの響き、モーゼル2センチ・モーターカノンだった。短い一連射は、サンダーボルトのエンジンからコックピットまでを、ミシンを縫うように撃ち抜いた。一発も外さない正確さだった。

サンダーボルトは、そのまま直進したが、次の瞬間、機銃を発射することもなく、もんどり打ったのだ。逆さまに反転した機体の中で、アメリカ人パイロットは、背後から突然襲った死の意味すら理解しないまま、頭部を撃ち砕かれて即死していた。

あり余る資源と工業力にものを言わせ、一機あたりにドイツ機三機分の高額なコストをかけ、リパブリック社の工場ラインから大量生産されたその機体は今、その傲慢に対する代償を支払いつつあった。迷彩塗装することになど、まったく配慮のかけらもない銀色に輝くジュラルミン素地の機体で、ドイツの空をわがもの顔に制圧したP

47サンダーボルトは、黒煙を吐くこともなく反転したままの姿勢で、ドイツの黒い森《シュワルツワルト》に向かって最後の飛行を、いや、落下を始めていた。

　ワルキューレの搭乗員からは見えなかったが、サンダーボルトのコックピットは、モーゼルの僅か数発の2センチ弾による正確な射撃に貫かれ、風防も計器パネルも、そしてパイロットの頭蓋も、痕跡のないほどに砕け散っていたのだった。

　サンダーボルトを瞬時にして撃墜した影は、メッサーシュミットMe109G型戦闘機だった。暗い灰色地に黒のインクスポット迷彩を施したメッサーシュミットは、速度を落とすと、ワルキューレ1の頭上を航過しながら、その翼を一度、バンクさせた。その時になって初めて、ワルキューレの機内に歓声が上がった。

「シュタイナー少尉、見てください。メッサーシュミットです！　もう、大丈夫です」

　ハインツが叫んだ。

「坊主、ドイツ機も見えるって、知ってたか。黒っぽく見えたら英軍機、銀色に見えたら米軍機、緑色はソ連機、そして、いいや、見えねえのがドイツ機だったんだ。だが、ドイツにもまだ見える戦闘機があったんだぜ」

　レーム軍曹が、航過したメッサーシュミットの機影を見やりながら、皮肉った。

「無線を、バンド4に切り替えろ」

　バルクマンの声が聞こえた。

「こちらフォッケウルフ社実験機。掩護に感謝する。貴官の官、姓名を賜りたし」

バルクマンのヘッドホンに暫くノイズがあった。やがて……。

「こちら、第2戦闘航空団第50戦闘飛行隊第二大隊、ブルーノ・シュメリンク中尉」

若い声だった。

五

ワルキューレ1が着陸した。サンダーボルトを撃墜したことにより、二機のワルキューレは、滑走路の短いミルテンベルグの緊急着陸用飛行場ではなく、ガーランドの待つ特設飛行場に戻ることができた。

第三エンジンから黒煙を上げていたワルキューレ2が、先に着陸する。機長のヴェーゼル大尉の負傷は、大腿部の貫通銃創だった。出血がひどく、意識を失っていたヴェーゼルは応急手当を施された後、すぐさま空軍病院に搬送されたが、危険な状態だった。

停止した第三エンジンから、未だ黒煙を上げるワルキューレ2に、消防車が取り付いている。消火作業を進める脇を掠めるように、ワルキューレ1が、その疵《きず》だらけの機体を着陸させた。

ガーランドたちが駆け寄る。降り立った男たちの表情は暗い。どの顔も、煤と血で赤黒く汚れている。ブローニング機銃弾で脳天を割られ、その顔すらも判別できなくなったコーラー伍長の遺体が、カンヴァス布に包まれて降ろされた。布地の間から紅い液体が滴《したた》る。

「戦死者は、コーラー伍長だけか？」

ガーランドが硬い表情で訊く。バルクマンが頷いた。その彼も額と腕を負傷し、血まみれではあったが。

「負傷は五名。ヴェーゼルは重体です。替わりのパイロットが必要でしょう。シュタイナー少尉も、肩にブローニングを喰らったようですが、どうやら彼は不死身らしい。回復には、それほど時間がかからないでしょう。いずれにせよ、何人かの補充と、ワルキューレの修理、補強が必要ですな」

バルクマンが状況を報告した。その時、上空に爆音が響いた。聞き慣れたＤＢ《ダイムラー・ベンツ》のエンジン音だ。全員が宙空を見上げる。一機のメッサーシュミットＭｅ１０９Ｇが彼らの頭上を航過した。

「シュメリンクのメッサーです」

バルクマンが、機体を反転にかかるその機影を見ながら言った。

「第50飛行戦隊だと言ってました。今日は、彼に助けられた」

「第2戦闘航空団のか?」

上空を見上げていたガーランドが、訝《いぶか》しげに訊いた。

「ええ、確かＪＧ２《ヤークトゲシュワーダーツヴァイ》だと。あっ……」

そのまま応えたバルクマンが、不意に何かに思い当たったような声を上げた。そして彼は、息を呑んだ。

「〝死神《しにがみ》〟か」

「そう、〝死神〟シュメリンクだ」

ガーランドは、ふたたび上空を見上げたまま頷いた。そこに、陽の翳りで漆黒《しっこく》となった機影が航過してゆく。

「彼は、コックピットしか狙わないという噂を聞いたことがあります」

陽が西に傾き始めた蒼空を、ふたたび航過したそのメッサーシュミットは、低高度での反転を見せた。特設飛行場を、舐《な》めるように飛ぶ。観察しているようにも見えた。

「シュメリンクの奴、引き返しませんな。何を考えてるんだ」

その時、通信兵がガーランドに向かい、言った。

「着陸許可を求めております」

「理由は?」

「燃料不足とのことです」

バルクマンが怪訝な表情を見せた。

「それは妙だな、第50飛行戦隊は、ヴュルツブルクだ。それほど遠くない」

「何かありそうだな」

ガーランドも呟いた。上空を旋回するメッサーシュミットのエンジン音が、いったん途切れるような音を上げた。見上げていたガーランドが、苦笑しながら言った。

「演技かもしれんが、世話になったのだ。仕方がない、着陸許可を出せ」

許可を得たメッサーシュミットは、低く着陸態勢に入ると車輪を出した。灰色地に黒いインクスポットで迷彩されたその機体は、滑走路の端に着陸した。最近の技量不足の若いパイロットには見られない、短い距離での三点着地という見事な着陸だった。

風防が開く。黒い皮革の飛行ジャケットを着用したパイロットが、地上に降り立った。ふたりが予想していたよりも若い男だった。彼は、周辺を慌しく行き交う兵隊の群れを暫く見廻していたが、やがてガーランドたち将校の姿を認めると、まっすぐにこちらに向かって歩き出した。黒いジャケットの上に、白い絹のマフラーが風になびいた。男が、ガーランドとバルクマンの前に立った。

長身の青年だった。端正な顔だちだが、その顔は蒼白く、どことなく陰鬱な雰囲気が隠せない。年齢は二二、三。これが〝死神〟という不吉な異名を持つ男なのだろうか。眼が鋭い。〝死神〟は、ふたりの前で止まると、直立した。空軍式の敬礼をしたが、踵《かかと》は合わせなかった。

「第2戦闘航空団第50戦闘飛行隊第2大隊所属、ブルーノ・シュメリンク中尉です」

青年は名乗った。ガーランドもまた、黙ったまま返礼した。

「JG27のバルクマン大尉だ。先刻の掩護に感謝する」

まず、バルクマンが右手を差し出し、簡単な礼を述べた。青年は口元に薄い笑みを浮かべ、差し出されたバルクマンの右手を握ったが、そのまま視線を横に流した。

「ガーランド中将……ですね」

青年の鋭い眼に一瞬、光が走る。

「アドルフ・ガーランドだ」

ガーランドは官位を付けずに応えた。

「本日の救援に感謝する。見事な射撃だったそうだな。サンダーボルトとは不期遭遇《ふきそうぐう》かね？」

「カッセルを空襲した敵爆撃機梯団の中で被弾落伍したB17が数機、ケルン方向へ逃れました。これを追い、ジーゲン上空で二機を撃墜しましたが、その直後、南東に向かうサンダーボルトを発見したのです。たぶん、落伍した爆撃機の護衛《エスコート》に派遣されたのでしょう。そいつらを追ってここまで来ました」

そう言って、シュメリンクは周囲を見廻した。

「やはり、ここでしたか」

青年が、独り言のように呟く。

「今日は幸運です。探していたのです。フランクフルトの近くに、米軍の爆撃機編隊専門の特殊攻撃部隊があると聞いていました。是非、私を参加させてください」

青年はガーランドの顔をまっすぐに見つめながら、唐突に言った。

「何のことかね」

ガーランドは、とぼけてみせた。

「中将、隠さないでください。あの奇妙な四発機が何よりの証拠です。あれは、敵爆撃機を殲滅《せんめつ》するための機体でしょう？」

「ここは、ただのフォッケウルフ社の実験場だ」

「あなたご自身が、こんな所にいらっしゃるのも不自然です。ここは、米軍爆撃隊を攻撃するための特殊部隊基地なんでしょう。私は、聞いています」

「ここのことを聞いた？　誰からだ」

「噂です」

ガーランドは、その濃い眉を動かした。青年は顔を上げたまま応える。

「噂？」

「この部隊のことは、空軍パイロットの間では、噂として広まっています。ただ、どこに存在するのか、誰もわからなかったのです」

「なんで、ここのことが知られるんだ？」

バルクマンが、脇から言った。

「パイロットは皆、連合軍の爆撃機を墜とすことに必死です。命を懸けています。だから、ほんの些細《ささい》な情報でもすぐに伝わる。この部隊に参加することを望むパイロットは、山ほど居《お》ります」

「まだ戦闘準備どころか、体制も整っていないのに、もう噂か」

ガーランドが、ふと溜め息をついた。

「出撃を早めましょうか」

バルクマンが言う。

「無理だ。準備がすべて整うまでに、あと一か月はかかる」

ガーランドは顔を上げた。

「いずれにせよ、シュメリンク中尉。君はヴュルツブルクに帰投しろ。燃料はここで補給してやる。もし、本当に足りないのならばね」

「ガーランド中将。私は戻りません。私をこの部隊で闘わせてください」

「残念だが、だめだね。ここは選ばれた者だけの部隊だ」

バルクマンが諌《いさ》めた。

シュメリンクは、鋭い眼でバルクマンを睨みつけながら、その口元に不敵な笑みを浮かべた。

「バルクマン大尉。腕には自信があります。先ほどのサンダーボルトの撃墜をご覧いただいたでしょう？　残弾六発で仕留めたのです」

「ああ、確かにいい腕だ。コックピットを撃ち抜いたな。君の噂も聞いている。だが、この部隊は敵編隊のど真ん中で戦う、言わば決死部隊だ。若い君には危険すぎる」

「戦闘に危険も安全もない。私が若すぎるというのなら、あの少年はもっと若い」

シュメリンクは、ガーランドたちの背後で、シュタイナーの肩の手当てをしているハインツを顎で示した。ハインツがふと顔を上げ、こちらを見た。金色の巻毛が光った。

「君の飛行経験は？」

ガーランドが訊く。青年は、その蒼白い顔に不敵な笑みを浮かべた。

「飛行時間四〇〇時間。撃墜二七機。今日のB17と先ほどのサンダーボルトをくわえて、三〇機。そのうち一二機がB17。リベレーター《B24》が四機です」

ヒュー。バルクマンがその鋭い眼を少し丸くし、口笛を鳴らした。

「なかなかいい腕だ。充分に素質がある。だが……」

ガーランドが言いかけた時、それを遮《さえぎ》るようにシュメリンクが言葉を続けた。

「それに、私にはどうしてもB17を墜とさなければならない理由があります」

「墜とさねばならない理由？」

ガーランドが、眉をひそめる。

「昨年の一一月、私はオランダ上空で、編隊から落伍したB17三機を攻撃しました。私は、中隊の三機と一緒でした。二機のB17を撃墜した後、最後の一機の射撃位置に着いた時、そのB17は車輪《ギア》を降ろし、降伏の意志を示したのです。中隊長機がこれを認め、攻撃姿勢をとっていた私を制止するとオランダ付近の緊急着陸用飛行場に誘導しました。然し、着陸態勢に入った瞬間、そのB17は突然至近距離から発砲し、一瞬のうちに僚機は撃墜されたのです。三機が、瞬《また》く間でした。私は追撃し、奴の後尾に一連射を与えましたが、私の機も被弾しており、追撃を諦めざるを得なかった」

シュメリンクの眼は、ガーランドから離れ、遠くを見た。

「そのB17の垂直尾翼に描かれていたのが、白い正方形に、黒地に白いXの大隊記章でした。私は、あの記章を描いた卑劣な大隊を徹底的に墜とすことに決めたのです」

「白い四角に黒地に白のX。……アメリカ第8航空軍の第100大隊か」

ガーランドが呟いた。

「然しな……」

この時彼は、ふと苦りきった表情を見せた。

「シュメリンク中尉。我々の攻撃する敵爆撃機梯団が、第100大隊とは限らん。どの部隊が来るかは、その時でなけりゃ判らないからな。それに……、卑劣な行為や人間としてのモラルへの裏切りは、連合軍だけの話じゃない。我々はこの戦争で、更におぞましい行為を行なっているのかもしれない。正義感や愛国心だけでは済まされない、人間としての課題だ。そのひとつひとつにムキになっていては、君の若い命が持たないぞ」

ガーランドは、シュメリンクの眼を見ながら言った。冥《くら》く澄んだ、蒼《あお》い眼だった。

シュメリンクは、その眼を上げる。

「私は、この戦争の意義や人間の正義、そして国家の犯している……いや、そんなことについて語る意志も資格もありません。ただ、あの日、敵機は、被弾し傷ついている彼らを無事着陸させるために機体を並ばせ、誘導していた中隊長機を至近距離から撃ったのです。然も、操縦席を狙って。中隊長機は、一瞬で火だるまになり、滑走路に墜落した。私は、その彼らを許さないだけだ。何故なら奴らは、兄を殺したのです」

「兄?」

シュメリンクは頷いた。

「中隊長は、私の義理の兄、ウェルナー・ホフマン大尉でした。私の姉の夫です。姉のお腹《なか》の中には、二人目の子がいた。翌月、生まれる予定でした。撃墜された義兄は、頭をブローニングで撃ち砕かれていた。以来、私は、敵機のコックピットを撃つことに決めたのです。〝死神〟と呼ばれようと、〝殺し屋〟と言われようと構わない。敵パイロットを、確実に殺すために」

シュメリンクの蒼い眼が、冷たく光った。

「今日の戦闘で、この部隊にも何人かの死傷者が出ているでしょう。どうか、私を補充に当ててください」

ガーランドは黙ったまま、バルクマンと眼を合わせた。

第六章　陰　謀

一

一九四四年五月二三日　フランクフルト　簡易ホテル　午後九時

ベッドの軋《きし》む音が聞こえた。男が近づいたのだ。

背中にかかったシーツが、強引に引き剝《は》がされた。私の裸身が薄暗い灯りの下《もと》に晒《さら》される。男の舐《な》めるような、ねっとりとした視線を剝《む》き出しの尻の辺りに感じた。その瞬間、全身に鳥肌が立つ。

「なにも、そんなに無下《むげ》にすることはないだろう、ヘーゼラー《フロイライン・ヘーゼラー》さん。久し振りの逢瀬《おうせ》だ。今夜は空襲もなさそうだしな。しっぽり、やろうじゃないか」

男の声。妙に慇懃《いんぎん》に勿体《もったい》つけた言い廻しの裏に、陰湿な下心が読める。にやついたゴロップの気配が背後からゆっくりと迫る、私の背に覆い被さるように。耐えるのだ、この一瞬、この一時間だけ……。

男の腕が、俯《うつぶ》せになったままの私の肩を持ちあげ、上半身を強引に引き起こした。私はただ、されるがまま。これも、ヨアヒムのため。臭い息が、私の頸《くび》に絡みついた。その敏感な首筋に唇まで押しつけてくる。つい今しがたまで浴びるほど呑んでいたコニャックのアルコールが、今、男の毛穴という毛穴から噴き出し、虫酸《むしず》が奔《はし》るほど脂ぎったあの肉体から発する体臭と混ざりあいながら、中年特有の酒臭い吐息とともに私の首、頬《ほお》、そして背中を濡らすのだった。おぞましい……が、耐えよう、この一時間を……。


「こっちを向けよ。よく見せてくれ。お前は、本当にいい肉体《からだ》をしとる。あいつばかりを楽しませるのは、勿体ないだろ」

ふたたびゴードン・ゴロップの声。分厚い唇の端に卑猥《ひわい》な笑みを浮かべたこの男は、まるで愛人を気取るかのように、私の耳元で囁いた。が、この男の真意はわかっている。この男は、私のこの肉体が欲しいだけ……。いきなり腕を摑まれた。隠すように乳房を覆っていた私の両腕は身体から引き剝がされてしまった。そう、この男が欲しいのは、私の……。

両方の乳房が、部屋の薄暗い灯りの下に露《あら》わにされた。ゴロップの、粘りを帯びた舌なめずりまで聞こえる。彼はいきなり、私の乳房を鷲摑みにしてきた。頭髪は殆んど失せていても、焦げ茶色の体毛だけは獣《けもの》のように豊かなこのおぞましい男の太く短く毛深い指が、乳房に喰い込む。摑み上げられ、爪を立てられ、絞り上げられる。白い鞠《まり》のような私の乳房が、いびつに歪み、忽《たちま》ち充血した。痛い……あまりの痛さに、つい咽喉《のど》の奥から声が漏れてしまった。

「むうう……痛いっ、大佐、無茶をなさらないで……」

言ったところで、彼の嗜虐癖《しぎゃくへき》は収まらない。それでも私は哀願してしまった、あまりの痛み、いや、屈辱に……。然し、ゴロップは、むしろ苦痛を訴える私の声を愉《たの》しむように、私の乳房を更に強く、きつく絞り上げ、揉みしだくのだった。私は半ば諦めた。ひたすら耐えるため、ただうなだれ、男の行為に上体を任せていた。然し、私の両方の乳房を加虐的に強く揉みしだくゴロップの指の力に耐え兼ね、遂にふたたび顎《あご》を上げてしまった。

ああ……。

私のおとがいから漏れるその小さな呻き声に、より一層興奮してゆくゴロップの異常性が高まる……彼は、乳白色から薄桃色にすっかり充血した私の乳房を弄《もてあそ》んだ。女の苦痛など判らない、いや、弄び、愉しむ男。

「へへ、感じているじゃないか」

やがて乳房を揉みしだいていたゴロップの指が、私の意志とはうらはらに、そのあまりに強い刺激と執拗ないたぶりに反応して徐々に硬直し、先端を尖らせてしまった乳首を、太い親指と人さし指で同時に強く摘《つま》み上げた。

いっ、痛い！　乳首が潰れてしまう！　然しゴロップは私の苦悶など無視し、容赦ない力を込めて、ぐりぐりと乳首を締め上げた。

それからゴロップは唇を寄せると、いきなり右の乳首を吸った。音を立てて。左の乳首も。彼は私の乳首を交互に吸い続けた。グミのような弾力を持った柔らかな乳首を、舌先で転がし、そして舐める。と、突然、その乳首に歯を立てた。然も、思い切り強く。乳首がちぎれるほどの強さだった。

あうっ、痛い！……

思わず私は抵抗するように身をよじらせ、ゴロップの手首を掴んで、胸から引き離そうと悶《もだ》えた。が、快楽の極みに高揚しつつある彼の強引な性欲には抗《あらが》えない。然もゴロップは私の乳首を噛み続けながら、その片手は既に私の下腹の内側にまで伸びていた。

何分が経っただろうか。私は何も考えずただ目を閉じ、彼から顔をそむけていた。それ以外にもはや抗う術《すべ》はない。胸も下腹も、されるがままにしたのだった。

「アッシュンバッハ中尉と最後にこんなことをしたのはいつだね、マルガレーテ。

許婚者《フィアンセ》とだって、もう随分前のことになるんじゃないのか。こんな刺激はごぶさたなんだろ？」

私はもう、反応する意志も気力も無かった。でも、ヨアヒムはあなたのように野蛮に女を扱うなんてことはしない。ヨッヘンは、あなたと違って、やさしい。私を本当に愛してくれているから……私はゴロップの執拗な乳房への責めに疲れ、ぐったりと、ベッドに身を横たえながらヨアヒムのことを想っていた、今はされるがままに。ヨアヒムのために。あと暫く……あと二〇分、いや、三〇分……？

いよいよゴロップが私の身体の上に圧《の》し掛かってきた。彼は下品な笑みを浮かべながら、私の顔にかかる乱れた金髪を太い指で掻《か》き分けると、今度は私の屈辱に歪んだ顔を愉しむのだった。いや、私の顔を、ではない。この男は、苦悶する女の痛みを愉しんでいるのだ。女の苦痛を歓び、その肉体を征服する自分自身に陶酔し、その貪欲な支配欲を満たしているのだ。ゴロップが唇を寄せてきた。思わず、顔をそむける。

「いいだろ、キスくらいさせろよ」

憮然《ぶぜん》と呟くと、ゴロップは強引に私の顎を摑んで上向かせた。それから私の唇を強引に広げ、舌を押し込んでくる。今まで私の乳房を舐め、乳首をいたぶってきたその唾液に塗《まみ》れた口が、今度は私の唇を無理やり吸おうとする。ゴロップの、私の口腔の内側にまで伸びた舌が、私の舌を追い、絡みつく……もう耐えられない。もう一度、彼の唇を拒むように顔をそむけた瞬間、ゴロップの平手が私の左頬を思い切り打った。

それから、もう一度、今度は右頬。

私の人生で、これまで頬を打たれたことなど無かった。苦痛以上の屈辱に、涙が溢れる。

「舐めるんじゃねえぞ、誰のお蔭でアッシェンバッハが生きていられると思ってんだ！」

そう言うや、ゴロップはもう一度顔を近づけると、酒臭い息を吐きながら、勝ち誇ったように、にやりと笑った。

「そうだ、それでいい。いい娘《こ》にしていろ」

私は顔をそむけたまま、固く眼を瞑《つむ》って耐えた。これも、愛するヨッヘンのため……。するとゴロップが酒臭い吐息を、わざと私の横顔に吐き掛けながら囁くように言ったのだ、私の下腹に這わせていた指先の動きは止めないまま。

「お前たちが逢えることは、これからも当分の間はないだろうな、マルガレーテ。だからな、お前は俺と、こうして愉しんでいればいいんだよ、そんなにお高く留《と》まらんでな。どうだ、気持ちいいだろ？……こんな時代だ。アッシェンバッハ中尉が生かしてもらっているだけでも、この俺に感謝することだな。なにせ、俺がヒムラー長官に直接話をつけてやらなかったら、奴は今ごろ、とうに何処《どこ》かの戦線に駆り出されとる。占領地勤務の親衛隊将校といえども、今ではいきなり最前線に送られちまうほど戦況は逼迫（ひっぱく）しとるからな。戦線は、どこもかしこも突破されて大変な状況だ。今どき、アッシェンバッハがパリでユダヤ人狩りをするだけで済まされていることを、お前はもっと俺に有難みを感じなければいかん。ロシア戦線に遣られちまったら、明日（あした）死んだっておかしくない。お前は、結婚する前から後家になっちまうんだぞ。だからな、マルガレーテ。俺に、もっと感謝することだ。だから、もっとこうして……」

私の秘部を弄んでいたゴロップは、いきなりその指を私の肉の内側に押し込んできた。

「大佐、痛いっ……」

私は、ゴロップの指の侵入を拒み、腰を退《ひ》いた。が、ゴロップは執拗だった。彼は片方の腕で私の上半身を、生臭い汗の浮いた彼の胸に引き寄せ、がっちりと離さなかった、獲物を捕らえて離さない野獣のように。もう、身動きさえとれない……私は彼の強引なまさぐりを受け容れざるを得なかった。今、自分が耐えること。それで、ヨッヘンが戦場に行かされずに済む、愛するヨアヒムが救われるのならば、という諦念でもあった。決して自らの肉体を今、微《かす》かに火照《ほて》らせてゆく肉欲、女の肉体が持つ業《ごう》の故《ゆえ》ではないのだと、自らに強く言い聞かせる。でも、この虚しさに反して、この疼《うず》きは、何?

「ふふふ……反応してるぜ。最初から素直にしてりゃ、いいんだ、生娘《きむすめ》じゃあるまいし」

ゴロップは、いきなり脂《あぶら》ぎった色黒の顔を太腿《ふともも》の間に押し付けた。湿り気を帯びてしまった私の秘めやかな草叢《くさむら》に、最初は頬摺りし、恥毛の感触を頬と唇で愉しむ。それからいきなり縮れ毛の間に、異様に高い鉤鼻《かぎばな》を埋め込んできた。鼻先をヒクヒクと動かせ、匂い立つ女性の秘所の香りを貪《むさぼ》る。

「いい香りだ、ほんにいい匂いをしちょる。この若い、甘酸っぱい匂いが堪《たま》らん……。女はな、気持ちがどんなに拒絶しようとも、肉がな、この肉が求めているんだよ、ほれ、こうして、男をな……」

ゴロップは、私の秘部の谷間を舌先だけで強引に押し開げ、その先端をすぼめると強く深く押し込んだ。濡れた感触、尖端の微動……なんという、いやらしさ。

うう……

異様な感触に、思わず私は顎を上げた。自身のあられもない姿と屈辱に、私の指先が、自らの太腿に爪を立てる。然しこの感触は、拒絶なのか、それとも歓びなのか、自身でさえ判らなくなる……いつしか細かな汗が、私の肌を湿らせていた。それでもゴロップの尖った舌先は執拗なまでに私の股間の、その更に奥を責め続けてくる。

「いい、いい感触だ……だがなマルガレーテ、へへ、これはまだ序の口さ」

ゴロップは下品な笑みを浮かべながら顔を上げた。その唇に細く粘液が不気味に垂れる。それから、いきなり私の、既に開かれている両脚の膝を掴むや、太腿を大きく左右に割った。股が裂けるかと思った。それほどに強引に、ゴロップは私を引き裂いてゆく。今しがたまで、ゴロップの執拗な舌先でいたぶられてきた私の秘所が、暗い灯りの下に晒されてゆく。

「へへ、お前も意外に脆《もろ》いもんだな。どんなに気位が高かろうと、やっぱり肉体は女だ。もっと……もっと抵抗してもいいんだぜ、マルガレーテ。俺はな、抵抗されるほど燃え上がるんだ」

喘《あえ》ぐような吐息の間にそんな言葉を呟きながら、ゴロップは私の谷間に、もう一度舌先を伸ばしてきた。やがて、舌先は、私の、いや、女の最も敏感な肉芽を捉えた。

くっ……くう……

私の咽喉がふたたび鳴った。意志は無かった、意識さえ薄らぐ。ゴロップは幾度となく、私のその反応に興奮し喜悦すると、私の秘芽を舌先で舐めまくった。

「どうだ、どうだ……、いいだろ……」

荒い息を吐きつつ卑猥な笑みを浮かべたゴロップはいよいよ私の無抵抗の裸身の上に圧し掛かってきた。まだ四十代と思えないほどにたるみきった肉の塊《かたまり》が、酒の臭いとともに私の腹の上に乗っていた。それからゴロップは、先ほどまでその手で揉みしだいていた私の乳房に、いきなりかぶりついた。

「痛《つ》っ！」

私は、思わず小さな悲鳴を上げるしかなかった。

「ふふ、痛いか？　どうだ、痛いだろう？」

その瞬間、ゴロップの小さな眼は、尋常ではない性的嗜虐嗜好《しこう》の異様な光を帯びていた。彼は、私の肉体の上で笑いとも喘ぎともつかない奇妙な唸《うな》り声を上げたが、やがて慌しく身を起こすと、がたつくサイドテーブルの上に置かれた鞄の中から、小さな箱を取り出した。

「最近は、避妊ゴムも手に入れづらくなった。それとも、これなしでいくか？」

ゴロップは全身から脂汗を噴き出させている。装着の所作をあくせくと終えると、その汗ばんだ肉塊をふたたび私の身体の上に乗りつけた。彼は、私の両足首を摑むと、私の脚を押し開いた。私の太腿が、ふたたび容赦なく引き裂かれた。あと、何分……？　私は横を向き、耐え続けたまま時間の経過を祈っていた。私の秘所の奥に、ゴロップの肉体の一部が押し込まれる。あと、何分……？　ゴロップの太《ふと》り肉《じし》の腰だけがひとり揺れた。

ふっ、ふっ、……ふぅ。

暗い部屋の中で、ゴロップの吐息だけが私の耳元で聞こえていた。でも、その体が動きを止めるまでに、それほどの時間を要さなかった。

暫くの時が経った。私はベッドの上に半身を起こした。怠《だる》かった。薄暗い部屋の中で金髪をゆっくりと右手で掻《か》き上げた。自分でもわかる、投げやりな所作だ。それから、枕元のスリップを取った。眼の端に、横になったままのゴロップが、その矮小《わいしょう》な眼で私の動作を恨めしげに追っているのがわかる。が、もう、これで終わった……。その時、

「早く終わらせて、それでさよならか。まるで娼婦だな」

その言葉に、私の全感覚が反応した。カミソリのような、心臓を引き裂く屈辱の言葉。動きが停まった。「娼婦」……私の呼吸も一瞬、止まった。

然し、自分が投げかけた最低の侮蔑の言葉を意識することもなく、ふたたびサイドテーブルの煙草に手を伸ばしながら、ゴロップは薄ら嗤《わら》った。

「ふふ、本当のことを教えてやろう、マルガレーテ。アッシェンバッハ中尉はな、もう、お前のことなんか愛しちゃおらん。あいつにはな、パリで充分、奴を楽しませてくれる女がいるんだよ。ところが先月、奴に武装親衛隊への転属命令が出た。今度は正式にロシアの最前線部隊に行かされることが決まったんだ。そうしたら奴は、蒼《あお》い顔をして俺のところに駆け込んで来やがった。俺からもう一度、ヒムラー長官にお願いして、自分の転属命令を取り消させてくれ、とな。そうしたら、パリでもっとユダヤ人狩りに専念して国家に貢献すると言いやがった。だがな……」

そう言うと、ゴロップは、煙草をくわえながらその陰湿な目で私を睨《ね》めつけた。何を言いたい？　この醜悪な男は、何を隠している？

「ふふふ、お前は奴の正体を知らんだろう、マルガレーテ。ヨアヒム・アッシェンバッハ中尉はな、強制収容所にぶち込んだユダヤ人の資産をずっと横領していたのさ。ふんっ、若造の分際《ぶんざい》で、随分とあこぎな真似をしたもんだ。以前は俺のところにもその分け前を、きっちり廻してきたが、最近はパリに潜《ひそ》むユダヤ人も殆ど狩り尽された。もう、奴の金づるになるユダヤ人なんか、殆ど死に絶えた。ましてや、これから奴自身がロシアの最前線に送られる破目《はめ》になったら、来週死んだっておかしくない。せっかく貯め込んだ隠し財産もパーになる。それで奴は慌てたのさ。だがな、俺だって、わざわざ親衛隊の人事にまで口出しするのは、もう御免だ。金も送ってこなくなったアッシェンバッハに、そこまでしてやる義理はねえ。然も、以前のように連戦連勝のご時勢ならまだしも、こんな切羽《せっぱ》詰まった状況になっては、こっちの立場まで危なくなるからな。だから俺は、もう奴のことは面倒見ないことに決めたのさ。判っただろ、マルガレーテ。奴は近いうちに東部戦線でくたばる。だからもう、あんな男にこだわらずに、俺の女になれよ」

　そう言うとゴロップは、煙草に火を点《つ》けた。それから、スリップ姿のままの私の背中に、もう一度舐めるような視線を這わせた。ゴロップは、まだ私を抱くつもりだ。

それが私にはわかる。でも、もう……いい。もう、終わり……。

眩暈《めまい》がした。私の中で、急激に何かが醒《さ》めてゆき、凍りつくのを感じた。いや、崩れ落ちている……。何？　愛？　信頼？　いや、もっと、もっと深く、大切なもの。

黙ったまま下着を着ける私の手は、いつしか止まっていた。今、そしてこれまでも、自分のしてきた行為はいったい何だったのだろう。すべての熱が冷めてゆくのを感じた。いいえ、それ以上におぞましい悪寒《おかん》。これまで自分が愛してきた男に対する、そしてつい今しがたまで、自分のこの肉体を舐めまわしてきた男への、鳥肌の立つような軽蔑と嫌悪感が、凍りつくような悪寒を伴って私のこの肉体を貫いてゆくのだった。

だが、ゴロップの濁りきった感覚は、私の悔恨にも、そして私の覚醒にも気づくことなど無いだろう。この男は常に己《おのれ》の欲望だけ。醜い……。

その醜い男が今、私の眼の端でひとり、自分に酔いしれたように語り始めた。

「いいか、マルガレーテ。お前のような無知で世間知らずな女には判らないだろうがな、いずれわが第三帝国は、アメリカ、イギリスと講和を結ぶ。ヒムラー長官が、ヒトラー総統にも内密にアメリカとの裏工作を進めているからな。講和が成立すれば、我々はあの穢《けが》らわしいソヴィエト・ロシアを、米、英と共同戦線を張って瞬《また》く間にこの世から消滅させることが出来るのだ。だが、今はそのための過渡期だ。窮乏生活にも耐えにゃならん。最近じゃ、ストッキングや石鹸だって手に入らないだろう。だがな、俺の女になれば、何だって手に入るぞ。日用品や食料だけじゃない、酒も煙草もだ。チョコレートや本物のコーヒーもな。このコニャックだって、ゲーリング元帥閣下からいただいたんだ、俺は党《ナチス》の幹部に覚えがめでたいからな。いずれは俺がゲーリング閣下の右腕となって、ドイツ空軍を仕切る日が来る、あのガーランドの野郎に代わってな……」

それから、ゴロップは思い出したように、酔ってどろりと曇った眼を私に向けた。

「そういえば、近頃ガーランドの奴が、妙な動きをしているそうじゃないか。あいつは、このところ俺を遠ざけているからな」

「大佐が、ガーランド中将のことを非難しすぎるからですわ」

それまで黙りこくっていた私は、壁を向いたまま応えていた。もはやその言葉には何の感情も籠《こも》ってはいなかったが。然しゴロップは、私の言葉に対して思いのほか苛《いら》立《だ》つように反応した。

「ふんっ、当然だ。あいつは元々、党に対して忠誠心を持ってはいない。俺のような愛国者じゃない。それどころか、奴はゲーリング元帥閣下の戦争遂行方針に対しても批判的だし、最近では陰謀を企てているふしがある。反逆者かもしれんのだぞ。だから俺は、国家への忠誠心からゲーリング元帥閣下に申し上げたのさ。俺がガーランドを嫌ってるんじゃない、奴が俺の才能を評価しないから、こういうことになるんだ。

ふふ、自業自得さ」

　ゴロップは、私を横目で見ながらうそぶいてみせた。

「こういうこと？　何をなさったのですか？」

　思わず私が彼に顔を向けると、相変わらずベッドにその弛緩《しかん》した身体を横たえたゴロップは、紫煙を吐き出しながら下品に笑った。人を貶《おと》しめ、苦痛を味わわせることへの快感を愉しむ、加虐的で卑屈な笑い。そして、その矮小な眼が、見下すように私を見た。

「言っただろ、最近妙な動きをしていると。お前も知っているんじゃないのか？　俺の眼は節穴じゃないぞ。そのことを、伝えるべき所に伝えたのさ」

　くくくっ……。

　そう言い終わると、ゴロップの咽喉《のど》からふたたび薄気味悪い笑いが漏れた。私は、つい今しがたまで自分の裸身を晒したベッドの上に横たわる、肉の塊のような男を見た。

　今、眼の前に横たわる醜悪な男に、吐き気を覚えた。

「いいか、マリー。ガーランドの奴がどんなに隠したって、俺は必ず暴いてやるさ。ゲーリング元帥閣下には、もうご報告しておいたからな。秘密国家警察《ゲシュタポ》が近々手入れを行なう。フランクフルトの郊外に、何かを隠してやがる。売国奴や反逆者どもは、これで一網打尽だ。そうすれば、奴が計画している新型ジェット戦闘機部隊も、俺の指揮下に置かせる。そしてこの俺が、新生ドイツ空軍戦闘機部隊の総監になるってわけだ」

ゴロップはそう言うと、抑えかねたように、ベッドの上で引きつるような笑いを見せた。

もう、耐えられなかった。私の全身にふたたび鳥肌が立った。初夏とはいえ、近頃のこの冷え込みのせいではない。自分が、つい今しがたまで、許婚者の為とはいえ、こんな男に身を与えていたことへの凄まじい悔恨と、己に対する呵責《かしゃく》が、今さらながらに全身を震撼させ、凍りつかせたのだった。

なぜ気づかなかったのだろう。ゴロップだけではない。このような下劣な男たちが今、この国を支配している。己の欲望のためならば、手段を選ばない。強制された思想の下《もと》に、肌の色や民族の違いを、寛容ではなく密告と弾圧、慈愛ではなく粛清と殺《さつ》戮《りく》という最も短絡にして陰惨な手段によって解決する。でもそれは解決ではないのだ。もしかしたら私は、いや、私たちは、永久に消すことのできない大きな過ちを犯しているのかもしれない……。

先ほど、ゴロップに平手打ちを受けた頰の痛みが、ふと甦った。そう、これだ。人を暴力と恐怖でのみ支配してゆく。私にだけではない、他人に絶対服従を強い、支配するという恍惚《こうこつ》に酔い、人々を、自己の欲望の為の奴隷とする。ゴロップも、そして私がつい先ほどまで愛していた筈のヨッヘン……ヨアヒム・アッシェンバッハ中尉も同類だったのか。その欲望を象徴する男が今、私の眼の前で腹を抱え、笑っている。

私はこんな男に抱かれ、全身を撫でられ舐め尽された。そして、この男の矮小にして穢《けが》れた身体の一部を、この肉体の内に受け入れてしまった。この乳房にも、この尻にも、そしてこの股間にまで……。

未だこの男の唾液と、そして想像することもおぞましい体液が、私の身体の一部に残っている。自分の肉体であるにも拘わらず、この男の粘液の付着した肉体に触れることを、今の自分は恥じらい、そして怖《お》じ気づく。シャワーを浴びたい……。私は今、ただそれだけを望んだ。

連日連夜の無差別爆撃で、大都市フランクフルトは、都市としての機能を喪失しつつあった。水道も電気も、現在では殆どの地区で供給が途絶えている。そんな状況の下でも、人は本能的な営みを続けてゆく。半壊したホテルでも、まだ使用できる部屋がある限り、営業は続けられた。そんな部屋に、シャワーやビデなどの設備は在ろうとも、機能している筈はなかった。それでも、連日の空襲で生活を破壊され、生きていることすら不思議なほどの惨状の中でさえ、人は本能的な営みを続けてゆく。

崩れかけた建物の一角に掲げられた「空き部屋あり《ツインマー フライ》」の小さな看板に、人はそのドアを叩く。帰休兵が、恋人どうしが、家を焼かれた夫婦が、そして自分のように、密会せざるを得ない者たちが。彼らは、つかの間の逢瀬と刹那《せつな》の快楽、否、今この瞬間を、絶望的な欲望に耽《ふけ》り、そして吐き出す。せめてその一瞬だけでも、この現実を忘却するために。

然し、私は違う……。己の欲望のためなどではない。私は、ヨアヒムを守りたかったのだ。愛するヨッヘンが生きて帰って来るために、そのためにここまでして……。

然し今、その幻想は脆《もろ》くも崩れ去った。もう、何もいらない。何も望まない……だが、鳥肌は去らなかった。私の頭の中で後悔と言い訳と、そして自己嫌悪だけが逆巻《さかま》いてゆく。早く、一刻も早く帰って、シャワーを浴びたい。この男の粘液を洗い流したい。そして、数分前までの自分をも。

「おい、マリー。どうなんだ。さっきのこと、考えてみたか。アッシェンバッハ中尉は、いずれロシア戦線で名誉の戦死を遂げるだろう。二度と還っちゃ来ない。だから、あんな男のことは忘れて俺の女になれよ。そうすれば、いずれは大ドイツ空軍将軍様の女房に収《おさ》まれるんだぞ」

私の耳に、ゴロップのだみ声が響く。この男は、いつから私のことを「マリー」など呼ぶ資格を得たのか。いつ、誰がそれを許したというのか。ゴロップは、現在の妻をも裏切ろうとしている。いや、現実には既に裏切っている。妻だけではない。この男はガーランドを裏切り、たぶん更に多くの人々を裏切り続け、そしていずれはゲーリング元帥すらも利用し尽すのだろう、自分自身の欲望のためだけに。

だが、それは今の自分もまた同類なのではないか……私もガーランドを裏切っているではないか。いや、何よりも、私自身をこそ……。

ふと、ガーランドと、あの名前すら知らない男たちの顔が、私の脳裡に浮かんだ。彼らは今、眼の前にいる男との対極に在る。そして、あの男たちこそ、本当に戦っているのかもしれない。ゴロップや、つい今しがたまでの私自身が固執してきた何かと。先ほどから私の意識下に、すべてが虚無に陥《お》ちてゆくイメージが生まれていた。この都市も、この国も、そして今、私たちを拘束するこの組織も。それでも、あの男たちは戦い続けるのだろう、その虚無とさえ。

「あなたは、醜い。欲望に生きるだけ。滅びることとさえ知らない……」

私は目の前の肉の塊、肥《こ》え太った欲望の芥《あくた》に向かって呟いた。その言葉は、口の中にこもり、消えた。ただ自分だけに言い聞かせたように。

「なんだって？」

ゴロップが訊《き》いた。

「帰ります」

私は、きっぱりと言った。そして衣服を着けた。私の頰に、ひと筋の細い雫《しずく》が流れた。

「お、おい、ちょっと待てよ。もう少しゆっくりしていけよ。もう一回くらい……なあ、いいだろ、マリー……」

背中にゴロップの、哀願するような声が追ってくる。だが、彼の声もこれが聞き納めだ。もう、二度と会うこともないだろう。そして、アッシェンバッハにも。頰のひと雫は、今この瞬間までの私自身との決別の涙なのだ。

二

一九四四年五月二五日　フランクフルト近郊　特設格納庫　午後一時

外は、横殴りの強い雨が降り続いていた。この数日間、欧州全域が悪天候に見舞われている。特設飛行場の格納庫内に設けられた一室の大型テーブルの上に、大きな地図が重ねられていた。空軍士官たちが、それを囲む。

「カムフーバー少将。到着早々で申し訳ないが、早速説明させていただく。これが最近の連合軍《やつら》の爆撃コースです」

葉巻をくわえながらガーランドが言った。部屋には、うっすらと濁った煙が漂う。

カムフーバーは悪天候をつき、一か月振りにノルウェーから到着したばかりだった。

彼は軍帽を脱ぎ、やや薄くなった頭を傾《かし》げながら、広げられた地図を覗《のぞ》きこんだ。黙ったまま地図に見入る。ガーランドが彼に並び、地図に眼をやりながら説明した。

「敵爆撃機編隊の目標侵入ルートをすべて記載させた。爆撃目標となる都市への侵入は、爆撃機梯団の先導機が務める。ご存知のとおり、彼らは我々の迎撃戦闘機を撹乱し、目標都市を判別させないために、侵入コースをジグザグに取る。然も標的誘導士《ポインター》と呼ばれる先導機士官は、爆撃任務《ミッション》ごとに交替するため、同じ目的地に対しても、侵入コースはそのつど変化するわけだ。これは、電波探知機《レーダー》でも推理できない。ところがだ」

ガーランドは、眼を上げた。カムフーバーの眼を見る。

「人間には、必ず癖がある。標的誘導士は、無意識のうちに同じ侵入パターンを繰り返すという癖を持っている。それが連中の盲点というわけだ」

「その癖を、私に読み取れというのですな」

地図に眼を落としたまま、カムフーバーが言った。

「その通り。今後、もっとも近いうちにこのフランクフルトに現れる敵爆撃機梯団の侵入コースを推理していただきたいのです。たぶん、貴官でなければできない」

「あれから一か月だ。いよいよ出撃準備も整ったのですな」

「ほぼね」

ガーランドは葉巻をくゆらせながら、眼を少し大きく開いてみせた。

「7・5センチ砲の射撃も、シュタイナー少尉の指導で五機とも完璧だ。この一か月間の訓練で、B17を空中で確実に仕留めることができるまでに腕を磨いた。然も、先日のサンダーボルトとの遭遇戦の結果から、タンク博士が装甲を更に強化してくれた。ブローニングの集中射撃にも、かなり耐えられるだろう。ワルキューレは、史上で最も頑丈な航空機、然も、人類がこれまでに見たこともない最強の空中砲艦《ガンシップ》になった。だがね、問題はひとつ」

ガーランドは、片方の眉を上げた。

「ワルキューレの速度は、非常に遅い。もちろん、あの機体に高速は必要ない。が、問題は、敵爆撃機編隊の侵入コース上に、ワルキューレがあらかじめ占位できるかどうかなのだよ。然も、敵編隊の真正面にピンポイントで、だ。ワルキューレは、敵が来てから上空に上がったのでは遅い。間に合わないからね。敵爆撃機編隊が侵入して来る、まさにその時、その飛行コース上の前方に居なければならない。然も同高度、同針路で敵を待ち、その標的誘導機《ポインター》を捕捉しなければ意味がない。そして誘導機《こいつ》を一撃で仕留めた直後に、敵編隊のど真ん中に入り込む」

ガーランドは、きっぱりと言い切った。この作戦の最も重要な、そして最も危険で難しいポイントだった。それを確認するように、周囲の男たちを見廻した。

「これができない限り、ワルキューレは敵護衛戦闘機の餌食《えじき》になることは確実だ。バルクマンたちは犬死にすることになる」

カムフーバーは顔を上げた。そしてガーランドの意志を確認するように呟いた。

「この作戦は、単に破壊力の大きな重武装の空中砲艦を飛ばすというだけでは戦いにならない。ワルキューレは、必ず敵の進行方向に居なければならないということか。僅か300メートルでも外すことは許されない」

「そのとおりです、カムフーバー少将。敵爆撃機編隊は、いったん最終アプローチである攻撃目標コースに入ってしまえば、もう針路修正はできない。目標手前の一〇分間は、前方に何があろうとまっすぐに進まざるを得ない。ワルキューレがこのコース上に居さえすれば、必ず接敵する。外せば……」

ガーランドは、この作戦の困難さを表すかのように、その眉間に皺を寄せた。

「そして、うまくワルキューレが敵爆撃機編隊のど真ん中に入ったとしたら、どうなるね？　敵は密集隊形を組んでいる。その中に入るということは、B17はワルキューレに対して、迂闊《うかつ》に発砲ができなくなる。連中にとっては、周りが味方機だ。同士射ちという最悪の事態が起きかねない。だから敵は、思うように射撃ができない」

「だが、仮にワルキューレが敵の侵入コース上で待ち伏せたとして、お互いが航過する間にいったい何機墜とせるというのでしょう？　相対速度が大きすぎる」

カムフーバーが、ふたたび疑問を呈した。

「カムフーバー少将、あなたは未だ大きな勘違いをしていますな。たぶん、皆さんもだ。私はワルキューレで正面攻撃を仕掛けろと言ったつもりはない。これまでメッサーシュミットMe410やヘンシェルHs129にも、3・7センチや5センチの大口径砲を搭載したことはあった。が、成果は挙がらなかった。何故か？　すべては反航戦か、上方からの逆落《さかお》としによる一撃離脱戦を前提としていた。然し反航戦の場合、反対方向から飛行してくる敵機との相対速度は、時速一〇〇〇キロにも達する。そんな条件下での射撃タイミングは僅かに二、三秒だ。その一瞬で、発射速度の遅い大口径砲を射撃できるのは、精々一、二発。それで高速で飛行する敵機に命中させることなど、神業だ。私にだってできんよ。これではB17は墜とせない。これまで連中を墜とせなかったのは、正面攻撃戦や一撃離脱でやったためだ。後上方からの攻撃は、敵編隊の後部銃座からの集中砲火を浴びるリスクが大きく、被撃墜率が高くなるしね」

ガーランドは、ひと息ついた。葉巻をくわえる。

「それでは、ワルキューレの場合は？」

カムフーバーは未だにガーランドの意図が理解できず、苛立たし気に訊く。

「同航戦だよ」

ガーランドは、事も無げに答えた。

「同航戦？」

「どうやって……」

周囲を取り囲んだ将校たちがざわめく。その意味するものを訝る声が漏れた。

「敵の進路上で待ち伏せするワルキューレは、敵と反航するのではない。敵に尻を向けながら、同じ進行方向に飛行するのだ。ワルキューレの極端に遅いスピードなら、一気に敵編隊に追いつかれ、敵の中にもぐり込むことができる。いや、呑み込まれる、と言った方が適切だろう。そこが付け目だ。同航戦に持ち込むのだ。そのために、7・5センチ砲を横向きに配置した。B17と並列飛行しながら、追い抜いてゆくB17を片っ端から7・5センチ砲で墜とす。対戦車砲は、発射速度が速いうえに、命中精度が高い。同航戦で殆ど静止目標となったB17を、立て続けに狙える。あとはこちらの腕次第だ。この三週間で、シュタイナー少尉とハインリヒ伍長が残り四機のクルーを徹底的に教導してくれた。彼らはもう、B17という動標的にも確実に砲弾を命中させることができるだろう。周囲はすべてＢ17だ。まさに、手当たり次第だ。他に3センチ砲一門と2センチ機関砲六門が撃ちまくる。特に尾部の2センチ連装砲は、後ろから迫るＢ17の操縦席を狙う。最も重要な標的誘導機を始末するのも、この2センチ砲だ。標的誘導機を最初に墜とすことによって、敵の爆撃目標を狂わせるだけでなく、編隊を攪乱することができる。統制を失った編隊は、烏合《うごう》の衆だ。その日はフランクフルト上空がＢ17の集団墓地になる。まさに、修羅場だ」

将校たちの間から溜め息が漏れた。ガーランドの奇策に呆れもし、感心もする嘆息だった。しかしカムフーバーは、右手を顎に当てながら何かを思案しているようだった。ガーランドの妙案に感心しながらも、まだ何かひっかかっている顔つきだ。

「中将。あなたの意図は判った。が、Ｂ17の一個大隊一四〇機を、たった一撃で殲滅させようというのですから、当然、リスクも大きい筈だ。優秀なパイロットを、それでなくても消耗しきっている最前線の航空隊から引き抜いている。然も、あなたの作戦は〝博打《ばくち》〟に近い。この賭けに失敗すれば、ここに居並ぶ優秀な戦士たちを一気に喪《うしな》いかねない。むしろ、毎日一〇機のＢ17を確実に墜とし続けるという方法もあるんじゃないですか？　そうすれば、単純計算だが一〇日間で一〇〇機、一か月で三〇〇機を墜とせる」

「確かに、そういった意見もある。むしろ有力だ。特に、ヘルマン・ゲーリング大元帥閣下がその主張を押している」

ガーランドの皮肉の混じった言葉に、カムフーバーが苦笑した。それからゆっくりと、その薄くなった髪を右手で撫で上げた。

「まいったな。私の意見が、あの男と同じとは」

ガーランドは口から葉巻を離した。そしてカムフーバーの眼を見た。

「圧倒的に優勢な敵爆撃機編隊に対して、少数のドイツ機が突入をかけるということは、殆ど自殺行為なのだよ。ボーイングB17は、機体の全周囲に一二挺のブローニングを配備している。ハリネズミのようにだ。然もブローニングは、君たちも知ってのとおり、非常に優秀な機銃だ。一〇〇機のB17編隊に突入するということは、一二〇〇挺のブローニングに撃たれるということだ。一〇〇〇機で、一万二〇〇〇挺……。わが空軍のパイロットは、一門の2センチ機関砲と二門の1・3センチ機銃だけでその罠の中に飛び込まざるを得ない。ましてや、メッサーシュミット以上に優秀な米軍の護衛戦闘機が、わが方の数倍の機数で待ち構えている。ドイツ空軍の未熟なパイロットならば、最初の出撃で命を落とす。ベテランパイロットでも、その寿命は今や三、四か月だ。あなたが開発した早期警戒レーダー・システムがいかに機能しようとも、もはやわが空軍は、一日に一〇〇〇機で押し寄せるB17を一〇機墜とすだけの力すらなくしているのだ」

重苦しい雰囲気が部屋を支配した。ドイツ空軍《ルフトヴァッフェ》が、いや、この国が直面しているのは、絶望的な戦いだったのだ。

「カムフーバー少将、あなたもご存知でしょう。兵力を小出しにする戦いほど愚かなことはない。ゲーリング元帥は、その過失を犯し続けている。このままでは、ドイツ空軍は、ひたすら無益な消耗戦を繰り返し、自滅するだろう。私は、用兵とは、決定的な打撃力を持った戦力を、最も効果的な一点に集中することだと思っている。集約された巨大な打撃力で、あの爆撃機群を一気に殲滅させれば、米軍もその犠牲の多さに、無差別爆撃という恥ずべき殺戮《さつりく》を中止せざるを得なくなるだろう。そうすれば、この国の次代を担う子どもたちや女性を救うことができるのだ。そのために、私たちの世代が少なからぬ犠牲を払おうともね。何故なら、この戦争は私たちの世代が始めてしまったのだから……始末は我々でつけようではないか」

ガーランドは、言い終わると虚空に眼をやりながら、葉巻をくわえた。この瞬間、この部屋に集ったすべての将校たちは沈黙した。ガーランドの言葉を、一人ひとりが受け容れ、納得したのかもしれない。カムフーバーも、溜め息とともに頷いた。押し黙ったまま、ふたたび髪を撫で上げる。暫くの静寂の後、彼は顔を上げるとガーランドに言った。

「ガーランド中将。わが空軍は、そこまで追い詰められていましたか。わかりました、やりましょう。ところで、ワルキューレが上空待機中に、つまり敵爆撃機を待っている間から、B17の群れに飛び込むまでの数分間、上空掩護はどうするのですか？　敵は、多数の護衛戦闘機を引き連れてくる筈だ。決して簡単には通しちゃくれないでしょう」

ガーランドは、白濁した煙を吐いた。

「ブルーノ・シュメリンク中尉たちの戦闘機が上空支援することになった。〝死神〟の異名を持つ第2戦闘航空団の若者だがね。この作戦のことを嗅ぎつけて、どうしても参加させろと言ってきかないんだ」

ガーランドは、片方の眉を上げる。

「で、結局当日は、ワルキューレの出撃に合わせてJG2から上空支援戦闘機を廻してもらうことになった。この作戦も、血の気の多い若者の間では既に噂になり始めているようだ。だが、実際にはかなりの犠牲が出るだろう。サンダーボルトやマスタングを全部引きつけるわけだからな。つまり、これだけ無謀な作戦を立て、若者に危い橋を渡らせてでも、あの一〇〇〇機の爆撃機編隊に対して乾坤一擲《けんこんいってき》の一撃で最大の犠牲を与えなければ、無差別爆撃戦略自体を阻止することはできないんだよ」

「一〇〇〇機の敵爆撃機編隊を一撃で撃滅しようなどと考える人物は、ひとりもいないでしょう。あなたくらいのものだ、ガーランド中将。だが……やらねばならない」

そう言うと、カムフーバーは顔を上げた。その双眸《そうぼう》には、ひとつの決意の光が見えた。

「判りました、中将。暫く時間をください。私をひとりにしていただきたい。私も、自分の使命を遂行しようと思いますのでね」

ガーランドと士官たちは、部屋を出た。戸外の雨は、その雨足を強めているようだった。当分の間、連合軍の爆撃機は飛来しないだろう。独り部屋に残ったカムフーバーは、乗馬型ズボンのポケットから銀色に鈍く光るジッポを取り出し、くわえた煙草に火を点ける。

彼は、ノルウェー僻地の航空隊基地で、ガーランドからの電話を受けた日のことを思い出していた。あの日以来の出来事は、すべてが今日の、この自分の作業に懸かっていたのだと思った。

四時間が過ぎていた。カムフーバーに呼ばれて、ガーランドたちが部屋に入った時、彼は上着を脱ぎ、ワイシャツの袖も捲《まく》り上げた手で、何十本目かの煙草に火を点けたところだった。灰皿には、溢れ落ちるほどの吸殻《すいがら》が小山を成している。机の上に広げられた膨大な量の地図は、いくつかの山に分類されていた。彼の周囲を、ガーランドやローゼンバッハ、そして空軍の士官たちが囲んだ。

「それでは説明しよう」

カムフーバーは、彼を取り囲んだ将校たちを眺め回すと一息つき、椅子から立ち上がった。

「中将のおっしゃられるとおり、人間にはだれにも癖というものがある。私の歯ぎしりもそうだ。やめられない」

彼にはめずらしく、冗談を言うと笑みを浮かべた。

「そして今回の場合は、これだ」

そのつまらない冗談に誰ひとり反応しないとわかると、カムフーバーは、幾つかに分類された地図の中から、ひとつの山を中央に引き出した。上から、デュッセルドルフ、デュイスブルグ、テュービンゲン、シュトゥットガルト、そしてフランクフルトなど、ドイツ主要都市を中心とする広いエリアの地図の山だった。

「誰か、色鉛筆はお持ちかな?」

カムフーバーは、横に並んだ士官たちに訊いた。ローゼンバッハが、黒い皮革貼りの手帳から赤鉛筆を取り出し、渡した。

「どうもありがとう《ダンケシエーン》、大尉《ハウプトマン》」

カムフーバーは、その鉛筆を受け取ると、赤い切っ先を見た。

「これでいい。さて、皆さん。ご覧いただきたい。これが答えだ」

カムフーバーは、一番上にあったフランクフルトの地図を広げる。その上に、黒く太い矢印で、三月二日のフランクフルト爆撃の際の侵入ルートが描かれていた。その矢印は、オスナブリュックから、いったんケルンに侵攻すると見せかけた飛行ルートが、ケルン北東40キロで直角に折れて南下し、フランクフルトの手前50キロで左40度に転進、そして一気にフランクフルトを襲うコースだった。

「この地図上のフランクフルトをシュトゥットガルトに当てはめてみよう。矢印は、こうなる」

彼の右手に握られた赤鉛筆のラインが、太く黒い線とほぼ同じパターンを描いた。

「ちょっと東だが、ハノーファーはどうかな、……ほら、同じだ」

赤い鉛筆の線は、その長さや角度こそ微妙な違いはあれ、どの都市でもほぼ同じパターンの直線と折れ線を繰り返した。

「この地図を見る限り、米第8航空軍の爆撃機編隊を誘導する標的誘導士は、少なくとも八人いる。その中に、この航行パターンを繰り返す標的誘導士がいるのだ。仮にこの男を、〝Xのだんな《ヘル・イクス》〟とでも呼ぼう」

カムフーバーは、地図の空白部分に赤い文字で、〝Ｈｅｒｒ・Ｘ〟と書き入れた。

「ヘル・Xは、二月二三日にザールブリュッケンとカルルスルーエを襲っている。それから、三月二日にフランクフルト。テュービンゲンには三月一〇日、シュトゥットガルトに四月一日に現れている。フランクフルトへの二度目の登場が、四月一一日、ハノーファーにも二〇日に行っている。これは、総統誕生日に行なわれたベルリン爆撃の陽動作戦だろう。ほかにも、たぶんこのハンブルグもそうだと思う。だが、ヘル・Xは、どちらかというと、ドイツ中南部の都市が担当らしい」

カムフーバーはひと息ついた。テーブル上の大型地図の上に、幾本もの赤い線が、重なるように引かれていた。

「で、少将。そのヘル・Xが誘導する爆撃機編隊が、我らの目標なのかね」

ガーランドが、葉巻をくわえながら訊く。

「たぶん……」

カムフーバーは、両手を腰に当て、地図に眼を落としたまま頷いた。ガーランドは、ぶ厚い戦闘記録を手元に寄せ、暫くページをめくっていた。そして眼を上げ、言った。

「こいつだとすれば、米陸軍第8航空団の第100大隊だ」

バルクマンが、その眼を見た。

「とすれば、シュメリンクが喜ぶだろう」

「いや、殺気立つだろうね、きっと」

ガーランドは、紫煙を上に向けて吐いた。

「たぶん、来るとしたら、ヘル・Xでしょう。高射砲の配置ラインをうまく避けている。ドイツ中南部が得意だ。そして最後に来たのが、一昨日のデュイスブルグ。この日は、悪天候のために目標を大きく外したがね。ほぼ一〇日間の間をおいて、彼は出撃している。ということは、次に来るのは、六月四日か五日頃だろう。天候が持ち直せば、だがね。それに」

カムフーバーはそう言うと、顔を上げた。

「ヴェルレーヌの詩のことは、ご存知ですね、中将」

「〝秋の日の……〟というやつですな。今、連合軍が暗号で使っている」

「そのとおりです。そして章節が変わった。〝ひたすら、悲しみに打ち沈みぬ〟とね」

「ああ、聞いている。いよいよ連合軍の上陸が迫っているということか。最近は、南西部に爆撃が集中し出している。然も交通拠点だ。ということは、いよいよヘル・Xが、わが軍の移動を阻止するために、ドイツ鉄道網の拠点を爆撃に来るということか。とすれば、中部ドイツ鉄道網の最大拠点であるフランクフルトに必ず来る。最も高い可能性は、……六月四日か五日？」

「つまり、そういうことだ」

カムフーバーが、ガーランドに笑いかけた。それは、静かな笑いではあったが、彼の自信と確信に充ちていた。ガーランドは、地図に眼を落としながら、右手の拳《こぶし》を左手の掌《たなごころ》にぶつけた。びしっと音が響いた。取り囲む空軍士官たちの間にも、眼には見えなかったが、士気の高まってゆく気配が充満していった。

「カムフーバー少将。次は、電波探知システムとの連携の仕方と、ワルキューレの上空待機ポイントを、具体的に教えてくれ」

ガーランドは、更に身を乗り出していた。

三

一九四四年五月二九日　フランクフルト郊外　特殊部隊宿舎　午後三時

自分の声で、眼が醒《さ》めた。うなされていたのか……。首筋に、じっとりと寝汗をかいていた。シュタイナーは、周囲に眼をやる。がらんとした狭い部屋には、誰もいる筈がなかった。辛い夢だ。時々見る夢だった。将校宿舎でも、塹壕の中でも。最も幸福だった時代の夢、然しそれは同時に、もう決して言葉にはできない、辛く惨めな記憶でもあった。そして、自分自身を許すこともできない……。

夢の中に、ひとりの女性がいた。彼女は、いつも白い馬に乗っている。馬の名前？愛馬の名前はなんといったか……夢の中での記憶は辿れない。その白馬に乗った女性、その鳶《とび》色の大きな瞳、笑顔の美しい、凛《りん》とした横顔……。紅《あか》いブレザーを着、黒い乗馬帽の裾から、長いブルネットの髪をなびかせていた。私は、しきりに彼女に馬を寄せようとする……が、一向に距離は縮まらない。むしろ、どんどん距離が離れてしまう。私は彼女を追う。だが彼女の白馬は、濃い緑の森の奥へと駆けて行ってしまう。

「待ってくれ……」叫ぼうとする私の声は、然し咽喉に絡みつき、出てこない。

ふと、彼女が振り向いた。笑う。白い歯が見える。私は、必死になって彼女を追った。然し突然、深い森一帯に白い霧が立ち込め始めた。彼女は白馬とともに、その森の中に消えてゆく。純白の霧の中に、ブレザーが一点、紅い滲《し》みのように残り、やがてそれも霧の中へと消えていった。

陸軍士官学校時代、ベルリンの乗馬クラブで知り合った女性だった。名は、エリザベート。シュタイナーは、彼女をエリーゼと呼んだ。彼女とは、結婚の約束も交わした。乗馬クラブの仲間であり、兵学校の上官でもあったフォン・オッペルン・プロニコフスキー大尉がふたりを祝福し、立会い人を務めてくれると言った。

暗転。

一九三三年。アドルフ・ヒトラーが政権を掌握した。そして、すべてが覆《くつがえ》った。

大きな商社を経営していたエリーゼの父親は、ユダヤ人だった。ナチスの政権奪取と同時にユダヤ人排斥は一気に凶暴化し、エリーゼの家族はベルリンを追われた。既に父親の商社は、ドイツ人に接収されていた。それでも、シュタイナーは、エリーゼと一緒になる意志を変えなかった。それがドイツ陸軍将校にとって、いや、すべてのドイツ人にとって許されないことは承知だった。それは明らかに現在の立場のみならず、生命にすら危険の及ぶ行為であったのだが。

一九三九年九月。ポーランド戦が開始され、騎兵大尉として戦功を挙げたシュタイナーを待っていたのは、ユダヤ人女性との交際を訴える密告だった。プロニコフスキーが、シュタイナーの弁護に立ち、事実無根であることを証明した。以前交わした手紙や写真の類いは、彼のアドバイスによってすべて焼却された。シュタイナーは、自分の中に存在したエリーゼの痕跡をすべて捨て去ったのだ。

然し、密告者の追及は執拗《しつよう》だった。一九四〇年五月。フランス戦に勝利し、歩兵少佐に昇進したシュタイナーは、突如、軍法会議にかけられた。訴状は、彼が士官学校時代に、ユダヤ人女性と結婚を誓い合ったことまでも暴露したものだった。密告者は、その正体を現した。乗馬クラブで、エリーゼに横恋慕していた、ディートリッヒという男だった。

ドアにノックの音があった。

「シュタイナー少尉……」

ハインツの声だった。

天候は相変わらずだったが、ワルキューレの発進準備は、ほぼ完了しつつあった。五機分の弾薬、燃料も、明日中には運び込まれる予定だ。ここ暫くの悪天候で、連合軍の爆撃機編隊は飛来しなかった。ベルゲンの気象観測所からの予報では、あと四、五日はこんな具合らしい。この日、天候の回復が見込めないため、ワルキューレ搭乗員は珍しく宿舎待機となっていた。

最初はモスグリーンだったが、殆んど灰緑色に色褪《いろあ》せた兵隊用シャツを着て、軍用ズボンをサスペンダーで下げた格好で、シュタイナーは半身を起こし、サイドテーブルから煙草を取った。

「なんだ。入れよ」

煙草をくわえ、右手だけで器用に火を点けながら、シュタイナーは応えた。

「シュタイナー少尉。ちょっとの間、いいですか?」

小さく開いたドアの隙間から、ハインツが覗きこんだ。サンダーボルトとの銃撃戦で、ブローニングの1・27センチ弾に肉を抉《えぐ》られた左肩は、かなり回復していたが、未だに白い包帯で保護されている。その肩を庇うようにしながら、シュタイナーは上体を捻《ひね》った。

「時間なら、腐《くさ》るほどあるぜ」

ハインツが部屋に入る。

狭い部屋だった。フランクフルトの郊外に点在する農家の部屋を空軍が、というよりもガーランド中将が借り受けていた、ワルキューレ搭乗員のための宿泊施設だった。この田園地帯一帯であれば、爆撃を免れることができた。農家への分散投宿のため、シュタイナーとハインツは、他のひとりとともに三名で一軒の農家に投宿していた。

この一か月間、彼らは計一二回の実機搭乗による実戦訓練と、毎日の机上訓練を行なってきた。敵戦闘機との交戦は、コーラー伍長が犠牲になり、シュタイナーが負傷したあのサンダーボルトとの遭遇戦一度きりだった。

敵機接近による緊迫した場面は何回かあったが。その経験から、ワルキューレの装甲は、更に強化されていた。ブローニング1・27センチ機銃の射撃にも、集束被弾がない限り耐えられる限界まで、タンク博士による増加装甲が施された。更に、エンジンも限界まで出力を出す調整が行なわれていた。そのために、ワルキューレの滞空は、55分間となったが。ワルキューレは、航空機としては信じられないほど強力な武装と強靭な防御力を与えられたのだった。

この数日間の悪天候の中でも、彼らは机上訓練を続けていたが、今朝は迎えのトラックは来なかった。代わりに、雨天用のゴム引きコートを纏《まと》った空軍の通信兵が、ツエンダップのオートバイで早朝の農家を廻り、本日の宿泊所待機を告げた。

この奇妙な作戦に「特別休暇」として招集されて以来、シュタイナーもハインツも休日というものを取ったことがなかった。いや、思えばロシア戦線に投入されて以来、彼らはただ砲声と硝煙、そして屍臭の中で戦い続けてきた。死と恐怖だけが日常化した時間の中で、戦闘のない時間というものは幻想でしかなかった。今日も死んでいない、という事実を確認することだけが日課だったのだ。

ハインツは、シュタイナーが半身を起こしているベッドの脇の、古びた椅子に腰掛けた。

上目づかいに部屋を見廻す。彼の部屋よりも狭いが、窓もベッドもあり、小奇麗だった。ハインツのあてがわれた部屋は、物置であり、屋根裏の傾斜部分に窓が開いているだけだった。それでも彼は、微《かす》かな幸福を感じていた。東部戦線の凍えた塹壕の中で、敵の襲撃に怯えながら眠るよりも、ずっと心地は良かったから。同時に、一抹の心苦しさも感ずる。ロシアに残った戦友や、彼よりも若い新兵たちのことを思い出すと、息苦しさを覚えるのだった。

二階のこの部屋の窓には雨が当たり、水滴がひっきりなしに流れてゆく。その向こうには、五月も終わろうとする中南部ドイツの田園が、淡く白濁した霧の中に薄っすらと見渡すことができた。人間たちの行なう際限のない破壊と殺戮の中でも、草木は健気《けなげ》に若芽をふき、遅い春は確実に訪れていた。

シュタイナーは、煙草をくわえながら身を起こし、ベッドに腰掛けた。

「なんだよ、どうした。恋患《こいわずら》いの相談か？」

「少尉、茶化さないでください」

ハインツは、真顔で言った。

「じゃあ、なんだよ」

シュタイナーが、煙草を揉み消した。

「こんな時間、今までなかったですよね」

ハインツは、両手を前に置きながら、言葉を選んでいるようだった。

「考えてみたら、僕が東部戦線に配属されて以来、ほんとにこんな時間、なかったですよね」

シュタイナーは、黙ったままだった。

「少尉は、もし本当に休暇だったら、家族に会いに戻ったんでしょ」

シュタイナーは煙草をくわえ、火を点けた。赤燐《せきりん》の匂いが漂う。思えばハインツは、これまでシュタイナーが家族のことを口にするのを聞いたことがなかった。彼が、家庭を持っているのかすら、知らない。然し今も、彼は語ろうとしない。シュタイナーが応える気のないことを見越して、ハインツは続けた。

「もう、休暇なんて取れないんでしょうね」

「ないだろうよ。これが最後かもしれんな」

シュタイナーの乾いた声が返ってきた。ハインツは眼を上げる。

「少尉はどうしていつも、そんなふうに投げやりなんですか？」

ハインツの真剣な問いに、シュタイナーは煙草を口の端に咥《くわ》えながら思わず苦笑した。

「ハインツ、俺はそんなに投げやりか？」

「ええ、少尉はいつもそうです。なにか、人生を投げてしまっているような……」

「それじゃ、お前は人生を丁寧に生きろよ」

シュタイナーは、皮肉っぽい表情で笑った。

「そういうんじゃないです。僕は……もっと人間らしく生きたいんです。少尉にも」

シュタイナーが眼を上げる。

「僕はもう、人を殺すことに……耐えられない」

ハインツはそのまま俯《うつむ》き、膝の上に置いた白い手を固く結んだ。静寂が部屋を支配した。煙草の煙だけが、ゆっくりと部屋の中を漂う。

その間、シュタイナーは、俯いたままのハインツをじっと見ていた。やがて、ぼそりと言った。

「そうか、やはりそういうことだったか……ハインツ。先日の射撃訓練の時から変だと思っていた。だが、お前だってガキじゃない。今がどういう時代かはわかっている筈だ。そんな中で、戯言《ざれごと》を言うんじゃない」

ハインツが眼を上げる。その青く澄んだ瞳が、微かに濡れている。

「戯言でも、たわ事でもありません。本当のことなんです。今までの僕が、どうかしていた。東部戦線では、ロシア軍の戦車を確かに六〇輛も撃破しました。ついこの間まで、僕はそのことを誇りに思っていました。でも、5センチ砲で破壊した戦車の中には五人のロシア戦車兵が居て、その殆どが車内で焼け死んだ。つまり僕は、これまでに三〇〇人以上の人間を殺したということになるんだと。そして今度は、ワルキューレに乗ることによって、アメリカの若い兵士を何人も殺すことになる……。先日僕は、ワルキューレの中で、頭に銃弾を受けて死んだコーラー伍長の遺体を見た瞬間、気づいたんです。何故、僕らは殺し合わねばならないのか。僕はもう、自分がこんなことを続けることに耐えられないのです」

膝の上に置いたハインツの手が震えていた。シュタイナーは煙草をくわえたまま、ハインツの眼を見た。暫くの沈黙の後、彼はぼそりと言った。

「ハインツ、難しい所に入り込んじまったな。俺にも、答えはわからん。だがな」

シュタイナーは、眼を上げる。

「受け容《い》れることだ、自分の宿命をな」

「宿命論で済ますのは、逃避じゃないでしょうか」

「その時代や人生にはな、自分ではどうしようもない、避けられない困難や障害が降りかかる時がある。宿命というやつだ。或いは、不条理と言い換えてもいい。その不条理という宿命を正面から受け止められるかどうかは、その人間の大きさによる。器量なんだよ」

「だったら、少尉。僕がもう、この宿命を受け止めることができないと言ったら？」

シュタイナーは、少し考えるように見えた。それから。

「ハインツ。まず、お前が既にここに居るのは、お前の意志じゃない。が、偶然でもない。今、俺の前に座っているのは、ロシアの塹壕《ざんごう》の中で戦っている新兵のペーターやクラウスじゃない、お前だ、ハインツ。お前は今、生きてこうして暖かい部屋、柔らかなベッドの上に居る。ペーターはどうだ？　クラウスは？　彼らにとっては、それも不条理だ。だがそれは、決して偶然じゃない。自分と自分の周りに起こることは、すべて必然なんだ、そして自分に起因する。その上でもし、お前がその必然的に与えられた宿命、或いは不条理を受け容れられないとした時、大切なのは、それがお前の理念とか思想、あるいは正義感に基づくものなのか、それとも恐怖や怯《おび》えによるものなのか、によるんだ」

シュタイナーの眼が、まっすぐにハインツの瞳を見る。これまでにハインツが見たことのない、柔らかな、いや……哀しい眼。

「たとえ前者だとしても、実際にその辻褄《つじつま》を合わせるのは難しい。お前がいくらこの戦争に反対だと言ったところで、世界は変わらない。国家はこの戦《いく》さを強引に押し進める。個人の意見や意志など通用しない。そんなことはお前もわかっている筈だ。或る連中にとっては、国家こそが正義であり、主義主張こそが絶対なのだ。そのためには他人の生命を奪うこともまた、正義なのだと。その狂信的正義の前には、モラルも理性もない」

シュタイナーは淡々と続けた。が、今、彼らを呑み込み、戦いを強《し》いるその現実が、彼自身にとっても本意でないことは、その表情から読み取ることができた。

「その巨大な機構の中では、一兵士であるお前は、戦うことに義務があり、それが国家への正義となる。それは、お前個人の正義とはまったく異なるものなのだ。そして、国家の正義は、お前に戦うことを強いている。それは、お前の正義と正反対の正義だ。だがな、果たして、自分の正義を本当に貫き通せるほど、人は強いだろうか。現実は、それほど寛容だろうか。もしもだ。お前の家族や愛する人が、ロシア兵に殺されそうになったら、どうするか。それでもお前は、自分の正義、理念、つまり戦わない、殺さないということを貫くことができるか。もしも、愛する人が、殺されてしまったら……」

シュタイナーの眉間に、一瞬、翳《かげ》りが差す。ふと、煙草の煙を吐く。煙の輪ができ、虚空を漂っていたが、やがて歪み、そして消えていった。シュタイナーは、もう一度、ゆっくりと煙草を吸った。

「それに」

彼は、虚空を見上げながら、呟くように言った。

「お前が、お前の正義ではなく、怖れゆえにこの任務を放棄したいと言っても、たぶん俺はそれを許すだろう。お前が今、脱走すると言ってこの部屋を出て行くとしても、俺はそれを止めはしない。それは、俺がお前を兵隊としてではなく、人間として、一人格として認めているからだ。そしてお前はその瞬間、この使命や責務から逃れることはできる。だがハインツ、その時からお前は、自分の怯えの虜《とりこ》となるだろう。怯《きょう》懦《だ》ゆえに逃避したという事実からは逃れられなくなるのだろう、一生な……」

「シュタイナー少尉。僕は、この使命から逃避しようとは思いません。生命が惜しくないと言ったら嘘になりますが、僕は人生の逃避者にだけはならない。ただ、どうしても納得ができないんです」

暫く、沈黙の時間が流れた。

「受け容れることだ、ハインツ。宿命を真正面から受け容れることだ、それが、自分の宿命ならば……」

シュタイナーの言葉は重かった。それはむしろ、自分に言い聞かせているようにも聞こえた。

重苦しい沈黙の時間が流れた。どれほどの時間であったのか、わからなかった。やがて、ハインツが眼を上げた。

「少尉は、宿命と言うけれど、それでは、少尉自身が本当にどうにもならない事実を受け容れたことはあるんですか？」

その時、シュタイナーは何も言わなかった。ただ、シュタイナーの眼に、これまでに見たこともない悲しみに充ちた色が浮かぶのを、ハインツは見たような気がした。

「確かに、おっしゃることの意味はわかります。だけれど、それでも僕には人間の理性として理解できないのです。たぶん、僕の理念とか正義感よりも、むしろ怯えとして。人間の畏《おそ》れとして……」

「ハインツ。避けられない宿命を前にして、怖れを抱かない奴なんていない。バルクマンも、ツィンマーマンも、それからあの死神《シュメリンク》だって、怖れは抱く。ひとりの人間として、今、生きている個人として。ただ、みんな恐怖する自分をも受け容れている。弱い自分も、疑念を抱く自分をも。それでも、一歩前へと進んで行くんだ、恐怖する自分を受け容れながらな」

「少尉も、怖いんですか？」

「もちろんだ」

シュタイナーは、遠くに眼をやった。

「逃げた自分もな……」

シュタイナーの最後の言葉は、よく聴き取れなかった。逃げた……？　ハインツには、そんなふうに聞こえたような気がした。窓の外を見ると、いつの間にか、雨は上がっていた。そこには、水を湛《たた》えた鮮やかな緑が萌え始めていた。

第七章　対　決

一九四四年六月三日　フランクフルト郊外　特設格納庫　午後二時

一週間続いた悪天候が、ようやく回復した。鬱陶《うっとう》しい湿気が去るとともに、疫病神のように連合軍のドイツ本土空爆も再開されるのだろう。

ワルキューレの発進準備も整う。緊急発進に備え、既に五機すべてが滑走路から枝分かれした駐機場の掩蔽壕《えんぺいごう》に分散配置された。最近、特に頻繁になった連合軍偵察機からの発見を防ぐため、機体と滑走路、格納庫にも入念な偽装が施されていた。

オランダからドイツに至る国境線各地の電波探知《レーダー》システムからの報告も、この特設飛行場に入電される。あとは、フランクフルトに向かう敵爆撃機編隊の影が、電探管制本部のスクリーンに映し出されるのを待つだけだった。いつ来てもいい。徹底した訓練の結果、一〇分以内に全機発進できる。特設飛行場は、異様な緊張感に包まれていた。

その日の午後、乾き始めた草原の中の泥道を、数台の車両がこちらに向かって来るのが見えた。双眼鏡でその車列を確認した哨戒の空軍士官は、不吉な予感を胸底に感じながら、ガーランドに報告した。

報《しら》せを受けたガーランドもまた、執務室内の窓辺に立つと、近づく車の色と形から、それが空軍のものではなく、最も不快な組織のものであることを予感した。そして、予感は的中した。

もう暫くすれば初夏になろうというこの時期に、黒革や薄茶色のコートを着た男たちと、灰色の制服の将校が数人、武装した兵隊まで引き連れて車から降り立つ。男たちの何人かは、その場に立つと両手を腰にやり、何やら居丈高《いたけだか》に特設飛行場を見廻した。

黒革のコートに暗緑色のチロリアンハットを被った大柄の男が、なにやら大仰《おおぎょう》に指揮を執《と》っている。兵士たちは、男の言われるままにその後方に自動小銃まで抱えて立ち並ぶ。親衛隊だった。

たまたま滑走路に出ていたローゼンバッハ大尉が、恐るおそる近づいた。男たちはローゼンバッハを前に、一斉に右腕を斜め前にまっすぐに突き出し、踵《かかと》を鳴らす型の敬礼を行なった。が、これはローゼンバッハに対する敬意ではなくむしろ彼への威嚇と、この方式の敬礼を強制したようなものだった。ローゼンバッハは、慌てて右手を高く差し上げ、ある男の名に「栄光あれ《ハイル》！」の文言《もんごん》を付けて叫んだ。

　男たちは、ローゼンバッハ大尉ではなく、ここの最高責任者を呼ぶように告げると同時に、自分たちから、充分に偽装された格納庫の中にずかずかと入っていった。

　ワルキューレの機体は、既に滑走路の駐機場に移動され、カムフラージュを施された上で出撃態勢にあったが、格納庫の中では、ワルキューレ発進のための準備作業が行なわれていた。作業をしていた空軍の兵士たちは、黒革コートの男たちが、秘密国家警察《ゲシュタポ》であることにすぐに気づき、その手を止めた。格納庫の中に、重苦しい緊張が走る。

　やがて、ガーランドが現れた。男たちはガーランドの姿を見るや、ふたたび一斉に右腕を斜め前に突き出し、かつんと踵を鳴らすと総統の名を叫んだ。踵を合わせる音が響き渡った。ガーランドは右手を挙げたが、それは右腕をまっすぐ前方へ差し出す正式なものではなく、右肩よりもやや上に軽く上げただけのものだった。その右手の指先には、葉巻さえ挟まれている。

「何か用かね？」

　ガーランドは、居並ぶ男たちに対し、冷ややかに言った。黒革コートの男が一歩前に出た。蛇のような眼をした男だった。

「中将。なにか用か、とはご挨拶ですな。我々は、用件があるからここに来た」

男は、空軍中将に向かっても、不遜な態度に出た。

「他人の施設に許可も取らずにずかずかと入ってきて、用件があるとは何ごとか。まず初めに、名乗るのが礼儀というものだ。ゲシュタポは礼儀も知らんのか」

男は、それでも引き下がらなかった。

「中将。あいにく我々は職務に対して忠実でしてな。それは時として、礼節よりも優先する。許可なくして施設や住居に入ることはもちろん、事と次第によっては将軍といえども逮捕拘束ができるのは、とうにご存知でしょう」

男はそう言ってうそぶき、酷薄な笑みを浮かべた。がっちりとした体格に、黒いコートが彼の威圧感を更に高めるのに役立っていた。銀色の髪を丁寧に後ろへと撫でつけた頭に、暗緑色のチロリアンハットを乗せている。年齢よりも老けて見えるが、四〇代半ばの男だった。

「だが、ガーランド中将。我々ゲシュタポも、あなたに敵意を持っているわけじゃありません。むしろ、ドイツ空軍の若き将軍に敬意を抱いておるのですよ」

男は慇懃無礼《いんぎんぶれい》な言葉に、ぞっとするような笑みを浮かべた。

「まずは自己紹介させていただきましょう。私は、秘密国家警察《ゲハイメシュターツポリツァイ》フランクフルト管区政治部捜査部長マクシミリアン・ディートリッヒ。世間では私のことを〝ユダヤ人《ユーデン》狩りのマックス《イエーガーマックス》〟と呼んで怖れていたそうですが、マックスと呼んでいただいて一向に構わない。私は職務に誇りを持っているのでね。で、こちらは、親衛隊保安部のギュンター・カウフマン少佐です。さて、用件だが、ふたつある」

黒革コートを着たディートリッヒと名乗る男は、隣に立つ長身の若い親衛隊少佐に眼くばせした。親衛隊の灰色の制服の右襟には、ルーン文字でふたつの「S」が黒地の布に銀糸の刺繍《ししゅう》で施されている。そのデザインから「重ね稲妻」とも呼ばれて怖れられた親衛隊《SS》の記章だ。左襟の四つの星が少佐の階級を示していた。

その少佐は、ヒトラーが理想とするような金髪碧眼《きんぱつへきがん》の美青年だ。口元には、まだ少年のようなあどけなさすら残っている。が、この青年の頭の中は八〇歳の老人よりも頑迷《がんめい》な妄執《もうしゅう》に凝《こ》り固まっている。アーリアン民族の優秀性と純潔という妄執。

カウフマン少佐は、国民的にも名の知られているガーランド中将の前で、やや緊張した面持ちとなりながらも精一杯の虚勢を張り、ベルトに下げた将校用革鞄から一枚の書類を取り出した。

「捜査令状です、中将。ひとつ。この施設は、国家元帥ヘルマン・ゲーリング閣下の許諾なしに、なんらかの陰謀の拠点として活動している疑いがあり、捜索する。ふたつ。先般、連合軍パイロットの捕虜たちによって実行された大掛かりな収容所脱走事件につき、秘密国家警察本部は、ドイツ空軍将兵の中に敵国協力者、及び脱走幇助《ほうじょ》者がいるものと断定。これを検挙するため、この施設を捜索する。以上」

長身のカウフマンは、小柄なガーランドを見下《みくだ》すかのように、将軍の眼の前にその書類をかざして見せた。然しガーランドは、まったく動じない。ふっと笑みを見せた、否、鼻で嗤《わら》った。

「君らは、ここがどこなのかご存知か？」

ガーランドは、突然ふたりの男に問いかけた。それから彼らを鋭い眼で睨《にら》みつけると、その後ろに居並ぶゲシュタポと親衛隊員たちをも一瞥《いちべつ》した。日頃、穏やかなガーランドにも、こんな一面があったかと驚くほど怒りの込められた態度だった。彼は無言で顎をしゃくった。ついて来い、ということだ。ディートリッヒとカウフマンは、思わず顔を見合わせた。

ゲシュタポも親衛隊も、ガーランドの凄味に呑み込まれつつあった。彼らが向かった先は、格納庫内の一室。カムフーバー少将が、連合軍爆撃機編隊の侵入コースを読み解いた部屋だった。ガーランドがドアを開けようとした時、ローゼンバッハが駆け寄り、ノブを握るとドアを開けて彼らを通した。

部屋の中では、空軍の将校たちが大型の机を囲んでいた。カムフーバーを中心に、バルクマン、ツィンマーマン、ワグナー、ミューラーなど、一〇人近いワルキューレの飛行のための主要将兵たちが並び、その奥にシュタイナーとハインツが居た。中央の大型机の上には、フランクフルト航空管制区《ルフトガウ》の大判地図が広げられ、カムフーバーがまさに、ワルキューレ各機の待機ポジションを設定しているところだった。

カムフーバーが顔を上げた。突然入ってきたガーランドの後ろに異様な男たちの姿を認めると、眉間を曇らせ、手を止めた。他の将校たちも、ゲシュタポとわかる男たちに鋭い視線を投げたまま、無言でその場に佇んだ。瞬時にして彼らにも、それが最悪の事態であることが察知されたのだ。

ガーランドは部屋の中央に進み、振り向くと、突然ローゼンバッハに言った。

「ローゼンバッハ大尉、ラシュテンブルクの総統大本営に電話をつないでくれ」

ラシュテンブルク⁉

ガーランドのそのひと言に、部屋の中に居た男たち全員に驚愕が奔《はし》った。その場が一瞬で凍《こお》りついた。それは、誰もが信じ難い地名。

「えっ？《ビ、ビテッ》」

ローゼンバッハが弾《はじ》け飛んだ。一瞬耳を疑った彼が、驚きのあまり聞き返す。

「総統大本営『ヴォルフス・シャンツェ』だ。早くしろ！」

ガーランドの怒声が飛んだ。

「は、はいっ《ヤ、ヤヴォール》」

「ヒトラー総統に直接だぞ！」

ローゼンバッハが、慌てながら部屋の隅に置かれた電話機に駆け寄った。受話器を上げ、交換を呼び出す。先方を告げる声が震えた。既にこめかみから、ひと筋の汗が滴《したた》る。

ヴ……ヴォルフス・シャンツェの総統大本営……

ガーランドの言葉に、カウフマン少佐の咽喉《のど》から呻《うめ》き声のようにその言葉が漏れた。何故、ガーランドが突然、ヒトラー総統に直接電話をするのか、まったく理解できない。予想外の急展開に、彼は思わず生唾《なまつば》を呑み込んだ。背筋に悪寒《おかん》が奔る。

ヒトラー総統の総司令部「ヴォルフス・シャンツェ」、すなわち「狼の巣」は、ポーランド北部森林地帯の奥地、ラシュテンブルクの深い森の中に構築された総統大本営、ナチス・ドイツ第三帝国の総司令部だった。その存在は一般のドイツ人には全く知らされていなかったばかりか、殆どのドイツ将兵にとっても禁断、かつ不可侵の「聖域」であった。当然ながら、総統大本営から許可を受けた特定の高級将校しか進入を許されていない。そこにガーランドは電話を繋げと言う。然もヒトラー総統と、今、この場で直接話をするつもりなのか？　カウフマン少佐は、予想だにしなかった展開に驚愕のあまり、見るみる顔色を失っていった。

ローゼンバッハの緊張した声を背に、ガーランドは、ゲシュタポの男たちに向き合った。両手を腰に当て、いつにない鋭い眼で、彼らを睨み据えた。

「さて、君たちにもう一度、訊こう。ここがどこなのか、わかっているのだろうな？

後で知らなかったでは済まされんぞ！」

恫喝《どうかつ》だった。展開によっては、踏み込んだ男たちは、本当に取り返しのつかない事態に陥る。ガーランドは、その可能性を彼らにはっきりと言い聞かせたのだった。

「中将。我々はこの施設に不審な点があるゆえ、捜索に来たのです。これは、国家の安全を管理する我らの義務なのだ」

ゲシュタポのディートリッヒは、ガーランドの威圧に負けまいと、余裕を保つかのように虚勢を張り、笑みさえ浮かべながら抗弁した。

忽《たちま》ち、ガーランドの怒りが爆発した。

「不審な点？　国家元帥ヘルマン・ゲーリングが知らないからだと？　それなら、教えてやろう。ここは、ヒトラー総統直々《じきじき》の特命による特設飛行場『特別攻撃戦隊《ゾンダーコマンドシュタッフェル》ワルキューレ』なのだ。貴様らゲシュタポが知るべき所ではない。ましてや、そこの親衛隊の若造然り。それを抜け抜けと、捜索するだと？　これは明らかにヒトラー総統の作戦指揮権に対する冒瀆《ぼうとく》であり、侵害だ。いや、反逆と言っていい。ローゼンバッハ、このふたりの官・姓名をもう一度確認しろ。今から直接、総統に訴える。総統の特務作戦が、反逆者どもによって阻止されようとしているとな」

ローゼンバッハが、慌《あわ》てて例の黒革の手帳を取り出した。それから小刻みに震える手でページを開くと、ディートリッヒとカウフマンの顔を見比べながら、メモを取った。ふたりの官・姓名を確認したのだ。ディートリッヒが、ぎょろりとした眼でその様子を窺う。彼の咽喉仏《のどぼとけ》が大きく動いた。カウフマンはもはや蒼白となり、視線の焦点さえ定まらない。今にも卒倒しそうだった。

電話が鳴った。カウフマンの長身が、のけ反《ぞ》るように揺れた。眼に見えるほどの動揺だった。全員の視線が、電話に向かったまま凍りついていた。電話は鳴り続ける。ローゼンバッハ大尉が、息を呑みながら怖る怖る電話に近づいた。そして、ゆっくりと受話器を取った。額と首筋に、汗が光っている。

「中将、ラシュテンブルクの総統大本営が出ました……」

声が強張《こわば》っている。ガーランドに受話器を手渡す。ガーランドは、ディートリッヒとカウフマン少佐を睨みつけながら、ゆっくりと受話器を受け取った。それから姿勢を正すように背筋を伸ばすと、受話器に向かって話し始めた。

「戦闘機総監《そうかん》のアドルフ・ガーランド中将です。やあ、ギュンシェ少佐。久し振りだな。元気かい。総統は、いかがお過ごしか？　えっ、非常に機嫌が悪い……。大荒れか」

ガーランドは眉間に皺《しわ》を寄せたが、それでも受話器に向かって強い口調で言った。

「かまわないから、この電話を取り継いでくれ。えっ、ただ今、ご就寝中？　それでもかまわない、緊急事態だ。起こして取り継いでくれ。どうしてもお話ししたいことがあるのだ」

　そう言いながらガーランドは、片手でローゼンバッハを呼び寄せ、黒革手帳のメモを広げさせる。勿論、ディートリッヒとカウフマンの所属、氏名確認の為だ。

　思わずディートリッヒは脇に駆け寄ると、声をかけた。眼に狼狽《ろうばい》が走っている。

「ガーランド中将。なにも、総統に直接お話しにならなくとも。何かの連絡違いということもあります。我々が本部に戻り、もう一度確認を取りますから、総統とのお話は、今はご遠慮ください……どうか《ビッテ》……」

　ディートリッヒは、暗緑色のチロリアンハットを脱ぎ、祈るように胸の前で持った。こめかみから脂汗《あぶらあせ》が流れた。ガーランドは、左手で受話器の口を押さえ、いま一度ディートリッヒたちを睨み据えた。今、電話口に出ているのは、間違いなくヒトラー総統秘書官長のオットー・ギュンシェ少佐だ。ディートリッヒは、ガーランドがこれ以上総統に繋がないよう、その眼で懇願した。

「中将殿《ヘルゲネラール》……お願いです《ビッテ》。総統もご就寝中ですし、なんとか今日のところは……」

　ディートリッヒは、消え入るような小さな声で哀願した。隣で、カウフマンも立っているのがやっとなほどだった。今にも泣き出さんばかりの眼をした。ガーランドは、その眼を確認すると、電話口での口調を穏やかにした。

「いや、ギュンシェ少佐。困らせて済まないな。やはり、今はやめておこう。総統は、寝起きのご機嫌が特に悪いからな。逆鱗《げきりん》に触れれば、罷免《ひめん》どこじゃ済まない。銃殺も有り得るし。あっ、いや、用件というのは、例の総統特命戦隊の件だ。この一週間以内に作戦を決行すると伝えてくれ。ガーランドの『ワルキューレ《ゾンダーシュタッフェル》特別戦隊《ワルキューレ》』と言ってくれれば、すぐわかるさ。すべて極秘で進行中だからな。もちろん、ゲーリング元帥もヒムラー長官もご存知ない。総統には、そのうち吉報をお入れする。君も大変だが、あまり無理をするなよ。では、またな。ハイル・ヒトラー」

　ガーランドは、受話器を置いた。ディートリッヒもカウフマン少佐も、既に滴るほどの汗をかいていた。ふたりは、暫く何も言えなかった。

「くそっ、ゴロップの奴に騙《だま》された」

　ディートリッヒの呟きが漏れた。その声は、カウフマン以外には聞こえなかったが。やがて、息を整えたディートリッヒが、撫でるような小声で言った。

「ガーランド中将。この件については、大変申し訳ありませんでしたな。まさか、総統直々の極秘計画とは、我々も知り得ないわけだ。はは」

　咽喉から絞り出すような、枯れた愛想笑いをすると、更にこんなことを言った。

「最近、我々は国防軍将校の間で不穏な動きがあるとの情報を掴んでおりましてな。その作戦名が『ワルキューレ』らしいというところまでは追い込んだのだが、まさかこの作戦だったとは。我々も、思わぬ読み違いでしたな」

そう言って、ディートリッヒは振り向いた。既に、蛇のような眼に戻っている。

「ところで、ガーランド中将」

蛇の眼が、ふたたび不気味に笑った。つい今しがたの狼狽が嘘のように、掌を返した態度だった。卑屈な笑いの裏に、陰湿な企みが見え隠れした。

「こちらに、カムフーバー少将がおいでになっていると聞いたのですがな、中将。ちょっと、ご挨拶をしてよろしいかな」

ディートリッヒは、部屋の中で先刻からのやり取りを黙って見ている男たちの中から、カムフーバーひとりに眼をやった。蔑《さげす》むような眼だった。ディートリッヒの後ろに立ったゲシュタポの痩せた男が、何やら丸めた大きめの包みをディートリッヒに手渡した。

「カムフーバー少将」

ディートリッヒは、もったいぶるように、ゆっくりと話した。

「五か月前、連合国空軍捕虜による大規模な脱走事件があったのは、ご存知ですな。脱走した五〇人ばかりの男どもを尽《ことごと》く逮捕した後、我々はスパイと見做《みな》して全員銃殺にしたのですがね。わがドイツ空軍将校の中には、この敵国スパイどもについてヒトラー総統に直接、助命嘆願を申し出た連中がいる。とんでもない事だが、あなたはその中のひとりだ」

ディートリッヒは、捕らえた獲物を弄《もてあそ》ぶ蛇のような眼でカムフーバーを見ながら続けた。

「もちろん、ご賢明にも総統は取り合わなかったがね。これは反逆罪とは言わないが、利敵行為に等しい。ゲーリング元帥閣下も大変ご立腹だ。少将。あまり面倒を起こさずに、せいぜいノルウェーの僻地でおとなしくしていることですな」

カムフーバーがディートリッヒに鋭い眼を向けた。そして言った。

「捕虜の銃殺は、ジュネーブ協定に違反する。君たちは、国際法を犯しているのだぞ」

カムフーバーの声は静かだったが、怒りに震えていた。すると、

「奴ら捕虜たちは脱走した時、軍服を着ていなかったのですぞ、カムフーバー少将。これでは、軍人ではなく、スパイと見做されて当然なのだ。だから我々親衛隊が全員引っ捕え、銃殺にした。あなたのような敵に甘い輩《やから》が居るから、我々軍人が迷惑するのだ」

口を挟んだのはカウフマン少佐だった。先刻の情けない失態を挽回せんとするかのような傲慢な態度に戻っていた。上級将官に対して、無礼極まりない口のきき方だった。

カムフーバーは、思わず顔を紅潮させて反論した。

「我々ドイツ空軍は、君たち親衛隊を軍人だとは認めておらん。君たちは……」

その時、ガーランドがカムフーバーの腕を押さえた。これ以上揉《も》めては、作戦に支障が出る。カムフーバーもそれに気づき、黙った。ディートリッヒが不敵に笑った。

「おわかりいただけましたかな、少将」

彼は、手にした包みをカムフーバーに放り投げた。

「脱走計画の首謀者で、リチャード・ペッパーというアメリカ人の大尉がおりましてな。奴がスパイ容疑で銃殺になる直前に、これをカムフーバー大佐に渡してくれと我々に頼んだのだよ。我々は彼らに温情はかけない。ましてや荷物配達屋でもないのだが、あなたがドイツ空軍少将に昇進されたということもあるので、今回は大目に見てそれを渡しておく。ただし、我々の本意ではないのだがね。カムフーバー少将、あなたの行動や言動には、我々を不快にさせる点が多い。充分注意していただきたいものですな。敵国人とあまり親密なつきあいをするようでは、我々も今後、あなたの行動について注視せざるを得ませんからな」

カムフーバーは、乱雑に包まれたその包み紙から、茶色の飛行服《フライトジャケット》の袖が覗くのを見た。今、ポケットの中に在るジッポのライターを自分に渡した男。米国陸軍航空隊リチャード・ペッパー大尉の形見であることがわかった。

なぜ彼が、カムフーバーに自分の飛行ジャケットを形見として贈ったのか、カムフーバー自身にもわからなかった。が、彼は、包みから出たジャケットの袖を掌《たなごころ》で触れた。厚みのある皮革の感触の裏にペッパーの体温が残っているような気がした。

ディートリッヒは、カムフーバーの後方に眼を移した。その眼が突然、鋭い光を帯びた。獲物を見つけた蛇の眼だった。

「驚いた。ここには随分めずらしい男がおりますな」

ディートリッヒの視線の先に、シュタイナーが立っていた。

「ディートリッヒ君《ヘル　ディートリッヒ》。もう、お引き取り願おうか。我々は君たちと違って、連合軍と戦っているのでね。いつ何どき、出撃になってもおかしくない状況だ。君たちが居るだけで、作戦の遂行に支障が出る」

ガーランドが、ゲシュタポの男たちに、きっぱりと言い渡した。然し、

「中将、ほんの少しだけお待ちください。懐かしい旧友がおりましたのでね」

ディートリッヒは、舌舐《したな》めずりするように平然と笑った。

「久し振りだね……シュタイナー少佐」

ディートリッヒは、ゆっくりとシュタイナーに近づいた。

少佐？　シュタイナーの隣に立ったハインツは、聞き違いかと思った。

ディートリッヒの眼が、その制服を見た。

「おっと、失礼。エリート将校も、陸軍少尉にまで成り下がったか。ははっ、矢張りあの件が足を引っ張ってしまったかな」

シュタイナーは黙ったままだった。ディートリッヒは、ゆっくりとシュタイナーの前に立った。頭から足先まで、その蛇のような眼でシュタイナーを睨《ね》め廻す。凍りつくようなしじまが、部屋の中を支配した。

「シュタイナー少佐。いや、少尉。何年振りかね。奇妙な所で再会したものだ。乗馬は続けているかね。いや、もうその気にもなるまい。そんなゆとりもないだろうしな。君には、しょせん泥の中を這いずり廻る方がお似合いだったのだろうな。ところで……あの女のその後のことは、知っているかね」

シュタイナーが静かに顔を上げた。ディートリッヒの眼を睨む。が、口はきかなかった。

口元に、おぞましい笑みを浮かべたディートリッヒが、囁《ささや》くように言った。

「忘れる筈はなかろう。エリザベートのことさ」

ディートリッヒの顔が醜く、歪《ゆが》むように嗤《わら》った。

「あのユダヤ女はな……」

その一瞬、凍りつくような緊張が部屋を支配した。

「帰れ」

シュタイナーの低い声が、静まりかえった部屋の中に響いた。ハインツがこれまでに聞いたことのない、シュタイナーの冷ややかな声。

「帰るさ、シュタイナー。ただ、その前に、ひとつだけ教えてやるよ」

ディートリッヒが、その薄い口元をふたたび歪ませる。身の凍るような薄笑い。

「あのユダヤ女はな……」

ディートリッヒの蛇のような三白眼《さんぱくがん》が、シュタイナーを下から仰《あお》るように睨めつけた。

「あの女は……アウシュヴィッツに送られたよ。最後まで貴様のことでは、口を割らなかったがね」

そう言い終わったディートリッヒの咽喉が、鳴った。押し殺すような嗤い。

くくくっ……。

ディートリッヒのくぐもった声が咽喉の奥から漏れる。やがてその笑いは、こらえきれないというかのように、次第に大声となっていった。人の苦痛を愉《たの》しむ、歪みきった笑い。

ハインツは、この瞬間にすべてを理解した。

「そこまでだ、豚《シュヴァイン》」

突然、背後から低く鋭い声がした。思わず全員が振り返る。

「あっ、貴様！」

ディートリッヒが叫び、一歩退《しりぞ》いた。部屋の隅に、ブルーノ・シュメリンク中尉が立っていた。右手に、空軍士官用のモーゼル自動拳銃が握られている。

「帰れ」

シュメリンクの氷のような声が響き渡った。

「貴様、気は確かか。我々に銃を向けて、ただで済むと思うのか、馬鹿め！」

親衛隊のカウフマン少佐が、腰のホルスターからワルサーP38拳銃を抜こうとした。が、それよりも早く、バルクマン大尉が銃を抜いた。目にも止まらないほどの早さだった。銃口は、ぴたりとカウフマンの胸に向けられている。

すかさず、ツィンマーマン中尉の銃口は、ディートリッヒを狙った。ワグナーとミューラーも、殆ど同時に腰からワルサーを引き抜き、その銃口をディートリッヒとカウフマンの額《ひたい》に定めた。今にも発砲しそうな気魄だった。後ろに並んだゲシュタポと親衛隊の男たちは、その殺気《さっき》に気圧《けお》され、凍りついたようにただ立ち尽していた。誰一人、銃を抜こうとしなかった。いや、抜けなかったのだ。

ハインツは、腰に下げた革製ホルスターの蓋を開け、ルガー拳銃の柄を握った。一度も射ったことはなかったが。

「そこの親衛隊少佐さんよ。あんたは味方は撃てても、敵を撃ったことはないだろう。俺は構わんが、今、この部屋を出て行かなければ、あんたとそこの黒革コートのおっさんは、確実に死ぬ。あんたの誇らしい人生は今日で終わるが、それでもいいか」

シュメリンクが言った時、それが本気だと誰もが思った。その冥《くら》い虚空を見るような眼に、ぞっとするような死翳《しえい》が宿る。死ぬということに、怖れのない眼。〝死神〟という仇名《あだな》の理由どおりだった。

ディートリッヒの咽喉に、生唾を呑む音が鳴った。額に汗が浮く。ワルサーを握りしめるカウフマン少佐の手が震えた。銃口が定まらないほどに、銃身が小刻みに揺れる。沈黙の中に、凄まじい緊張と殺気が充満していった。

と、ガーランドがゆっくりと前に進み出ると、シュメリンクとカウフマンの間に立った。

「そこまでにしよう、シュメリンク中尉。ヘル・ディートリッヒと、そこの敵を撃ったこともない親衛隊の坊やには、もうお引き取りいただく。残りの連中もだ」

そう言ってガーランドは、石のように硬直したカウフマン少佐を睨みつけた。

「カウフマン少佐。情けない構えだな。そんな構えじゃ、丸腰の捕虜は射てても、敵は撃てない。ましてや、本気で戦っている男たちはね。今日、君は命を落とさなくて幸いだったのだよ。シュメリンク中尉はな、〝死神〟と呼ばれていてね、必ず狙った相手の頭を撃ち抜く。眉間に穴が開かないうちに、さっさと帰れ！」

ガーランドが一喝した。カウフマン少佐は震えたまま、もはや何ひとつ応《こた》えられなかった。ゲシュタポと親衛隊員は、後ずさりしながら部屋を出る。

「ガーランド中将。このことは、ゲーリング元帥閣下にご報告するぞ」

ディートリッヒが、捨《す》て台詞《ぜりふ》を吐いた。

「勝手にしやがれ、ブタ野郎《シュヴァイン》！」

ツインマーマンが、ディートリッヒに向かい、罵声《ばせい》を浴びせる。

「ゲーリングのデブにも、よろしく伝えろ！」

ワグナーが、追い討ちをかけた。部屋の中に、笑い声さえ起こった。ガーランドは、その太い眉を少し上げただけだった。


彼らが出ていった後、部屋の中に凍りついていた緊張が、徐々に解《と》け始めた。安堵感のようなものが漂う。カムフーバーが、ゆっくりと帽子を脱ぎ、薄くなった髪を撫でる。それから、ガーランドの脇に立つと言った。

「中将、知らなかったよ。この作戦が、ヒトラーの特命だったなんて」

「なんのことだ？」

ガーランドが、濃い眉を上げた。

「『特別攻撃戦隊ワルキューレ《ゾンダーコマンドシュタッフェル》』だよ。あなたがさっき言ったじゃないか」

「そんなものが、あるのか？」

ガーランドが両手を広げた。イタリア人のように。

「えっ、じゃあ、さっきのは、はったりか？　ギュンシェ少佐には、なんて申し開きするんだ？」

するとガーランドは、眼に笑みを浮かべながら葉巻に火をつけた。

「電話口に、ギュンシェなんか出ちゃいない。電話の向こう側は、フロイライン・ヘーゼラーさ。今日の手入れのことを、教えてくれた。ローゼンバッハ大尉の演技も、迫真だったろ？　君たちのような逸材をリストアップしたのも、すべて彼だよ。今日、それが正解だったことが証明されたわけだ。諸君も、もう彼を受け入れてやってもいいだろう？」

居並んだ男たちの視線が、部屋の隅に向いた。そこに立っていたローゼンバッハ大尉が、静かに笑った。

ハインツは、眩暈《めまい》がした。これまで、戦場で幾多の戦闘を繰り返してきたにも拘わらず、今日のこの時が、彼にとって最も死に近いものに感じられたのだ。

ルガーを握ったままの手が震えている。その手が……動かない。銃を抜こうとしたハインツの手の上に、先ほどから何かが覆いかぶさっていた。

硬直していた視線を下に向ける……シュタイナーの大きな手が、ハインツの右手を押さえているのだった。冷たい汗の浮いた顔を上げると、そこにシュタイナーの顔があった。深い哀しみを帯びたその灰色の眼に、薄く笑いが差した。

「シュタイナー……」

ハインツは、呟いた。

第八章　騎　行

一

一九四四年六月五日　フランクフルト上空　午後二時

警報が鳴ってから僅か八分後。ワルキューレは、五機全機が次々に大空に向け、舞い上がっていた。戦士たちは一秒たりとも無駄にはしなかった。今日が、そしてこの一瞬こそがまさに決戦開始の時であることを、誰もが承知していたのだ。

ガーランドとカムフーバーが、長雨の後に雲の残る灰色の空を見上げる。ワルキューレの出撃が近いとの連絡を受けたクルト・タンク博士も、昨日から特設飛行場に来ていた。彼もまた、黙ったまま曇りがちの大空を見上げていた。雲量、四。米軍B17爆撃機梯団八〇〇機が、オスナブリュックから南下を始めていた。

「〝X《ヘルイクス》のだんな〟であればいいが……」

カムフーバーが、ふと漏らした。

「オスナブリュックからデュッセルドルフへ向かうことも考えられる。が、〝ヘル・X《イクス》〟であれば、更に南のケルンに行くと見せかけて、左に折れる。答えは、あと五分でわかる」

ガーランドの言葉が終わると同時に、通信兵が叫んだ。

「ワルキューレ1号機より、入電！」

ガーランドとカムフーバー、タンクが拡声器の側に寄った。その後ろに、ローゼンバッハが立つ。緊張が張り詰める。

「ワルキューレ『鷲《アドラー》』より、本部。現在、高度4000。機体重量過大のため、高度5000の待機地点《ポズイツイオン》A《アー》に上がるまで、あと七分かかる。敵針路知らせ」

バルクマンの冷静な声が響いた。

「本部より、アドラーへ。ヴュルツブルグ・レーダーWN386及びWS388より確認。敵梯団《ていだん》は現在、オスナブリュックより西南西に針路を取っている。現在の方位166・354。そのまま直進すればケルンだが、〝ヘル・X〟であれば途中で店を変えるだろう。五階で待て」

通信兵は、暗号を混じえながらバルクマンに伝えた。ワルキューレの1号機から5号機までは、それぞれアルファベットのAからEまでの頭文字を使った暗号名《コードネーム》に変更されていた。

1号機はバルクマン操縦の戦隊長機、Adler《アドラー》「鷲」。2号機はBiene《ビーネ》「蜂」、3号機Caesar《ツェーザル》「皇帝」、4号機はDrache《ドラッヘ》「竜」、そして5号機Elefant《エレファント》「象」だった。この一か月の訓練で、通信兵との息も合っていた。

「客数知らせ。どうぞ」

「お客は八。現在のところ、五階に三、六階に三、七階に二。客の先頭は五階だ。ただし、視界不良のため、お客が階段を下りてくる可能性あり」

「ワルキューレ『鷲』了解！　料理長《シェフ》は、とりあえず五階で待つ。給仕《ボウイ》はいるか？」

「給仕は、七階に三〇。〝死神〟が上がっている。どうぞ」

「そいつは心強い。ところで、客のお供は？」

「『P47サンダーボルト《デブ公》』と『P51マスタング《ニシン》』が、それぞれ三〇。六階と七階の間にいる。どうぞ」

「お供は、合わせて六〇か。給仕の2倍だ。〝死神〟も大変だな。逐一、状況を知らせてくれ、以上」

客とは、ボーイングB17爆撃機。単位は、一〇〇機。合計八〇〇機の大編隊だった。八〇〇機のB17が、4600トンの爆弾をフランクフルトにばら撒くために、今、オスナブリュックを南下していた。

B17爆撃機編隊の飛行高度は、5000メートルに三〇〇機、6000に三〇〇機、7000に二〇〇機。P47サンダーボルトとP51マスタング戦闘機をそれぞれ三〇機ずつ護衛に伴って侵攻中。

敵護衛戦闘機の高度は、6500メートル。ワルキューレの上空掩護のため、第2戦闘航空団から、メッサーシュミットMe109とフォッケウルフFw190戦闘機の混成部隊三〇機が出撃していた。ガーランド中将からの要請に応じたものだったが、〝死神〟ブルーノ・シュメリンク中尉の働きかけが奏功していた。彼らは、敵護衛戦闘機の飛行高度より高い7000メートルで邀撃態勢《ようげきたいせい》に入っていた。

通信兵が、緊張した声で叫んだ。

「中部管制本部より入電。敵爆撃機の先頭梯団三〇〇は、高度を4500に下げ、ケルン東方40キロを航過後、東南東に針路を変え、南下中！」

ガーランドが、顔を上げた。

「来たぞ、やはり奴だ。〝ヘル・X〟に間違いないっ！　敵は第100大隊だ。全ワルキューレに連絡。いよいよ本番だ。予定どおり、ヴェッツレル上空で待ち伏せしろ！」

ガーランドが、右の拳《こぶし》を左の掌にぴしゃりとぶつけた。

二

「『鷲《アドラー》』より全ワルキューレへ。一番客の高度4500。『B17』三〇〇の団体だ。その上方500に、二番客三〇〇！　我々は、先頭の一番客をやる。高度4500へ持っていけ。〝ヘル・X〟を叩けば、奴らの爆撃照準は狂う。今日こそ徹底的に墜《お》としまくれ！」

バルクマンが全ワルキューレに向かい、叫んだ。

「『蜂《ビーネ》』了解」

「こちら『皇帝《ツェーザル》』。了解」

「『竜《ドラッヘ》』、了解。三番エンジン不調なるも、戦闘可能」

「『象《エレファント》』、了解。『竜』の健闘を祈る！」

各ワルキューレより、返電が入る。ワルキューレは、敵爆撃機の針路方向に同高度で徐々に横一列の体勢を整えてゆく。針路に向かって右から、「蜂」「鷲」「皇帝」「竜」「象」の五機が横一直線に並んだ。

1号機「鷲」と2号機「蜂」は、機体の左側面に向けて強力な火力を持っている。「皇帝」「竜」「象」は、右側に武装が集中していた。

「鷲」がリーダー機として右中央から、B17梯団の先頭と編隊中央を攻撃する。「鷲」と「皇帝」のどちらかが、先頭を進む先導機《ポインター》を墜とすのだ。そこには必ず、〝ヘル・X〟が座乗している筈だ。五機のワルキューレで三〇〇機のB17梯団の中に入り込み、ワルキューレをゆっくりと追い越してゆくB17編隊を、同航戦で手当たり次第に挟撃するのだ。

ワルキューレが高度を下げる。4500メートル。ヴェッツレル南方10キロ。米軍爆撃機編隊は、上空からは見失いそうなこの小さな町の北20キロ付近で、フランクフルトに向けての直線侵入コースに入る筈だ。このコースに入ったら、連中はもう針路を変更することはできない。

「あと一〇分……！」

バルクマンの手に汗が浮かんだ。その時、通信担当のレーム軍曹が叫んだ。

「掩護戦闘機部隊、敵護衛戦闘機群との交戦に入った！」

〝死神〟が仕掛けたな。バルクマンは思った。シュメリンクたち戦闘機隊の今日の役割は、敵爆撃機を攻撃することではない。ワルキューレ部隊を護るために、敵護衛戦闘機を彼らに引き付けることなのだ。いわば〝囮《おとり》〟だった。

敵爆撃機編隊の殲滅《せんめつ》を最も望んでいたのは、誰よりもシュメリンク自身だった。その彼が今日、ワルキューレ出撃のために、囮の役を買って出てくれた。戦闘機パイロットの彼が、機関砲手としてワルキューレに搭乗するよりも、ワルキューレがB17爆撃機を攻撃する際に、最も危険な相手である敵護衛戦闘機を引き付ける囮の役を買うことで、この作戦を成功させようとしているのだ。

「シュメリンクたちが、敵護衛戦闘機隊を引き付けているぞ。我々も、彼らの命懸けの奮闘を無駄にするな！」

ワルキューレ「鷲」の誰もが心の内で頷《うなず》く。一〇人の男たちが一〇分後に始まる死闘を想い、生唾を呑んだ。

シュタイナーは、7・5センチ対戦車砲の照準器の前で、視察孔の先に何かを探していた。遥かな雲間に、ゆっくりと飛行するワルキューレの機体がひとつ見える。が、それはワルキューレ「竜」ではない。距離600メートル。たぶん僚機の「皇帝」だ。4号機「竜」の姿は雲間に遮られ、見えなかった。それでも彼は、ハインツの乗る「竜」を探していた。

三日前、4号機の7・5センチ砲手が、仕上げ訓練中に砲尾の閉鎖機に右手を挟まれ、指を潰した。もはや増員は望めない状態の中で、急遽ハインツが、4号機「竜」の7・5センチ砲手として転配されたのだった。代わりにシュタイナーの後ろには、整備兵あがりの若いベルクマイヤー伍長が立っている。

先刻、「竜」の三番エンジンが不調との通信が入った。「竜」は大丈夫か？　ハインツは、無事なのだろうか。胸の中に、鉛が入っているかのようだ。決戦を前にシュタイナーは、胸にわだかまる一抹の不安を拭い去ることができなかった。

「本部より、ワルキューレ全機へ！　敵爆撃機の先頭梯団三〇〇機は、ヴェッツレル上空で方向転換中。針路を南南東に採った。目標、間違いなくフランクフルトだ！」

「了解。ワルキューレ各機、目標捕捉予定点にて待機中」

ガーランドが、通信兵のマイクを取った。

「こちら、ガーランドだ。バルクマン、そして全ワルキューレの騎士たちよ、今が勝負だ。健闘を祈る。そして、必ず帰って来い！」

「こちら『鷲』、了解。存分に戦って、帰ります。接敵まで、あと三分。以上、交信を終わる！」

バルクマンのはっきりした声が、拡声器から響き渡った。

三

「六時に敵機接近、距離２０００！」

尾部銃座に着いたミューラー少尉の張り詰めた叫びが、ヘッドホンに響いた。

「来るぞ、真後ろだ！」

全員が配置部署で身構える。ミューラー少尉は腹這いの姿勢で、狭い視察孔から後方を凝視していた。薄曇りの空には、至る所に厚い雲が浮いている。その雲の中から、ぽつりぽつりと黒い点が浮かびあがった。それは最初、ひとつふたつと勘定できる数だった。が、数秒後には、その点が視察孔全面を覆い始める。それは、大空に浮かびあがった黒い染み、いや、巨大な雲そのものとなった。

その最も先頭を飛ぶ黒点の群れは、既にはっきりとその姿を現していた。米国陸軍四発重爆撃機、ボーイングB17「空の要塞《フライングフォートレス》」。ドイツ本土を煉獄《れんごく》の焦土とするために送り込まれた、大空からの刺客。

敵爆撃機編隊など見慣れていた筈のミューラーだったが、正面からゆっくりと迫り来るそのおびただしい数とあまりの巨大さに、あらためて生唾を呑んだ。そして、すかさず先頭機を探す。まずは〝Xのだんな〟の座乗する先導機を確実に始末することが、彼の最大の、そして最重要使命だった。

「発炎筒を焚け！」

バルクマンが叫んだ。ワグナー少尉が、発炎筒レバーを引く。同時に、各機搭乗員《クルー》がそれぞれの機銃、機関砲を一連射、何も標的のない宙空に向けて発射した。銃身内が凍りつくことを防ぎ、故障と弾詰まりのないことを確認するためだ。短く連射された弾丸は、との曇る虚空へと、あるいは濃い茶色の煙の中へと吸い込まれ、消えていった。機体の右翼下に取り付けられていた三本の発炎筒からは、一斉に焦茶色の煙が後方に流れ出る。機体後部を覆い尽すほどの煙だった。

「敵編隊が我々に追いつくまで、あと二分。この煙幕で敵を錯覚させる！」

飛行中の機体を、同じく飛行中の機内から、その大きさや速度を目測で識別することは、非常に難しい。ましてやワルキューレは、ドイツ機には珍しい四発機だ。B17を迎撃に上がるドイツ機には在り得ない機種だった。然も見慣れないその機体は、彼らの前方を同航し、被弾損傷しているかのように、黒煙を吐いている。

米軍が、彼らの前方を飛行するワルキューレを、ドイツ機として識別するかどうかの二分間が勝負だった。彼らが、認識する僅か五秒でも先に射程距離内に達していれば、誘導機を墜とせる……。そしてこの二分間に、上空から敵護衛戦闘機に襲われず、相手の懐《ふところ》に飛び込んでしまいさえすれば、勝てる！　僅か二分間、否、彼らの人生に於いて最も長い二分間に今、運命が差し掛かっていた。

ワルキューレ「鷲」の後方同高度に、雲霞《うんか》のごときB17梯団が視認されてから六〇秒が経った。実際には、三〇〇機の密集編隊であるから、その高度幅は500メートルにも及ぶ。この高度差の中で、まずは先導機と同じ高度であること、〝ヘル・X〟座乗の先導機を見つけ出すことを、誰もが祈る。

後部座席のミューラーは、目前に迫ったB17の群れの中に、頭ひとつ前方に飛び出した機体を探す。僅か数秒の勝負。こめかみから流れ出る汗が、飛行帽の内側を濡らし、この高度ゆえの冷気で一気に冷えてゆく……そして彼の視覚が、遂に一機のB17を捉えた！　その機体は悠然と、梯団の前方300メートルを飛行していた。

「奴だ。間違いない！　高度差50、射程内だ。もらうぞっ！」

ミューラーは、酸素マスクの奥で叫んだ。五機のワルキューレが、B17の群れの真っ只中に突入、いや、呑み込まれようとしていた。敵編隊からの攻撃も、上空からの敵護衛戦闘機による攻撃もなかった。シュメリンクたちの戦闘機隊三〇機が、彼らの倍の数の敵護衛戦闘機を喰い止めているのだろう。

ミューラーの眼は、ただ先導機ひとつを追い続けた。敵の大編隊は、じわりとワルキューレの背後に近づいた。B17の全装備速度は、時速490キロ、ワルキューレが400キロ。その速度差が徐々に距離を詰めていた。長い、あまりに長い一分間だった。ワグナー少尉は、機上に設けられた2センチ機関砲を構えたまま、上空を睨む。

「尻の穴が、むずむずするぜ」

誰かが呟く。が、誰も笑わなかった。誰もが同じ感覚、極度の緊張の中に在ったのだ。ワルキューレの機内に、異様なしじまが流れてゆく。全員が息を殺し、押し黙ったまま、あまりにも長い一分間を耐えた。この震えは、機体の振動によるものなのか。

それとも……突然、ヘッドホンに、ミューラーの声が走った。

「ミューラーより、全員！　2センチ砲の射程に入った。敵からの攻撃は、まだない！バルクマン、やるかっ？」

「よし、ミューラー。あと、一〇数えろ！　そこに、〝ヘル・X〟が居る筈だ。一〇秒後には、この機体の全火砲が使用可能になる。全員で、奴らを叩き潰せ！」

「うぉー！」

喚声がヘッドホンに溢れた。同時に誰かが叫ぶ。

「一《アインス》！」

「二《ツヴァイ》、三《ドライ》、四《フィア》」

数をカウントする全員の声が、ヘッドホンに響き渡った。

どの男たちにとっても、人生で最も長い一〇秒だった。あまりに長い……。

B17の機首上部に据えられた1・27センチ連装機銃の旋回銃塔が、急旋回する。銃塔から突き出た二挺のブローニングが、ワルキューレに向けられた。敵機銃の照準が定まる。どちらが早いか。

「七《ジーブン》！」

カウントが七までできたのと、レーム軍曹の叫び声が、同時だった。

「3号機『皇帝』被弾！　『皇帝』も射撃開始！」

「やっちまえ！」

誰の雄叫《おたけ》びだったのかわからない。ヘッドホンに響いたその声に、全員が反応した。ミューラー少尉の2センチ連装機関砲発射レバーに掛かった指が、反射的に強く引かれた。それは彼の意志というよりも、レーム軍曹の絶叫への反応、解き放たれた衝動だった。

連続する振動が襲う。同時に、白金《プラチナ》のような閃光となった弾丸が、標的に向けて確実に射出された。

2センチ連装砲を連射する猛烈な射撃音と衝撃は、ワルキューレを機体後部から揺さぶった。ミューラーはその瞬間、B17先導機の操縦席に、恐怖と緊張に引きつったパイロットの顔を見たような気がした。2センチ砲の射程内とはいえ、まだ400メートルの距離はあったが。その瞬間、発射の振動がミューラーを恍惚《こうこつ》とさせた。ほぼ同時に、B17機首上の大型旋回機銃も火を噴いた。

あらかじめ照準されていたミューラーの2センチ機関砲弾は、何故か彼にとって心地良い振動を伴いながら鮮やかなオレンジ色の尾を引き、正確にB17先導機の機首に吸い込まれた。その射線が、ブローニングMG《マシンガン》の射線と交差する。ふたつの機体の距離は一気に詰まった。B17の巨体が、今にもワルキューレに圧《の》しかかるようだった。

B17先導機の操縦席に、今、放たれた2センチ機関砲弾は加速を伴って集束し、そして炸裂した。それは、ミューラーが2センチ砲の発射レバーを引いてから、ほんの三秒後の光景だったが、彼の網膜の中でスローモーションのように長く、長く残像した。

連続する映像の中で、風防が粉々に飛散する。つい今しがたまで、不審気にこちらを凝視していた敵パイロットの顔が引きつり、次の瞬間にはその頭蓋が撃ち抜かれ、脳漿《のうしょう》が飛び散り、炎に包まれてゆく……。

同時だった。B17の旋回銃塔から放たれた1・27センチ機銃弾が、ミューラーを襲い、周囲で炸裂したのだ。殴打されたような衝撃と、視界を覆う琥珀色の破裂光が、彼の意識を引き戻した。次の瞬間、焼けた鉄串が、左こめかみに突き立てられたような激痛が走った。彼の視界が、赤く染まる。彼の周囲に張り巡らされた防弾板に火花が散り、銃座そのものが、激しく揺れた。だが、その瞬間、激痛の中でミューラーは何故か恍惚感を覚えるのだった。

彼の指は、2センチ連装機銃の引き金を引き続けていた。2センチ機関砲弾は、B17の機首上の旋回銃塔をも引き裂く。

「どうだ、あいこだぜ」

ミューラーは赤鬼と化した顔で笑った。左頬を鮮血が流れ、自身の血で顔面が染まっていたのだ。2センチ弾はB17の移動に合わせ、その角度を変えながら執拗に操縦席を破壊していった。突然、B17の機首が、ミューラーの眼前に膨れあがった。追突する！　彼は、咄嗟《とっさ》にそう思った。それほどに、両機は接近していた。次の瞬間B17先導機は、その機首を紅蓮《ぐれん》の炎に包まれながらワルキューレの左側面を擦るように航過した。

ワルキューレの男たちが遂にその顔を見ることはなかった〝ヘル・X〟とともに機体前部に座乗した搭乗員すべてを、その身体ごと吹き飛ばされたアメリカ陸軍第8航空団「第100大隊先導機《ワンオーオーポインター》」は、コントロールを喪失したまま、それでも機体を傾《かし》げながら惰性で飛行を続け、ゆっくりと高度を下げてゆく。

だが、四発のエンジンは未だフル回転を続けていた。アイアン・ワークス、その機体の頑強さが、残ったアメリカ青年たちの不幸だった。彼らは、もはや飛行が絶望的となった機体からの脱出を図ろうとしていた。その機体の巨大な下腹を、ワルキューレ「鷲」の左側面に晒《さら》したのだ。

シュタイナーは、この一瞬を逃さなかった。7・5センチ炸裂弾が、巨鯨の如きB17の胴体下部に走った。砲弾は、翼のちょうど付け根にあたる胴体の中央に突き刺さり、その内部で破裂した。B17先導機の巨体は一瞬大きく揺らぐと、次の瞬間、琥珀色の光に包まれた。

B17の巨大な主翼は、いともたやすく「V」字型に折れたかと思うと、そのまま胴体からもぎ取られた。巨体は、いくつかの鉄の塊となって宙空に舞い飛び、一〇人の搭乗員の身体とともに四散した。もはや航空機としての痕跡を留めるものは、何ひとつ存在しなかった。

「ハインツ、次弾だっ」

叫んだシュタイナーは、我に返った。後ろにハインツはいない。

「ベルク……マイヤー！」

シュタイナーは、振り返らずに言い直した。

「やった、撃墜一。敵誘導機を墜とした！」

誰かが叫んだ。誰の声かは判らない。然し、バルクマンの冷静な声が響いた。

「浮かれている暇はない、周《まわ》りは敵だらけだ。早く次にかかれ！」

次の標的を確認しようと、視察孔から覗いたシュタイナーも、思わず息を呑んだ。

ワルキューレの周囲は、黒い雲に包まれたようにＢ17の群れの中に在った。空の隙間も見えないほどに、米軍特有の塗装色、茶緑色《オリーブドラブ》の群れ、一〇〇機を超すＢ17爆撃編隊の中に、ワルキューレは浮かんでいたのだ。ワルキューレの誰もが、この光景に驚愕し、そして陶酔を覚えた。誰もが予想していたことではあったが。

「こいつらを全部、叩き墜としてやるぜ！」

「手当たり次第だ、撃ちまくれ！」

誰かが雄叫びを上げた。が、その声は、次の瞬間には掻《か》き消された。ワルキューレに搭載されたすべての銃砲が、唸《うな》りを上げて射撃を開始したのだ。これまでB17によって加えられた無差別爆撃に対する、怨念と怒りの噴出だったのかもしれない。嵐のような射撃。鼓膜が破れるほどの轟音と反動、硝煙と火薬の匂いで機内は充満し、ワルキューレの全身が振動し、咆哮《ほうこう》した。

シュタイナーの手が、ふたたび発射レバーを押した。反動で機体が激震し、傾く。然しそんなことさえ、お構いなしだった。立て続けに金属音が機体を震わせ、至るところで火花が散った。B17から撃ち返されるブローニング1・27センチ機銃弾の衝撃だ。凄まじい射撃と打撃の応酬。それでも、ワルキューレは飛ぶ。

ツィンマーマン中尉と、コーラー伍長の戦死で交代した装填手、ブルクハルト整備曹長は、機体の右側面に向けて、3センチ機関砲を撃ちまくっていた。発射間隔のやや長い、独特の乾いた発射音と振動が、シュタイナーの大きな背中を叩くほどだ。3センチ弾の射撃反動はそれほどに凄まじい。

口径3センチの重い機関砲弾が、緩い弧を描いて吸い込まれた先には、同航飛行を続けるB17の巨体があった。機首には、シースルーのセクシーな衣装を着て笑う大きな瞳の女性と、その下に文字が描かれている。〝サウスダコタ・ベル〟と読めた。彼らの女神《ベル》か。だが、その女神も結局は彼らアメリカ青年たちの守護神とはなってくれなかった。何故なら、機体の左側面は、操縦席から尾翼に至るまで異様に大きな無数の穴が、ミシン目のように、ほぼ横一列に開けられている。3センチ大口径弾の破裂腔《こう》だった。薄いジュラルミン製の機体は、機首から尾部までが、その弾痕によってずたずたに引き裂かれていたのだった。

それでも飛行を続けるB17は然し、機首大型旋回機銃も側面機銃も3センチ弾の直撃を受けて破壊され、既に沈黙していた。一〇名の若い搭乗員たちは、パイロットも航法士も機銃手も、その尽《ことごと》くが、機体を貫通した数十発の3センチ機関砲弾の餌食《えじき》となり、身体を引き裂かれ、肢体をもぎ取られ、生命の失せた肉片となって、狭い機内の床に溜まった血の海に浸っていたのだ。

全ての生存者を喪《うしな》った哀れなB17は、ただ回転し続けるエンジンによって、辛うじて先の短い飛行を続けるだけの棺桶と化していた。3センチ機関砲弾は、僅か数発の命中弾が、敵機の戦闘力を完全に喪失させるだけの破壊力を持っていた。それを数十発喰らった〝サウスダコタ・ベル〟はまさに、死の飛行を続けていた。宙空の地獄は然し、まだ始まったばかりだった。

ホフマン軍曹によって操作されるワルキューレ胴体下面、ゴンドラ部分に据えられた半旋回式2センチ連装砲が、突然左翼に飛び出したB17の右エンジン二発を撃ち抜いた。凄まじい黒煙を噴出し、急速に回転を失ったふたつのエンジンは、やがて紅の炎に包まれ、機体はバランスを崩して大きく左に傾いた。

なおも追い続ける2センチ砲弾から逃れるように急降下したB17の鼻先に、30メートル下を飛行していた別の一機が現れた。咄嗟《とっさ》に逃れようとする僚機の機首に、下降したB17の機首が喰い込んだ。突然、天空から降《ふ》った翳《かげ》りに襲われた操縦席の二人のパイロットと航法士は、叫びを上げる間もなく、一瞬にして鉄の塊に圧し潰されていた。

ふたつの機体は、機首どうしを噛み合わせ、奇妙な造形物となって、もつれあったままモミとトウヒの樹林で黒い帯を成すドイツ中部の森林地帯「黒い森《シュヴァルツヴァルト》」に向かい、落下してゆく。合計二〇人のアメリカ青年の生命を伴いながら。ワルキューレの誰ひとり、パラシュートは確認しなかった。いや、そんな余裕などなかったのだ。

シュタイナーの眼前には、既に三機目の動標的が、茶緑色に塗装された太い横腹を晒していた。胴体上に設置された大型の旋回銃塔から、二門のブローニング1・27センチ機銃が狂ったように火を噴く。が、B17の若い機銃手《ガンナー》は動揺しているのか、機銃弾はすべて上方に逸れてゆく。僅かな高度差が、この至近距離ゆえにB17搭載機銃の俯角《ふかく》を限界にしていた。

然し最大の理由は、B17の搭乗員すべてが、突然現れたこの得体の知れない未知の恐怖に対して、対処不能のパニックに陥っていたことではないか。

シュタイナーは、もはや照準器には眼を当てなかった。照準が不要なほどに、ワルキューレとB17の距離は接近し、両機の翼は重なるほどだった。然し、この機だけではない。B17は隙間のないほど、そこらじゅうに居たのだ。

「ベルクマイヤー、装填は？」

「できてます、少尉」

次の瞬間、シュタイナーの目測で7・5センチ炸裂弾が発射された。ワルキューレ「鷲」の左側面、距離30メートル、高度差、僅か3メートル上方を航過しようとしたB17の垂直尾翼には、白い正方形に囲まれた黒地に白いXが描かれている。7・5センチ砲弾は、その尾翼の数メートル前方の胴体後部を、斜め前方から刺し貫いた。

B17の巨体が弾《はじ》けた。シュタイナーの眼には、そんなふうに映った。宙空で一瞬、飛び跳ねたように見えたB17は、次の瞬間には胴体の後ろ三分の一をもぎ取られていた。7・5センチ弾によって引き千切られた機体後部は、大きく弧を描きながら落下を始める。シュタイナーだけでなく、この瞬間を目撃した誰もが、あらためて7・5センチ砲の威力を思い知るのだった。B17の搭乗員は瞬時に、突然の死に襲われる。7・5センチ砲《こいつ》に撃たれる側にだけはなりたくない……誰もが思うのだった。

ジュラルミンの破片が陽光を浴び、きらきらと反射しながらゆっくりと落下する中に、Ｂ17の千切れた胴体と尾翼が暗いシルエットを作った。十文字に似た影だ。それはまるで、死にゆく男たちに捧げられる十字架のようにも見えた。

機体後部を喪ったＢ17は、ほんの僅かの間だけそのままの姿勢で飛行を続けた。が、突如機首を下げると、ゆっくりと前転を始めた。機体はやがて、ワルツを踊るかのようにくるりくるりと回りだす。と、ぱっくり割れた胴体の破孔から、人がぽろぽろと落ちていった。

果たして彼らのうち何人がパラシュートを開くことができたのか。ここにもまた、微かな幸運と忌むべき不幸の狭間《はざま》に神は存在した。誰も確認しなかったが。

後は、手当たり次第だった。黒煙の広がる宙空に浮かんだ眼前のＢ17を吹き飛ばす。と、続けざまに次の機体が現れる。シュタイナーの動作は、いつしか単純化していた。無駄な動きも言葉もなかった。ただ目標を捉え、装填を確認し、すかさず7・5センチ砲弾を撃ち込む。舞い踊るように砕け散ってゆく機体もあれば、宿命を受け入れたかのように静かに落下してゆく機体もある。もんどり打って翼を翻《ひるがえ》し、あっという間に二機の僚機を巻き添えにした不運な機体もあった。

ワルキューレ「鷲」の周囲は、見渡す限り三〇〇機に及ぶＢ17の茶緑色をした巨体で溢れていた。その巨大な飛行物体の群れは、異様な赤黒い煙の中に在った。煙は、彼らが吐く血潮の色のようでもあった。

「ベルクマイヤー、薬莢《やっきょう》を捨てろ！」

シュタイナーが、7・5センチ弾を撃ち続けながら叫んだ。返事は聞こえなかったが、ベルクマイヤーが咄嗟に薬莢受けに取り付くのが判った。

7・5センチ砲は、射撃直後に砲身が後座する度に、鈍い赤銅色の光を放つ空薬《からやっ》莢《きょう》が後方に排出される。射撃の高熱で焼けた薬莢が、薬莢受けの中に山盛りとなり、後座する砲尾に当たるのだ。

ベルクマイヤーは、全身から噴き出す汗を滴らせながら、厚い皮革製の手袋で次の砲弾を装塡し、なおかつ空薬莢の詰まったカンヴァス地の薬莢受けから、空薬莢を取り出した。

彼は、機体側面に設けられた放出口から、重い薬莢をひとつずつ捨てる作業も同時に行なわなければならなかった。7・5センチ砲は、射撃のたびに凄まじい反動で機体を大きく揺らす。その衝撃は、機内の全員が立っていられないほどだった。

だが、それだけではない。ワルキューレは被弾の度に反動で弾け、歪み、呻き声のように機体を震わせる。更に、ワルキューレの周辺を取り囲むB17の数十、数百挺の搭載機銃からの射撃は、重厚な装甲を施したワルキューレの機体をも穴だらけにし、四発のエンジンの内、既に二発からは黒煙を吐き出している。機内は硝煙が充満し、ゴーグルと酸素マスクがなければ呼吸もできない状態だった。

それでも、ワルキューレは飛行を続けている。いつ墜ちるとも限らない恐怖の中で、若いベルクマイヤーは咳込《せきこ》み、床を転げ廻りながらも、必死に作業を続けるのだった。

「まずいっ、被《かぶ》られた！」

シュタイナーが、既に撃墜したB17の勘定をやめた頃、ワグナー少尉の叫びが聞こえた。ワグナーは、戦闘開始と同時に機体上面に装備された2センチ機関砲を斜め上方に向け、射撃を続けていた。2センチ機銃がバラ撒く薬莢が、ワルキューレの床一面に転がる。

今、機体の上方を覗くことのできる者は、ワグナーしかいない。ここは、空飛ぶ棺桶なのだ。いったい、ワルキューレの上方で何が起こっているのか。天空を覆い尽すB17の群れに満ちていることは、容易に想像できたが。ワグナーの叫びとともに、突然、上空からの凄まじい轟音とともに、機体に何かが覆い被さる！

「敵機、上方より降下！」

今度は、副操縦士キルヒナーの強《こわ》ばった声が響く。

衝突する！　誰もがそう思った。その直後、操縦席のぶ厚い防弾ガラスの前を掠《かす》めるように、胴体を引き裂かれたB17が急速降下した。その胴体からは、暗紅色の火炎が、まるで鮮血に塗《まみ》れた臓物のように噴き出していた。

が、噴き出しているのは、紅黒い炎だけではなかった。雨のように降り注ぐ真っ黒な液体。Ｂ17はまるで、死にゆく巨人が流す夥《おびただ》しい体液のように、エンジンオイルを振り撒きながら、ワルキューレの鼻先を落下したのだ。

オイルの黒い雨は、ワルキューレの上面に降り注ぎ、そこに装備された2センチ機関砲にまで、べっとりとした粘液で覆った。

「くそ、機銃が使えんぞっ」

振り向いたワグナー少尉が叫んだその瞬間、彼の周囲に火花が散った。崩れるように倒れ込むワグナー。その身体を濁った煙が包む。機首左前方の単装機銃を撃ちまくっていたレーム軍曹が振り向く。レームの眼には、ワグナー少尉の身体が一瞬、紅い花に包まれたように見えた。

激しい銃撃音と破裂音、振動、そして硝煙の匂いで麻痺したレームの思考はその瞬間、何が起きたのか判断できなかった。彼の視界の中で、ワグナーの身体は操縦席の後ろにゆっくりと倒れ込んでいった。

「ワグナー、大丈夫か？　ワグナー！」

ツィンマーマンが、機体の奥から悲鳴のような叫びを上げた。然し、彼も持ち場の3センチ機関砲から手が離せない。我に返ったレーム軍曹が片手を挙げ、ツィンマーマンに合図を送ると、激しく揺れる機体の中をよろめきながらワグナーに駆け寄った。

ワグナーは、頸《くび》をうなだれたまま呟く。

「レーム、俺は何機やった？」

その声は、凄まじい射撃音と破裂音に掻き消されて、よく聞き取れない。ワグナーの端正な顔が、煤とオイルで黒く汚れている。更にその首筋からは、赤い鮮血が噴き出していた。

「たぶん、五機です」

辛うじてレームは答えた。

「だめだ、まだ足りない……もっと、墜とさなきゃ……」

「少尉、黙って。済みません、今は手当てができない。このまま横になって」

然し、ワグナーはもう応えなかった。エンジンオイルを被った黒い顔のまま、ワグナーは息絶えた。胸に当てていた胸甲がぱっくりと割れ、ブローニング1・27センチ機銃弾が貫通していた。即死状態の筈だった。ひと言とはいえ、喋っただけでも驚異だった。

「ワグナーは？　ワグナーは大丈夫か！」

ツィンマーマンが、奥から大声を上げた。レームは、そちらに顔を上げ、黙って首を横に振った。ふたたび機銃弾が周囲に炸裂した。が、レームはもう動じなかった。翡翠《ひすい》色の眼が、薄っすらと開いている。彼は、ワグナーの被っていたヘルメットのバンドを緩めてやると、煤と油で汚れた手でその眼を閉じてやった。

「ワグナー！」

機体の奥から、ツィンマーマン中尉の、咽喉から絞り出すような嗚咽《おえつ》が漏れた。

「くそっ《シャイセ！》」

レームは立ち上がると、ふたたび機関砲に取り付いた。


「敵が、爆弾倉を開いたぞ」

バルクマンが叫んだ。

「誰か、2センチ弾を持ってきてくれ！」

尾部銃座のミューラーの声が、ヘッドホンから聞こえる。機内に男たちの声が錯綜した。

「ベルクマイヤー、行ってやれ」

シュタイナーが叫ぶ。そして、操縦席のバルクマンを見た。ベルクマイヤー伍長は、相変わらずの振動の中を、弾かれるようによろめきながら、弾薬ラックに駆け寄る。

「バルクマン、敵が爆撃を開始する。とりあえずバラ撒くようだ。爆弾に引っ掛けられるな」

「了解！　先導機をやっちまったから、奴らの爆撃はバラバラだ。上からぶつけられないように、気をつけよう」

バルクマンの声が返ってきた。いったいどのくらい時間が経ったのだろう。誰もが時間の経過を忘れていた。シュタイナーは、既に装塡済みの7・5センチ砲で、ふたたび標的を狙う。充満する硝煙と煤に赤く充血した眼にも、目視射撃で充分だった。

視界の前には、未だに巨大な標的、B17が続々と現れる。相変わらず凄まじい数だ。周りじゅうがB17だった。そのすべてが今、爆弾倉を左右に開いたのだ。一発でもドイツ本土に落とされる前に、仕留める。残された男たちの誰もがそう思った。

シュタイナーの鋭い眼が、何十機目かの生贄《いけにえ》となる、不幸なB17の胴体を捕捉した。と、同時に殆ど慣性となった右手が、発射レバーを押す。オレンジ色の光の尾を引いた火線が巨体に突き刺さる。爆弾倉を開き、まさに爆撃を開始しようとしたそのB17は、眼前で大きく歪んだ。身もだえするようにいびつになった機体は、次の瞬間、直径数十メートルの炎の塊となっていた。

ワルキューレの機体は爆風に煽られ、重い機体が大きく傾ぐと、木の葉のように揺れた。その機体に、破裂したB17の残骸が降り注ぐ。炎の塊となった敵機の直後に続いたB17が、前方で起こった爆発を避けきれずに、そのまま炎の中に突っ込んでしまった。爆発は、更に大きな琥珀色の光となり、周囲を呑み込んでゆく。

シュタイナーの耳は、戦闘開始以来、絶え間なく続く爆発音と射撃音によって、とうに麻痺していた。それでもこの壮絶な破裂音は、強い衝撃を伴って頭頂部にまで響くのだった。その麻痺した耳に、大勢の若いアメリカ兵たちの悲鳴が聞こえたような気がした。

「うわぁぁ！」

現実に彼の真後ろから、はっきりと誰かの悲鳴が聞こえた。振り向くと、ブルクハルト曹長が尻餅をついている。その恐怖に怯えた視線の先に、何かがごろりと転がっていた。血にまみれた腕だった。いや、腕と言うよりは、男の右半身に近い。肩口から捥《も》がれたのだ。噴き出した鮮血に塗《まみ》れ、臓器の一部までが付着していた。

だが、ワルキューレ搭乗員のものではない。今の大爆発で吹き飛ばされた、B17クルーの身体の一部なのだろう。それが、ワルキューレの視察孔から飛び込んだのだ。

シュタイナーは、黙ってその腕を掴むと、薬莢の排出口から放り出した。

血塗れの腕の持ち主であったその青年のアメリカの故郷には、毎日彼の無事を祈り、いつの日か彼女の胸に帰って来るのを待つ母が居るのだろう。然し、彼女の元に届くのは、一通の戦死通知書のみであり、彼女が息子に会うことは、もう二度とない。だがその痛みは、ドイツ人も同じだ。シュタイナーの右手に、アメリカ青年の千切れた腕の感触と、まだ温かい血糊がこびりついていた。

シュタイナーは、自分が撃墜したB17の数を勘定することは、とうにやめていた。耳をつんざく轟音と、眼を痛ませる硝煙、思考を停止させるほどの火薬と血の匂いの中で、自分の墜としたB17の数を正確に記憶すること自体、困難であったし、彼にはもはや意味を喪《な》くしていた。

砲弾ラックを見る。残弾は数発だった。四〇発の7・5センチ砲弾を搭載して離陸したのだ。既に三〇発以上を使ったことになる。ほぼ全弾命中させているから、少なくとも三〇機のボーイングB17フライングフォートレスを屠《ほふ》ったということか。今日、300人のアメリカ青年が、自分のこの手のために命を落とした……。

B17の搭乗員は若い。彼ら、アメリカ兵の戦闘意欲は決して低くはなかった。が、戦略爆撃機搭乗員は、ドイツへの25回の爆撃任務《ミッション》を完了すると祖国に帰ることが許される。したがって彼らは、毎回の爆撃行で八〇〇機の中の、せめて不幸な何機かにだけにはなりたくないことを願う気持ちが、戦闘意欲以上に強かった。生還か死か、そのどちらになるのか、彼らの運命は、彼らの意志では決められないのだ。

直下から襲う高射砲。至近距離で破裂する高射砲弾。上方から急降下で襲い来るドイツ戦闘機。2センチ機関砲とロケット弾の嵐。そして、墜落する僚機との衝突。死神の大鎌は、どこからでも彼らに襲いかかり、そして一瞬にして彼らの生命を薙《な》いでゆく。

運命は、ほんの僅かなタイミングと、神の気まぐれに握られているようにも思われた。それゆえ、彼らの被弾時の混乱は悲惨だった。中には、その爆撃行が25回目の搭乗員もいる。彼らはまず、被弾した乗機でなんとか戦場を離脱し、英国の基地に帰投することに全力を注いだ。だがそれが絶望的となるや、次に必死に機外への脱出を図った。敵地であろうと海上であろうと、最終的に生きて地上に立てさえすれば良いのだ。捕虜になろうが、負傷しようが、とにかく生き残ることが第一であり、それを目指して必死に行動した。

その混乱は、ワルキューレからも確認できるほどだった。アメリカ兵たちは我先にと、大破した機体の脱出口に駆け寄る。だが、バランスを失い、回転する機体の遠心力によって、彼ら搭乗員の身体は機体の内壁に押しつけられ、動くことすらままならない状態となるのだ。機内は、ただ泣き喚《わめ》く搭乗員たちの阿鼻叫喚《あびきょうかん》と断末魔《だんまつま》の地獄と化す。その恐怖は、彼らが地上に激突するその瞬間まで途絶えることはなかった。この日、ドイツ上空の地獄は、ドイツ人だけのものではなかった。

ワルキューレの機体右側面に、ブローニングの徹甲弾が立て続けに貫通した。既に硝煙で充満した機内に、明るいオレンジ色の花が咲き乱れたかのように、火花が炸裂した。

ワルキューレ「鷲」は、もはや飛行することすらも危ういほどに被弾し、機体のあらゆる箇所に壮絶な弾痕と貫通孔を残していた。ふたつのエンジンから黒煙を吐きつつ、それでもB17梯団の群れの中を浮遊していた。やがて、ワルキューレを追い抜いてゆくその巨大な流れも、最後尾へと近づいていた。

シュタイナーは今、眼前に現れた新たなB17の機体中央に、7・5センチ弾の一撃を射ち込むと、その機体が轟音とともに空中分解するのも確認せずに、次弾装塡のために振り返った。その時、ふと奇妙な気配を感じた。いや、気配が無い……周囲が異様な静けさに包まれていたのだ。麻痺した耳のせいなのか。エンジン音も、機銃掃射の破裂音も聞こえていたが。シュタイナーは、充血した眼を横に流す。

機内の奥に、ブルクハルト曹長の姿が見えた。うずくまっているのか。機体の振動とともに、その身体はぐらりと横倒しとなった。それっきり動かない。彼は、射撃訓練飛行の際にP47サンダーボルトにやられたコーラー伍長に代わり、3センチ機関砲の装塡手を務めていたのだった。

ツィンマーマン中尉も、機関砲にもたれかかったまま動かなかった。その右手は、3センチ機関砲の射撃レバーを掴んだままだった。足元には、紅い血溜《ちだま》りができ、彼の身体から未だ流れ落ちる鮮血を受け溜めていた。ただ、大きく見開かれた蒼色《あおいろ》の瞳が、未だにB17を追い求めるかのように、虚空を睨み据えていた。

機首には、レーム軍曹とホフマン軍曹が折り重なるように倒れている。ふたりとも、微動もしなかった。幾人かの男たちから流れ出た鮮血は、機体の後方に向かって、真紅の川を作っていた。

床一面に散らばった空薬莢が、機体の振動に合わせてごろごろと音を立てて転がる。その薬莢も、紅い光を帯びている。床に流れ出した血糊に染まっているのだ。

機体の至る所に穿《うが》たれたブローニング徹甲弾による貫通孔から、風が入る。が、機体に充ちた血の匂いは消えない。

「バルクマン、生きているか？」

シュタイナーは、乾《かわ》ききった咽喉元《のどもと》のタコホーンを押さえ、硝煙と血の匂いにむせ返りながら言った。

「辛うじてな……。キルヒナーもやられちまった。お前は大丈夫か？」

バルクマンの抑揚のない声が返ってきた。

「ああ、なんとかな。死んじゃいないようだぜ」

シュタイナーが答える。答えたとたんに、なぜか笑いがこみあげた。

「はは、俺もお前も、生きていたか……」

なぜだろう、バルクマンも笑った。人間は、こんな時でも笑えるものなのだ。

「俺たちは、何機やった？」

シュタイナーが訊く。

「俺は、このねえさんを浮かすのに手いっぱいでわからん。たぶん、四〇は墜とした。いや、もっとだろう」

「他のワルキューレの状況は？」

「わからん……」

「まだ飛べるか？」

「方向舵がボロボロだ。エンジンも、ふたつやかれた。そろそろやばいな」

「残弾は二発だ。撃ち尽したら、引き上げるか」

「冥土《ヴァルハラ》へか？」

「かもな……」

ふたりは何故か、もう一度笑った。

ワルキューレの周囲を掠めるように、黒い物体が数個、落下した。風を切る不気味な音が響き渡る。胸底を抉《えぐ》るような、不快な音。上方のB17が落とす大型爆弾だった。

ふたたび、ブローニングの射撃が機体を貫く。火花が散った。シュタイナーは、ちょっと首を竦めたが、お構いなしだった。

ハインツのことが気にかかった。彼が7・5センチ砲に振り向いた時、装塡手のベルクマイヤー伍長が、砲の脇に呆然と立っていた。その顔は、死神のように蒼醒《あおざ》めている。ハインツと同じ、まだ二〇歳そこそこだったが、その表情は今日いち日で、既に老人のように変わり果てていた。

「ミューラー少尉、戦死……」

彼は呟いた。佇む幽鬼のように見えた。

シュタイナーは頷くと言った。

「ベルクマイヤー伍長、ご苦労。次弾の装塡は？」

ブローニングの被弾で、ふたたび機体が大きく揺れた。機内は黒煙で充満し始める。

ベルクマイヤーは、よろけながらも黒く煤けた顔を縦に振った。

四

一九四四年六月五日　フランクフルト上空　アメリカ第100爆撃大隊　午後二時

奇妙な機体だった。それは、編隊の針路前方2000メートルのところを、浮遊するように飛行していた。

我々はボーイングB17フライングフォートレス爆撃機八〇〇機の編隊をもって、ドイツ中部の大都市フランクフルト上空に差しかかっていた。この都市には、我が大隊だけでも既に一〇回以上の爆撃を加えている。

その日のミッションは、この都市に集中する鉄道操車場を徹底的に叩き潰すことにあった。高度4500メートルの雲量は五。爆撃は、それほど困難ではない筈だった。ただこの日は、目標を完全破壊するために、高高度からの爆撃では済まされないことを厳命されていた。そのため、高度を通常よりも下げ、精密爆撃を強行しなければならない。

ひとつだけ幸いしたのは、その日は高射砲の射撃がないことだった。然し、それはナチの戦闘機が迎撃に上がっているということでもあったのだが。奴らも必死なのだ。

「前方に機影」

副操縦士ベイカーの声が聞こえた。

「なんだ、あれは」

米国陸軍第8航空団第15戦略爆撃師団第100爆撃機大隊の第2中隊1番機〝ジェニファーズ・スマイル〟の操縦席に緊張が走った。

「マーティ、聞こえるか？　前方のおかしな機影が見えるか？　射撃照準しろ」

機長《キャプテン》の命令が聞こえた。

「機長《キャップ》、ちょっと待ってください。あいつ、煙を吐いてますぜ。然も四発だ。被弾した第89大隊のB24が、俺たちの針路に迷い込んだんじゃないんすかね？」

機首上部旋回砲塔機銃手《トップターレットガンナー》のマーティ曹長が、ガムを噛みながらも、いつもの剽軽《ひょうきん》さは無く、少し緊張した声で反応した。

「ファーガスン機長、確かに前方の機影は四発です。ナチの迎撃機に四発など有り得ない。マーティの言うとおり、あれは友軍機かもしれません」

航法士だった私も、慎重な意見を出した。これが23回目の爆撃行であり、回数を増すごとにナチの戦力が弱まっているのを感じていた私に、楽観が生まれていたわけではなかった。

それよりも、最も怖れていたこと……或る既視感《デジャビュ》に襲われたのだった。被弾した機影、長い尾を引きながら薄く流れる黒煙。その光景が私の脳裏に、ひとつの忌まわしい事件、忘れようとしていた、おぞましい記憶を呼び戻してしまったのだ。あの口、昨年一一月、オランダ上空での、事実。私には、この破損したと思われる機影に対して攻撃を仕掛けようという勇気が湧《わ》かなかった。その暗い既視感、否、体験ゆえに。

「バーンスタイン。マンハイムに向かった第89大隊は、B24《リベレーター》だ。尾翼が違う」

ファーガスン機長の冷静な声がヘッドセットから聞こえた。距離は接近したが、まだよく見えない。が、確かにその機影は、B24のような双尾翼ではなかった。機長は、先頭を行く標的誘導機〝ラッキーストライク〟に交信する。

「第2中隊〝ジェニファーズ・スマイル〟より標的誘導機《ポインター》〝ラッキーストライク〟へ。前方の四発機に警戒してくれ」

「Thanks《サンクス》、〝ジェニファーズ・スマイル〟。前方の機体との交信は不能だ。煙で機種確認もできない。不明機は我々と同方向に飛行中。速度は極めて遅い。あと二分で追いつくだろう。編隊は、そのまま直進する。爆撃目標まで、あと七分。前方の機体には、各機とも警戒しろ。確認不能の場合、二分後に射撃開始」

　標的誘導機からの返答があった。

「ところで、我らの護衛戦闘機隊《ローン・レンジャー》は、いったいどこに居るんだ？」

　右側面機銃手《ライトサイドガンナー》の〝幼児顔《ベイブ》〟・ウイリアムズがブローニング12・7ミリ機銃の視察孔から上空を見上げながら、不安気に言った。

「俺たちの守護神は現在、高度5500で、つい先ほどナチの戦闘機隊と交戦に入った。今日のドイツ機は、だいぶ手強《てごわ》いようだ。俺たちは、このまま進む」

　ファーガスンが、落ち着いた声で応える。その交信の間にも、前方の機影が迫った。

「警報！　緊急警報！」

突然、警報が届いた。大隊の最上部を飛ぶ僚機からだった。

「こちら〝Fカップ・ローザ〟。前方の奴はナチの下衆野郎《ファッキンクラウツ》だ！　間違いねえ！　主翼に鉄十字《アイアン・クロス》が見えた！」

その直後だった。既に射程距離圏内にまで接近していたその奇妙な機体の尾部が、突然、火を噴いた。大口径砲？　それは、予想もしなかった20ミリ以上の連装砲だった。

オレンジ色の二軸の射線が、〝ラッキーストライク〟の機首に向かって集束した。同時に我々は目撃したのだ。既に射程距離に迫っていたその機体に、暗い灰色地に黒の稲妻型の迷彩塗装が施され、そこに白く縁取られた黒い鉄十字が、はっきりと描かれていたのを。これまでに我々が見たこともない四発エンジンの機体。それは、異様にグロテスクな姿だった。

その奇妙な機種の尾部銃座が今、猛然と火を噴き、20ミリと思われる大口径弾が、先頭を行くB17先導機〝ラッキーストライク〟の機首に向かい、牙を剝《む》いたのだ。弾道は確実に先導機の機首に直進するや、最初の一連射で操縦席を粉微塵《こなみじん》に撃ち砕いた。透《す》かさず〝ラッキーストライク〟の機首上部旋回銃塔も、既に照準を付けていたその奇妙な標的に向け、発砲を開始した。ほんの一瞬、凄まじい射撃戦が始まった。然し、不気味な機体から発射された低伸《ていしん》する20ミリという大口径弾は、瞬《また》く間にB17先導機の上部旋回銃塔を吹き飛ばし、銃座を機銃手ごと引き裂いたのだった。僚機からは、一瞬〝ラッキーストライク〟の機首に紅い花が舞ったようにすら見えた。それほど凄まじい破壊、そして血しぶきだった。

〝ラッキーストライク〟の巨体は、小刻みに震えたかと思うと、がっくりと機首を垂れた。それでもB17の機首は執拗に掃射され、もはや原型を留めないほどに粉砕されてゆく。そしてこの日、〝偶然にも〟ここに座乗した不運な標的誘導士、アンソニー・カーマイケルは、実は自身がドイツ人の最大標的〝Xのだんな《ヘル・イクス》〟と命名されていたことも知らぬまま、その身体を引き裂かれ、一瞬にして肉塊と化してしまった。その塊も、無数の破片とともに、乱れた気流に舞い散った。

「なんてこった《オーマイガー》！　〝ラッキーストライク《ラッキー》〟がやられちまったぞ！」

マーティの叫び声と同時に、〝ジェニファーズ・スマイル〟の機首上部旋回銃塔から、その得体の知れない機体に対して狂ったような射撃が開始された。

「気をつけろ！　奴の尾部銃座は20ミリ連装だ。先導機が損傷した。大隊の誘導は不能だ」

ファーガスン機長が吐き棄てるように言った。副操縦士も機関士も、そして航法士の私も、その光景は目撃していた。だが、本当の恐怖はその直後にやってきた。

不可解なドイツ機から射撃を受けた〝ラッキーストライク〟が、その機首を下げながら、バランスを失って主翼を左に傾けた直後、我々は見たのだ。一本の火線がまっすぐに走るのを。オレンジ色の直線は、我々が「アイアン・ワークス」と呼ぶ、米国人パイロットたちから敬意とともにその頑丈さを最も信頼するボーイングB17〝空飛ぶ要塞《フライング・フォートレス》〟の胴体を刺し貫いたのだ。

〝不運な大当たり《アンラッキー・ストライク》〟だった。凄まじい閃光が走った。眼が眩む。墜ちにくさを誇ったB17の機体は今、轟音とともに黒煙の塊となり、巨体は微塵に砕け散っていった。生存者は存在しない、たぶん……。

目前で起こった突然の惨劇に、B17編隊の搭乗員たちは息を呑んだ。一瞬、誰もが言葉を失い、呼吸が止まった。機長、副操《コーパイ》、そして航法士《ナヴィ》の私以外は、まだ出撃経験も浅い、若い搭乗員たちばかりだ。それは、彼らがこれまでに眼にしたことのない光景、然し紛れもない事実だったのだ。

乗員が呆然とする中、機長ファーガスンの冷静な声が、ヘッドホンに響いた。

「警報！　第100大隊全機に告ぐ。標的誘導機〝ラッキーストライク〟が撃墜された。ただ今より、標的誘導は、第2中隊〝ジェニファーズ・スマイル〟が代行する。全機、現状の針路を維持せよ。なお、我々の前方を飛行中のナチの四発機に注意！奴を絶対に編隊の中に入れるな！」

ファーガスンの声に、我々がようやく状況の危機を呑みこめた時、誰かが叫んだ。

「くそっ！　ナチの野郎、信じられねえほどの大口径砲を持ってやがる。早いとこ、奴《ダムン》を片づけろ！　さもないと〝ラッキー〟の二の舞いになっちまう」

そうだ。奴は、とんでもない砲を持っている。我々がそれに気づき、無我夢中で機銃に取り付いた直後、怖れていたことが起こった。第二の犠牲が出たのだ。あまりに早い、そして残酷な生贄《いけにえ》。それは、先導機の左後方を飛行していた第3中隊指揮官機〝ピンク・バタフライ〟だった。

下半身の一部にだけピンクの飾り下着《バタフライ》を着けた大胆なヌードの女性を機首塗装《ノーズアート》に描いた中隊指揮官機〝ピンク・バタフライ〟は、大口径弾の直撃を受け、瞬く間に火焔に包まれた。然も指揮官機は、宙空で一回転するようにもんどり打つと、その25メートル下を飛行していた中隊三番機〝トリプル・A《エース》〟に激突した。

「あ、あ……、〝ピンキー〟が」

二機がもつれあうように落下してゆくのを、我々は悪い夢でも見ているように呆然と眺めた。誰もが恐怖のあまり口を開くことさえできなかった。いったい何が起こったというのか、これから何が始まるのか。そして今、目の前に起こっているこの悪夢のような現実に、どう対処したら良いのか……。

私は、12・7ミリ側面機銃に取り付くと、その異様な機影を探した。既に周辺の空域は、燻《くす》んだ茶色の硝煙に覆われている。ふたつの機体の爆発で、宙空全体が濁り始めていた。巨大な鳥のようなB17の群れの間に、私の眼は「奴」を探す。

「野郎、どこに行きやがった？　ブローニングを散々ぶち込んでやったのに、反応がねえ。奴は化物だ。いったいどこに隠れやがった！」

機首上部旋回砲塔のマーティが喚《わめ》く声が聞こえた。然もその声は、泣き声のようにも聞こえた。やはり「奴」は、我々の内側に入り込んでしまったのだ。なんとしても探し出さねば。そして「奴」を撃墜せねば。私も爆煙で曇った宙空を血まなこで探した。そして、どんよりとした視界の中に……「奴」は、いた。

その濁った大気の間を、いや、正確に言うと幾百というボーイングB17重爆撃機の狭間を、ひとつの翳《かげ》、その冥《くら》い灰色の機影が、ゆっくりと泳ぐように浮遊していたのだ。

その時、何故か私にはその異様な機影が、とても畏《おそ》れ多いもの、触れてはならない恐怖そのものの姿に見えたのだった。何故？　それは、ひとつの暗喩《あんゆ》だった。この大戦争の最中《さなか》に、世界の狂気を嗤《わら》うが如く、天空から降臨した死の騎士……。鈍く輝く黒鉄《くろがね》の甲冑《かっちゅう》に身を堅め、長い槍を構えた黙示録《もくしろく》の騎士……。

「奴」の姿を確認した私は、慎重に12・7ミリの引き金を引いた。というのも、B17爆撃機梯団は、密集隊形を組んでいるため、編隊の中に敵機が入り込まれると、容易に射撃ができない。僚機を誤射してしまう、同士討ちの可能性が高いからだった。それゆえにこそ、編隊の中に決して敵機を入れてはならない。それが、爆撃機編隊の鉄則だった。

然し「奴」は入り込んでしまった。然も、同航戦で。通常ブローニング12・7ミリ機銃は、その強力な破壊力と低伸する弾道特性から、いかなるドイツ機の機体をも撃ち抜くことができた。太平洋戦線では、日本軍機がこの機銃の一連射だけで、いとも容易に火を噴くと聞いている。

だが、信じられないことが今、眼の前で起きていた。眼前で発射された機銃弾が、尽く琥珀色の火花を伴って弾き返されてゆくのだ。その瞬間、私の思考は停止した。機体の至る所に、虚しく弾き返された弾丸の火花を残像を残しながら、ゆっくりと旋回を始めた「奴」の暗い翳りを帯びた機体に、眼を疑うものを見たのだ。

灰色の胴体左側面に長く突き出したもの。私の眼に見えたそれは、およそ航空機の世界では見たこともない長砲身。かつて、陸軍の基地で見たことのある対戦車砲ではないだろうか。たぶん50ミリ……いや、まさか75ミリ級？　眩暈が襲う。そこまでやるのか。いったい何者なのか……「奴」は。我々の機体の右側面、25メートルほど下方を飛行していた「奴」の、その長砲身がふたたび咆哮した。何機目かの犠牲機に向けて。

〝ジェニファーズ・スマイル〟の直下を飛んでいたB17が躍り上がった。もちろん、私の位置からは見えない。が、爆発の烈風が衝撃波となって我々の機体を持ち上げたことで、事態は容易に想像できた。

周囲のB17から、12・7ミリ機銃が撃ち捲《まく》られた。ブローニングが狂ったように唸る。だが、「奴」は信じられないほどの重装甲に、ほんのひと震えと派手な火花を残しただけで、何ごともなかったかのように次の標的に襲いかかる。

「ああっ、〝マイティ・サム〟が、あのサムが喰われちまった！　然も、〝セシル・オブ・ビューティ〟を巻き込んでだ！　俺たちもやられちまう！　助けてくれっ」

下部旋回銃座のタイソン・ジュニアの、もはや狂気を帯びた悲鳴が聞こえた。

「タイソン、落ち着け！　落ち着いて奴を撃ち落とせ！」

ファーガスンの声を遮るように、ふたたび次の爆発が起きた。

「駄目だ、駄目だよ、機長《キャップ》っ。そいつがどこに居るのかさえ、俺には見えねえ。ここからじゃ、まったくわからねえ。俺たちゃ、一方的に殺《や》られるだけだ！」

タイソンの叫びは、泣き声に変わった。

同航戦の中で、「奴」を呑み込んでしまった我々の大隊は、瞬《また》く間に次々と機体を引き裂かれてゆく。ここでは、B17は哀れな仔羊の群れだった。その群れの中に今、獰猛《どうもう》な飢狼《がろう》が襲いかかったのだ。「奴」は、羊を貪《むさぼ》り喰っている。まさに手当たり次第だった。

また一機、目の前を機首から尾翼までをずたずたに引き裂かれたB17が、ゆっくりと下降してゆく。あれは〝サウスダコタ・ベル〟……私の友人、グレゴリー・タイラーの乗機だ。然し、たぶんあの機体の中に生存者はもはや誰ひとりいないのだろう。さよなら、グレッグ。

タイソンが言うとおり、次はこの仔羊かもしれない……。私の脳裏に、あらためて恐怖と、そして絶望が奔った。

先導機を喪失し、然も極く短時間の間に数機を撃墜された第100大隊のB17編隊の中では、既にパニックが起こり始めていた。編隊の前方で始まった恐怖は、同士討ちや空中衝突さえも引き起こす。ヘッドホンから伝わる悲鳴と絶叫、断末魔の叫び、死への怯えは、編隊後方へ忽《たちま》ち伝染していった。

「護衛戦闘機隊指揮官《エスコートリーダー》へ！　こちら、第100大隊第2中隊。ナチの攻撃機にやられている。損害多数、このままでは作戦遂行不能になる。至急、応援を請《こ》う！」

上空で戦闘中の護衛戦闘機部隊へ支援要請するファーガスン機長の声が聞こえた。

だが、

「第100《ワンオーオー》大隊へ、こちらP51護衛部隊《レッドテイルズ》。現在、ナチ《ファッキン》の糞野郎《ジェリー》との交戦で手一杯だ。もう暫く頑張ってくれ！」

その交信を聴いた誰かの叫びが聞こえた。尾部銃座のマディソンの声だ。

「冗談じゃねえぞ、機長。護衛戦闘機《エスコート》にも見放されちまったのか！　このままじゃ俺たちゃ、皆殺しじゃねえか。俺は今回で25回目なんだよう！　これで帰投すりゃ、オクラホマに帰れるんだ。ファーガスン機長、頼むよ、この空域から脱出してくれよ、お願いだ！」

「マディソン、よく聴け。何回目だろうと、我々は任務を遂行する。怖気《おじけ》づくな！」

然し既にその時、何機かがこの空域から脱出しようと、侵入コースを大きく逸れ始めた。護衛戦闘機からの掩護を受けられないことに絶望したのか、それとも彼らの意志ではなかったのかもしれない。ただ、この恐怖から逃れたいという意識が、操縦桿を微妙に傾げたのか。あるいは、爆撃任務25回目の機長がいたのかもしれない。彼は、この爆撃行が成功しようとしまいと、とにかく爆弾をバラ撒き、そして生きて基地に帰り着きさえすれば、彼の戦争は終わるのだ。死なずに済む。そして故郷に帰ることができる……。

然し彼らは、死の密集隊形から逃れることはできなかった。そして「奴」の照準から逃れることは、尚のこと不可能だった。何故なら、遁走《とんそう》を図ったB17が進路の右に大きく逸れた時、その先の黒煙で濁った宙空に、もうひとつの異様な影が現れたのだ。いや、現れたのではない。逃走する機長の目の前に、そいつは居たのだ。「奴」は、一機だけではなかった……！　彼らが逃れようとした先にも、阿鼻叫喚の地獄が展開されていた。

「護衛戦闘機へ！　何やってんだ、助けてくれっ！　このままでは全滅……」

レシーバーを通して、断末魔の絶叫が聞こえた。その叫びも、突如として途絶える。いったい何機が墜とされたのだろうか、この僅か七分の間に。先刻から爆撃照準手のカートライトが、ノルデン照準器に取り付いていた。照準調整するその手は震え、こめかみからは汗が流れ落ち、顎から滴る。が、ようやく彼の眼は照準器の中に爆撃目標《ボムポイント》を捉えた。良かった、進入ルートは外れていない！　カートライトは、思わず息を呑むと「投弾ブザー」を押した。

機内に爆弾投下のブザーが響き渡った。

「こちら〝ジェニファーズ・スマイル〟。目標地点到達。全機、爆弾倉、開け！」

あまりにも長い、そして恐怖の七分間だった。ファーガスン機長の声が響く。

彼は如何なる時も冷静沈着だった。だが、ファーガスンの指令に従うことのできた機体は、極端に少なかった。先導機どころか、後続するB17の大半を屠《ほふ》られた第100大隊は、既に統制を失ったまま各自で爆弾倉を開き、勝手に爆撃を開始せざるを得なかったのだ。その日、第100大隊の投下した大多数の爆弾は、明らかに目標ポイントから逸れていた。爆弾の雨は、フランクフルト郊外から西方に展《ひら》けた田園地帯へと落下してゆく。

そして……恐慌状態を起こした爆撃機編隊の群れの中に、「奴」は未だそこに居た。奴は、幽鬼のように泳いでいたのだ。恐怖は未だ去ってはいなかった。

「奴」は、ゆっくりとした速度で我々大編隊の間を同航し、迷える仔羊を屠るように一機、また一機と墜としてゆく。全爆弾を投弾し、軽くなった機体のスロットルを全開にして、この空域から命懸けの離脱を図ろうとする残存のB17さえ、大口径砲の長射程から逃れられはしなかった。逃走機もまた、確実に血祭りに上げられてゆくのだった。

その日のフランクフルト上空は、地獄と化していた。そして私は、稀《まれ》に見る煉獄《れんごく》の中にいた。その時、私は直感したのだ。この戦闘が開始される直前、あいつの姿を初めて見た瞬間に甦った「既視感」……やはりこれは、意趣返《いしゅがえ》しなのだと。何の根拠もなかった。今、爆発炎上し、墜落していった夥しい数の第100大隊機が残したどす黒い煙の中に、「奴」の冥い翳りを帯びた姿がふたたびゆっくりと現れるのを見た時、私は確信した。これは、奴等の復讐なのだと……。脳裡に甦ったおぞましい記憶に、悪寒が奔った。

半年前、オランダ上空で私は、ある怯えから、メッサーシュミット《マイク》Me109を撃った。

その機体は、被弾損傷して降伏の意思を示した我々のB17を攻撃せず、自軍の基地へと誘導していった。着陸態勢に入った時、そのメッサーシュミットには、我々に対する敵意はなかった。むしろ、無事着陸することへの配慮すら見られたのだ。我々の機体と並行して降下する彼の機体は、その瞬間まったく無防備だった。

この日、爆撃目標ブレーメンで受けた対空砲火によって、私の神経は既に参ってい た。手の震えが止まらなかった。更に、対空砲の破片を受けた機体は、イギリスの基地まで戻れるかどうか危うい状態だった。帰路を数機のメッサーシュミットに襲われ、二機の僚機が燃えさかって墜落してゆくのを目《ま》のあたりにした時、私の神経は限界を超え、遂に音を立てて擦り切れたのだ。

機長が、撃墜されるよりも投降の意志を決め、車輪を出した時、私は叫んだ。

「機長、逃げて！　俺は、捕虜になりたくない！」

ナチは、ユダヤ人を強制収容所に集めて虐殺しているという噂を聞いていた。彼らは情け容赦もなく、然も男だけでなく、女や子供、老人まで皆殺しにしているのだという。捕まれば、私も殺されるだろう……。

「落ち着け、ロジャー」

機長の声が聞こえた時、私の眼の前に、灰色の機体に二重楔《くさび》を描いたメッサーシユミットＭｅ１０９Ｇ型戦闘機が並んだ。パイロットがこちらを窺いながら、片手を挙げた。私の怯えがわかったのだろうか。彼が微笑《ほほえ》んだように見えた。〝落ち着いて、ゆっくり降りろ〟と合図している。次の瞬間、私はブローニングの引鉄《ひきがね》を引いていた。至近距離から撃ち込まれた12・7ミリ機銃弾の流れ込む先に、メッサーシュミットのコックピットが砕け、今しがたまでこちらに笑いかけていたパイロットの頭が、紅色のしぶきとともに、ざくろのように飛び散るのが見えた。

その直後だった。私の射撃が合図だったかのように、Ｂ17の全搭乗員が一斉に射撃を開始したのだ。隙を衝《つ》かれた二機のメッサーシュミットは、瞬く間に炎を噴き上げてもんどり打った。着陸態勢を取っていた我々の乗機は一気に上昇すると、スロットルを全開し、黒煙を噴き上げながらも、その空域から遁走した。

ただ一機残ったメッサーシュミットが、被弾したエンジンからどす黒いオイルを噴出させながらも追いすがり、20ミリ機関砲の短い一連射を浴びせてきた。が、我々は逃げおおせたのだ。私はあの時、命拾いをした。いや、敵を欺《あざむ》くことによって逃げきったのだ……。

が、私はその時以来、あの光景を忘れることができなかった。ゆっくりと手を振り、笑ったドイツ人パイロットの顔が脳裏から離れない。そして戦争とはいえ、私自身が犯した行為の卑劣さを忘れることができなかったのだ。

「奴」が初めて編隊の前方にその異様な姿を現した時、私が撃つことをためらったのは、この忌まわしい記憶と、「奴」の飛行する機影の中に、自分自身の姿を既視感として見ていたからではなかったか。

今、私の眼前をゆっくりと並行しながら飛行する、黄泉《よみ》から舞い戻ったかのような冥い機影を見た時、私は想ったのだ、これは「奴」の復讐なのだと……。

「奴」が私を、あの時に死ななかった私を、ふたたび地獄の底へ呼び戻すために迎えにやってきたのではないか……。長砲身が、こちらを向いている……。閃光が走った。

私は、凄まじい衝撃に吹き飛ばされて、背後の銃弾ラックにおもいきりぶつかり、昏《こん》倒《とう》した。

「何をしている、ロジャー、脱出口へ急げ！」

朦朧《もうろう》とした私の脳裏に、呼びかける大声が聞こえた。機長の声だろうか。我に返った瞬間、何も見えなかった。眼の前が赤い。ゴーグルが鮮血で染まっている。誰の血？身体が、まったく動かない。気がつくと、私の体は「U」字型に折れ曲がり、呼吸ができないほど機内の壁面に押しつけられていた。

その身体が、強く引っ張られた。誰かが、私の体を起こそうとしている。誰？やみくもに手を伸ばすと、その手ががっしりと掴まれた。そして歪《いびつ》に屈折した私の身体は、力いっぱいに引き起こされたのだ。猛烈な痛みが、腋の下と右脚を貫く。私は呻き声を上げながらも、左手で視界がまったく効《き》かないゴーグルを擦《こす》りあげた。

鮮明ではない視界の中に、ファーガスン機長の、口の周りが髭に覆われた顔が見えた。その姿は、赤い悪魔のように鮮血塗れだった。その血は、彼の流すものだったのか、それとも私の返り血？　ファーガスンは私の肩を抱きかかえ、脱出口へ運ぼうとする。

「急げ！　回転が始まったら、脱出できないぞ！」

私は咄嗟に酸素マスクとゴーグルを外した。広がった視界の中に、跡を留めないほどに破壊された操縦席と、座席に座ったままの副操縦士《コーパイロット》ベイカーの後ろ姿があった。

だが、それがベイカーだと判ったのは、彼の身体が副操縦士席にあったからであり、彼の顔は確認できなかった。なぜなら彼の頭部は、もはや存在しなかったのだ。そして、その首の付け根から噴水のように真紅の鮮血を噴き上げていた。機内を奔る突風のような猛烈な風に煽《あお》られて、朱色の血しぶきが舞った。

ファーガスンは私のパラシュート・ベルトを握り、強引に機体の後部へ運んだ。私も這いつくばりながら、引かれるように後方の脱出口に向かった。血なのか汗なのか、全身から液体が溢れ出る。あるいは失禁したのか。思うように進まない。それは、途方もなく長い時間のように想われた。その間にも、機体の傾斜が激しくなる。機体のどこかで、火災が発生しているのだろう。黒煙で何も見えない。「奴」の大口径砲にやられたのか、それとも30ミリ弾か……。

なぜ今、そんなことを考えるのか、私自身も判らなかった。何を考えているのか。脱出口が見えた。光が眩《まぶ》しかった。誰かが、反対方向から脱出口に向かおうと、もがいていた。

だが、彼の背後に炎が迫る。オレンジ色に燃え盛る炎は、脱出しようと喘《あえ》ぐ男の姿を呑み込んでいった。私の眼の前で男の全身が炎に包まれ、焼け焦げてゆく。誰なのか判らなかった。ただ、男の悲鳴と、「ママ！」という叫びが聞こえた。

「パラシュートは、ＯＫだな？　いいか、俺に続いて飛び出せ」

ファーガスン機長が、私の背負ったパラシュートを確認した。朦朧《もうろう》とした意識の中で、私はパラシュートを背負っていることすらも忘れていた。炎は迫っていた。もう耐えられないほどの高熱を背後に感じた。身体に重圧がかかる。下降していた機体に、回転が掛かり始めたのだ。ファーガスンが身構えたその時。突然、機体の後方から炎が襲った。火炎放射器を浴びせられたかのようだ。顔が焼ける。

「先に出ろ、ロジャー！」

炎の中で、ファーガスンが叫んだ。同時に彼は、私を背後から突き飛ばした。私の身体は脱出口の縁に叩きつけられながらも、ファーガスンの力で機外に飛び出すことができた。次の瞬間だった。機体が物凄い勢いで大きく逆転した。主翼がもぎ取られる！

「機長、早く！」

私は叫んだつもりだった。が、それは声にならなかった。乾ききった咽喉の奥からは、嗚咽のような喘ぎ声とともに、苦い胃液が漏れ出したのだった。

その直後、私は見た。B17の巨大な機体は、もんどり打つと分解を始めた。宙空に放り出されていた私の身体は、B17の胴体から引き千切られた巨大な主翼に煽られて、回転した。身体が逆転しながらも、私はファーガスンが続いて飛び出すことを信じた。否、信じたかった。だが、私が飛び出した直後に、突然、機体が大きく捩《ねじ》れ、主翼が吹き飛んだことも、私の記憶はしっかりと留めている。そして、その状況が、もはや誰ひとり脱出することは不可能であることも。

〝ジェニファーズ・スマイル〟のジェニファーとは、ファーガスン機長の女房なのか、それとも恋人の名なのか、私は聞いていなかった。あるいは、まだ年端《としは》もいかない娘の名前かもしれない。思えば私はこれまで、機長が所帯持ちなのか、独身《シングル》なのかすら知らなかったではないか……。

「ごめんなさい……ファーガスン機長」

私は、ファーガスンと、顔も知らないジェニファーという女性に向けて、ただ詫びていた。その誰にも届かない呟きは、黒煙に燻るドイツの空へと消えていった。

顔が痛い。落下する摩擦なのか、それとも重度の火傷なのか……その時になって私は初めて、まだパラシュートを開いていないことに気づいた。私の身体は既に数百メートル、小石のように落下していたのだ。開放バンドを、思いきり引く。強い衝撃とともに、落下していた私の体が止まった。空中に、私の体が浮いたのだ。頬に激しい痛みが走る。頬だけではなかった。右半身が、痛みで痺《しび》れていた。脱出の時の火焔でやられたのだろう。気がつくと、飛行服までもが、白煙を噴き出していた。強い風に揺れながら、私は周囲を見廻した。

我々が、今しがたまで爆撃したフランクフルトは、北西の遥か彼方に煙っていた。そして眼下には、初夏を迎えようとするドイツの森林地帯と草原が見える。だが、一面の緑萌えたつ野原だけでない、眼に入る風景の至る所から、狼煙《のろし》のような煙が立ち昇り、視界を遮っていた。

それは、この恐怖と殺戮に満ちた忌まわしい戦闘の爪跡だった。悪魔がこの大空と大地を、その鋭い爪でひっ掻いたかのように、その幾筋もの煙は、地上から大空に向けて、太く、細く、短く、長く揺れ動く帯を作っていた。

黒煙や、焦茶色の帯だけでなく、血潮のように紅い煙もある。爆撃による火災の煙に混じって地上から遥か上空まで細長く立ち昇る柱のような無数の煙。その数は、火災煙よりも圧倒的に多い。夥しい数だ。それらはすべて、飛行機の墜落による煙だった。私にはわかっていた。B17の、そして「第100大隊」の墓標……。

濁った大気の中に、ぽつりぽつりと純白の小さな花が咲いたように、パラシュートが宙空に揺らいでいる。〝ジェニファーズ・スマイル〟の搭乗員のものなのだろうか。或いは、別の機の乗員か。彼らの地上は近い。だが、その数は、あまりに少ない。ふたつ、みっつ、よっつ……。とりあえず、生きていられただけでも幸いなのかもしれない。

上空を見上げた。パラシュートは、ひとつも見えなかった。その視界を覆うように、幾十というB17の編隊が航過してゆく。爆撃はすべて終わっているようだ。だが、その飛行は、私が知っている編隊飛行ではなく、ばらばらに乱れた個別の機体が、ただ西に向かって落ちのびてゆくようにも見えた。

その数は確かに大量ではあったが、彼らの犠牲もまた凄まじい数であることは、眼下から立ち昇る狼煙のような黒煙の数が証明していた。数十、いや、百をも超えるであろう煙の墓標を中部ドイツ、黒い森の彼方に残したまま、B17の残存機は西へと退路を取っていた。

悪夢のような時間が過ぎていった。あの戦闘が数分間だったのか、それとも一時間にも及んだのか、私には判らない。だが今、私は生きていた。生きている実感とともにに、全身が痺れてゆく。苦痛のため、意識が薄らいでいった。薄れゆく意識の中で、耳慣れない爆音が聞こえた。B17のものでも、護衛戦闘機のものでもなかった。眼を上げると、曇り空の宙空に、ひとつの機影が北に向かって移動してゆく。

「奴」だった。掠れるような不連続の金属音を混じえたエンジン音を唸らせながら、その灰色の機影は、ゆっくりと飛行していた。四発エンジンのふたつからは、黒い煙を吐き続け、その二発は既に停止している。それでも、翳りとなった機体は、私の遥か頭上を斜めに航過すると、やがて黒い森の闇へとゆっくりと下降してゆくのだった。

第九章　宿　命

一

一九四四年六月五日　フランクフルト郊外　特設飛行場　午後三時

「国籍不明機一機、南東五時方向！」

監視兵の叫びが聞こえた。

大空だけでなく、特設飛行場滑走路の周囲にも墜落したB17の上げる黒煙が、濛々とたなびいている。それも、ひとつやふたつではなかった。その色濃い煙が、風に流されて曇った南東の空に、ぽつりとひとつ、黒点が現れた。時刻は午後三時を廻っていた。
ガーランドやカムフーバー、そして居並んだ将兵たちが、一斉にその方向を見やり、息を呑む。南東の空、狼煙のような煙の立ち昇る灰色の空に浮かんだ機影は、確かに四発機だった。翳《かげ》りのような機影は、徐々にではあったが、こちらに近づいていた。

Ｂ17？　それとも、ワルキューレか⁉

「Ｂ17ではない！　ワルキューレです！」

ふたたび監視兵が叫んだ。

「何号機だ？」

思わずガーランドが問う。

「わかりません。無線も通じません」

通信士が、必死に無線機を操作しながら応える。機影は次第に大きくなり、その輪郭を明瞭に現すと、確かに見覚えのある「ワルキューレ」となった。然しその姿は、既遠目に見ても無惨なほどに傷《いた》んでいる。第一と第四エンジンから黒煙が噴き出し、既に停止していた。発火はしていなかったが、もう一発も、見る間に回転を落とし、停止した。急激に高度が下がった。失速すれば墜落する！

双眼鏡を覗《のぞ》き込んでいたローゼンバッハ大尉に向かってガーランドがふたたび叫んだ。

「ローゼンバッハ、何号機だ？　誰が操縦している？　まだわからんのか！」

「閣下、識別できない！　判別不能です！」

ガーランドは思わず葉巻を口から外すと、その機影を睨《にら》むように見据えた。不連続のエンジン音が、低く重く聞こえる。瀕死《ひんし》の野獣が上げる、断末魔の唸《うな》り声のようだ。ワルキューレの滞空飛行時間は五五分。予定時間はとうに過ぎている。燃料は殆ど尽きている筈だった。帰投時刻も限界を迎えている。

「機体がめちゃめちゃに破損しています。飛行していることが信じられない！」

通信士が、感情を抑えきれずに叫んだ。

「馬鹿者！　今、飛行しているんだ！　彼らは生きているんだぞ、絶対に見殺しにするな！」

ガーランドの叫びに、誰もが息を呑み、頷いた。

潰れかけたワルキューレが、特設滑走路の南東部に展がる黒い森《シュヴァルツヴァルト》の方向から低い進入高度を取ったのだ。同時に、残った唯一のエンジンも回転が落ち、停止。もう、ガソリンは一滴も残ってはいない筈だ。ワルキューレは滑空を開始した。高度が一気に落ちる。着陸チャンスは、一回のみ。滑空ゆえに、やり直しはきかない。然も、車輪が出ていなかった。車輪は被弾損壊し、降ろすこともできなかったのだ。

「ワルキューレ操縦士、聴こえるか！　車輪が出ていないぞ！」

ガーランドはマイクを握り、地上から危機を知らせた。が、無線機も既に用を成していなかった。まったく交信ができない。いきなりローゼンバッハが滑走路に飛び出し、機体に向かって車輪が出ていないことを示す手信号を送った。更に彼は、機体の傾きを修正するため、両腕を大きく広げ、手信号誘導する。果たして、操縦士は確認できているのか？

ワルキューレは、そのまま低い姿勢で滑走路の端に差し掛かった。最後のエンジンも既に停止している。もう、胴体着陸しかない！　傷だらけの機体から、破損物がばらばらと滑走路に落ちてきた。防弾板などの破片が、凄まじい音を立てて滑走路上を転がる。

「もっと速度を落とせ！」

それが無駄だとわかっていながら、ガーランドは叫んだ。滑走路に立ったローゼンバッハも、両腕を上下に大きく振り、必死にそのことを伝える。速度を下げろと。だが、翼面荷重が極度に大きなワルキューレは、着陸速度が異常に速い。速度を落とせば失速し、墜落することはわかりきっている。それにしても、速すぎる……。

ぎりぎりまで手信号誘導していたローゼンバッハが、急いで滑走路から離れた。機体は、急激に右に傾くと、速い速力を維持したまま、滑走路の中央に急接近した。ワルキューレの影が、大きく膨《ふく》らんだ。滑走路に落ちた黒い影が、その本体と一体化する……。

接地！

轟音とともに凄まじい衝撃が辺りを震撼させた。ワルキューレはその腹部を滑走路に激突させると大きくバウンドし、ふたたび接地、否、衝突した。衝撃で機体がひしゃげ、地響きが起こった。滑走路に駆け寄ったガーランドたちも、思わず身を屈《かが》める。まるで爆撃を喰らったかのような、立っていられないほどの激震。高い金属音とともに凄まじい轟音が響き渡った。魔獣の咆哮《ほうこう》を思わせる、耳を覆いたくなるような擦過《さっか》音。黄ばんだ噴煙が巻き上がる。竜巻のような横殴りの風が、身を伏せたローゼンバッハの軍帽を吹き飛ばした。

　巻き起こった凄まじい突風に、滑走路脇の全員が思わず片腕で顔を覆う。が、眼は見開いたままだった。

　それにしても、いったいこれは何号機なのか？　誰が操縦しているのか、いや、本当に生きているのか？　滑走路の全員が確認しようと、その飛行物体を睨みつけた。然しそこには、ブローニング1・27センチ機銃弾の弾痕で穴だらけとなり、もはや原型を留めない、ただのスクラップと化した物体が、今、滑走路に激突し、そして潰れた。

　生きていられる筈がない……胸の内では、誰もがそう思った。が、信じない！

　破損物の金属片が、四方に飛び散る。火焔までもが降りかかる。危険だ。見守っていた全員が身を屈め、後ずさりしながらも、然し決して誰ひとり逃げはしなかった。

　ガーランドたちが見据えた眼の前で、凄まじい轟音を上げて滑走路に激突したワルキューレの機体は、その勢いを衰えさせないまま、猛烈なスピードで滑走路を横滑りさせてゆく。大重量の機体の激突に、滑走路のアスファルトは抉《えぐ》られ、捲《めく》れ上がり、穴が開き、そして火花が散った。轟音を立てて滑ってゆく機体から撒き散らされたエンジンオイルに火がつき、オレンジ色の炎を噴き上げると、そのまま長い紅蓮《ぐれん》の尾を引いてゆく。

ふたたび鈍い衝撃があった。いきなり、二発のエンジンが付いたままの右翼が浮き上がったかと思うと、胴体からもぎ取られるように宙を舞ったのだ。黒煙を吐き続けたエンジンは宙空で脱落し、折れ曲がったプロペラを頭上高く四散させながら、滑走路上に落下した。エンジンは轟音を立てて潰れ、炎の塊となった。更にその炎は、渦巻きとなって滑走路を転がる。滑走路のアスファルトが、燃え上がる炎に溶け出し、周辺にくすんだ紅色の炎を上げた。タールの焦げる強い刺激臭が、滑走路一帯に立ち込めた。

幾度目かのバウンドで、機体から外れた孔《あな》だらけの防弾板が、鈍い金属音を上げながら滑走路を転げ廻る。何か、巨大な物体が胴体から転げ落ちた。異様な長さを持ったその物体は、滑走路の上を四、五回転すると、轟音を立てて止まった。砲身の焼け焦げた7・5センチ対戦車砲だった。

ワルキューレの胴体そのものは、潰れたまま横向きとなって更に先へと滑ってゆく。

辛うじて繋がっていた左翼も、二発のエンジンの爆発とともに引き裂かれ、ちぎれた弾痕だらけのフラップが宙を舞った。

消防車が、甲高いサイレンを鳴らして、滑走路を滑り続ける胴体を追った。救急車がそれに続く。紅色の炎を上げるエンジンよりも20メートル先まで、慣性のついた胴体だけが滑走路を滑って行った。胴体とアスファルトの摩擦によって発生する、耳をつん裂くような不快な金属音とともに、未だ滑りつつある胴体は下面に火花を散らす。火花は、まるで手負いの猛獣が噴き上げる血しぶきのようなオイルに引火し、ここそこに炎の塊を作っていった。それは、滑走路上に咲いた、死者を弔う花輪のようにも見えるのだった。

やがて、ようやく勢いの衰えた、跡形なくひしゃげた胴体は、濛々と上がる黒煙と土埃の中で、左に傾いた状態で滑走路の北の端に停止した。死にゆく戦《いく》さの女神が上げる呻《うめ》き声のような不気味な音が、木霊《こだま》のように響き渡った。

もはや原型を留めないほどに潰れ、翼をもがれたフォッケウルフ200C「コンドル」、否、この世に出現した最初の空中砲艦《ガンシップ》「ワルキューレ」は、変わり果てた姿をようやく静止させ、その戦いを終えた。

ガーランドとカムフーバー、そしてタンク博士は、何ひとつ言葉を発せないまま駆け寄る。誰もがもはや希望を棄て、絶望した。たぶん生存者はいない。然し、それでも彼らは心の隅で祈り続けた。それにしても、これはいったい何号機なのだ？

二

「救助だ！　生きている者を探し出せ！　生存者はいないか？」

ガーランドが叫ぶ。これほどの惨状、かくも凄まじい激突だ。生存者がいることなど、もはや望むべくもなかった。それは、クルト・タンクもカムフーバーも、そしてローゼンバッハも同じ思いだった。然し、それでも叫ばざるを得なかったのだ。

消防車が、燃え盛るエンジンに消化剤を注ぎ、救急隊員は潰れた機体のドアに取り付いた。跡形も留めないほどに潰れた胴体の搭乗用ドアを、空軍士官と救護兵たちが必死にこじ開けた。機内から黒煙が噴き出す。が、炎は見えない。火災が発生していないことだけが幸いだった。それでもドアがこじ開けられるや、救護兵と消防班の数人がガスマスクを着け、機内に飛び込んだ。手斧や消火器を手にしている兵もいた。

やがて、黒煙の中に人影。救護兵ではない。生存者？　その姿自体が信じられなかった。影は誰にも支えられず、ひしゃげた機体の搭乗口からゆっくりと姿を現したのだ。

「……バルクマン？」

誰もが息を呑んだ。最初に彼の名を呟いたのは、ガーランドだった。黒煙の中から現れたのは、異様な姿となっていたが、明らかにバルクマン大尉だった。然も、生きていた。つまりこの機体は、ワルキューレ1号機「鷺《アドラー》」だったのだ。

彼は、左の肩を押さえながら、潰れた機体の前に立つ。煤《すす》と油まみれの額からは、大量に出血していた。が、彼はガーランドたちの顔を見ると、鮮血で染まった赤鬼のような顔に、不敵な笑みを浮かべた。この破壊と修羅場の中で、生きていること自体が驚異だった。だが、彼は、確かに笑った。

両脇から、救護兵がその身体を支えようと腕を差し出したが、彼はそれを拒絶すると、ガーランドの前までゆっくりと歩いた。その背後から、救護兵と消防隊員がベルクマイヤー伍長を両脇から抱えて出てきた。伍長は死んでいるのか、気絶しているのか判らなかった。青色の飛行服は、その地色を留めないほどに、煤と赤黒い液体で染まっている。血液なのか、オイルなのか。彼はそのまま担架に乗せられた。暗い紅色の液体が、滑走路を流れる。

機体の奥から、もうひとつ、大きな影が現れた。

シュタイナー……。

彼は、搭乗口からゆっくり出ると、鮮血に塗れているにも拘わらず、まるで何ごとも無かったかのように胸のポケットから煙草を取り出し、口に咥《くわ》えた。そして、呆然と立ちつくすガーランドたちの姿を眼に留めると、その血に塗《まみ》れた顔の口元を、歪めるように笑った。

「シュタイナー少尉……」

ガーランドが呟いた。ようやく咽喉の奥から絞り出したのは、そのひと言だった。

ガーランドも、カムフーバーも、そしてタンク博士も、今、まるで幽霊でも見ているように、呆然と彼を見つめていた。それはフランクフルトの執務室で、初めて彼を見た時と同じ光景だった。

未だ黒煙を上げるワルキューレの機体の前に、バルクマン、シュタイナー、ガーランド、そしてカムフーバーとクルト・タンク博士が顔を見合わせた。ワルキューレを飛ばした男たちだった。

作戦は完了した。だが男たちに表情は無かった。誰もがただ無言で立ち尽す。シュタイナーが、煙草の煙をふっと吐いた。

「中将、何機だ？」

最初に口を開いたのは、バルクマンだった。彼は、鋭い視線をガーランドに向ける。その顔は、血と煤とオイルで赤黒く汚れ、元の顔すら想像できない。それでも額から流れる鮮血を、未だ拭《ぬぐ》おうともしない。激闘の凄まじい痕跡。

ガーランドは、ふたりを見つめながら、静かに言った。

「ご苦労だった。未確認も含めて、一四二機だ」

バルクマンは、ふと笑う。歪むような冥《くら》い笑い。シュタイナーが眼を上げた。

「で、何機還《かえ》った」

彼は訊《き》いた。

「君たちだけだ……」

ガーランドの代わりに、カムフーバーが応える。

「後は、すべて墜《お》とされたのか？」

シュタイナーは表情を変えずに続けた。が、煙草を持つ手が、止まっている。

「いや、『皇帝《ツェーザル》』が、ここから10キロ西に不時着した。現在、救助部隊が向かっているが、生存者は不明だ」

重苦しい沈黙が、続いた。

「あとは。『竜《ドラッヘ》』は？」

シュタイナーの低い声。

「四号機は、最初からエンジン不調だった。『皇帝』からの報告では、敵編隊への突入時に、敵の集中射撃を受けたようだ。更に、上空からマスタングに襲われ……墜落した」

「一機も墜とさずに？」

バルクマンが訊いた。ガーランドは、黙って頷《うなず》いた。

「私が、『竜』を引き返させれば良かった。あの三番エンジンが、どうしても直らなかった。例のサンダーボルトに一撃を喰らったやつだ……」

クルト・タンク博士が、吐き捨てるように言った。その表情に、苦悩の色が浮かぶ。

作戦は目的を達成した。だが誰ひとり、笑みを見せる者はいなかった。

「『蜂《ビーネ》』も『象《エレファント》』も、戦闘開始後二〇分頃までは、交信できた。『蜂』が二五、六機。『象』が三〇機以上墜とした。君たち『鷲』が四五、『皇帝』もわかっているだけで三六機だ。その後の連絡は、途絶えている」

「『竜』の生存者は?」

シュタイナーは、もう一度訊いた。

「〝皇帝〟の目撃では、火だるまとなって墜落している。脱出者は、確認できなかったようだ」

誰も、何も言わなかった。シュタイナーの指先で、煙草が長い灰を作っていた。

「シュメリンクたちは、どうした?」

ふたたび、バルクマンが口を開く。

「第2戦闘航空団《JG2》からも連絡があった。ヴュルツブルクに戻った上空支援戦闘機は二機とのことだ。シュメリンクも、戻っていない。彼らも、一三機ほど墜としたようだが……」

ガーランドは、ポケットから葉巻を取り出しながら言った。その指先が、震えたように見える。彼にしては、めずらしく歯切れの悪い言い方だった。

「三〇機上がって、生還二機か」

バルクマンは、ガーランドから視線を逸らし、その眼を遠くにやる。溜《た》め息が漏れた。

〝死神〟シュメリンクも、遂に死神とともに黄泉《よみ》へと旅発《だ》って行った。

後方では、破損した機体の中から、戦死したミューラーやツィンマーマンの遺体が運び出されていた。ホフマンや、初陣《ういじん》だったブルクハルトも、その若さのまま逝《い》った。戦士たちの遺体は帆布《はんぷ》に包《くる》まれて担架に乗せられ、衛生兵によって運ばれる。その光景は、中世騎士団の葬列のように見えた。

「一〇〇機以上のB17を撃墜したが、犠牲も大きかったな」

ガーランドが呟くと、バルクマンが冷ややかに言った。

「中将。ある程度は、予測どおりだったんでしょう」

ガーランドは、何も言わなかった。

シュタイナーは、彼らから離れて歩き出した。滑走路の端に立つ。ワルキューレ

「鷲」の潰れた機体の残骸や破片が散乱し、転がったエンジンからは、未だに濛々と黒煙が噴き上がっている。戦いが終わり、ワルキューレは地に墜ちたのか。そこに、「戦さ乙女《ワルキューレ》」の姿はなかった。

周囲に眼をやると、墜落したB17の燃え続ける機体から噴き上がる黒煙が、狼煙《のろし》のように幾筋も立ち昇っている。遥かに濁った空を、彼は見つめた。天まで昇る幾筋もの煙の柱は、まさに墓標のようだ。この煙の中に、ワルキューレ「竜」の墓標もあるのだろうか。

ハインツは、もう還って来ない。せめて、その遺体を抱いてやりたいと思った。

「ハインツ。お前は、俺よりも先に宿命を受け容《い》れちまったな。……人殺しはもういやだと言っていたが」

シュタイナーは、煙草をくわえながら呟いた。

「ワルキューレで、人を殺すことはなかったな」

それが慰みなのかどうか、判らない。だが、せめてそう想うしかなかった。シュタイナーは、煙を吐き出した。西の空はまだ明るい。濁った大気の中に紫煙は混じり合い、ゆっくりと消えていった。

終章　伝説

一九八一年一〇月六日　ミズーリ州スプリングフィールド近郊モーテル　午前一時

ロジャー・バーンスタインの話は終わった。店内には、濃い紫煙が漂っている。今日はいったい、何本の煙草を吸ったことだろう。そう思いながらも俺は、幾十本目のラッキーストライクに火を点けた。ジッポのライターが、かちりと金属音を上げる。

「で、あんたはドイツ本土にパラシュートで降下したんだろ。よく、無事に戻れたな」

私は、頰から首筋にかけて大きな火傷《やけど》の疵痕《きずあと》が残るバーンスタインの横顔を見た。

彼は、手に持ったバーボン・グラスの奥に、記憶を辿るように眼を細めた。

「わしの部隊は、戦闘開始と同時に標的誘導機《ポインター》を喪っていたし、敵のその奇妙な攻撃機に攪乱されて、爆撃コースから大きく逸《そ》れてしまっていた。というよりも、三〇分後には大隊自体が消滅してしまったからな……。わしが着地した地点がどこだったのかは、よく判らなかった。フランクフルトからは、だいぶ離れていたようだが。ひどい火傷も負っていたし、右脚と肋骨も骨折しており、重傷だったからな。着地した時には、失神していたらしい。それも随分長い間。気がつくと、ドイツ空軍の病院で治療を受けていた。それから、ミュンヘン近くの捕虜収容所に送られたのは、終戦の僅か二週間くらい前のことだったよ。わしがユダヤ系だということは、バレずに済んだ。いや、わしが瀕死の重傷を負っていたことと、病院も収容所も空軍管轄だったから、捕虜に対して寛大だったようだ。ユダヤ人であるわしのことを秘密警察や親衛隊から隠し通してくれたのかもしれんな。当時のドイツにも、そういう人たちは僅かながら存在した」

「一九四五年の春までか」

「ああ、ドイツの敗戦までだ。撃墜されてから、ほぼ一〇か月間だった」

「それ以降、ドイツ空軍のその……得体の知れない攻撃機を使った作戦は、行なわれなかったのかね？」

「その奇妙な攻撃機のことだがね……これも結局、偶然というよりも、あまりに運命的な出遭いと言うべきなのじゃろうが……」

バーンスタインの眼は、虚空に止まった。何を想い出そうとしているのか？　或いは甦《よみがえ》らせたくない記憶なのか。

「わしはの火傷は、予想以上に酷《ひど》かった。B17を脱出する際、気化したガソリンを浴びてしまったからな。現在で言う集中治療室のような所に、長い時間入れられておった。どれくらいの期間だったか判らない……いや、意識すら無かったからな。敵兵だというのに、ドイツ空軍の病院では、わしを見殺しにはしなかった」

そう言ってバーンスタインは、言葉を切った。もう一度、何かを回顧する苦痛の表情。

「その時じゃった。わしが何日か後にようやく意識を戻した頃、わしの隣のベッドにもうひとり、全身火傷の青年が横たわっていた。彼はドイツ人じゃった。ドイツの飛行兵だったのじゃよ。そして彼は、もはや助からない状態だった。或る夜、その青年は、殆ど動かない身体だったが、私の方にほんの僅かに首を廻すと、英語で問いかけてきたのだ、『アメリカ人か』と。医者が私に英語で話しかけていたのを聴いていたのじゃろう。私がB17の搭乗員《クルー》だと告げると、彼は何故か安心したように言ったのだ、自分の名と、あの機体の名をな……忘れもしない、自分の名は、ハインリヒ・ウェーバーだと。そして言ったのだ、『〝ワルキューレ〟を飛ばした男たちがいたことを伝えて欲しい……』とな。それが彼の最期の言葉だった」

バーンスタインの横顔の疵が震えた。

「ワルキューレ。あの奇妙な機体のことだった。英語の〝ヴァルキリー〟。ゲルマンの古代神話に出てくる女神の名なのだがね。あの頃、ドイツ人の間で〝ワルキューレ〟という言葉を口にすることは、非常に危険であり、忌避されていたのでな……」

「奇妙だな。大戦果を挙げたのに、なぜ語られない？」

「封印したのさ。アメリカでもドイツでも。それぞれの国家の陰惨な都合の為に、抹殺したのだ」

　バーンスタインは、グラスを置いた。

「米軍ではな、〝ワルキューレ〟の空戦で被《こうむ》った損害は、信じられないほど甚大だった。それも、物理的な打撃よりも精神的打撃が大きかった。なにしろ、一〇〇機以上のB17が僅か一日で撃墜されたのだからな。犠牲者は一〇〇〇人を超えた、たった一日でな。生存者は、ほんの僅かだったようだ。もちろん、その時にはわしはドイツの病院に居たのじゃから、本隊がその後どうなったのかは知らなかった。だが、あんな攻撃があと一度でも行なわれていたら、我々のドイツ本土爆撃は即座に中止されただろうな。ところが、状況が一変した」

　バーンスタインは、眼を上げた。

「わかるかね。一九四四年六月六日、つまり我々アメリカ陸軍第8航空軍の第100《ワンオーオー》大隊が全滅した日の翌日、ノルマンディー上陸作戦《Dデイ》が始まったのさ。史上最大と言われる上陸作戦が開始され、戦況そのものが大きく変わってしまった。そのどさくさの中で、〝血まみれ《ブラディ》第100《ワンオーオー》大隊〟の事件はうやむやにされ、闇に葬られたのじゃよ。というよりも、アメリカ陸軍戦略爆撃司令部は、第100大隊消滅の事実を封印したのだ。あまりにも甚大な損害だったからな。たぶん米兵が心理的に戦意喪失に陥るのを怖れたのだろう。そして、ドイツでも〝ワルキューレ〟は二度と飛ばなかった」

「なぜ？　どうしてドイツ軍はその作戦を、それ以降続けなかった？」

「〝ワルキューレ作戦〟じゃよ。戦後、わしはあのドイツの青年が言った〝ワルキューレ〟とは何だったのか調べたのだよ。だがね、ペッパーさん。あんたは、知らないかね。『七月二〇日事件』を」

「ああ、ドイツ国防軍《ヴェアマハト》の将校団が起こしたクーデターだ。『ヒトラー暗殺計画』だよ」

「七月二〇日事件？」

「その計画が？」

「そう。暗殺計画の暗号名《コードネーム》が〝ワルキューレ〟だった。一九四四年七月二〇日、『狼の巣《ヴォルフス・シャンツェ》』と名付けられた総統大本営で決行されたヒトラー爆殺計画だ。計画は実行され、爆弾は破裂した。然し、ヒトラーは死ななかった。その為に作戦は失敗し、秘密国家警察《ゲシュタポ》と親衛隊は、〝ワルキューレ〟に関わった者を尽く逮捕したのだ。その数は、ドイツ国内だけで数千人だ。逮捕された容疑者は、殆どまともな裁判も受けずに屠殺場《とさつじょう》で、家畜のように吊るされたという。然も、細い針金でな……おぞましい事件だ」

　バーンスタインは、何杯目かのバーボンを口にした。

「〝ワルキューレ〟。呼称が被《かぶ》っていたのだよ。どんな戦記や歴史書を調べても、出てくるのは、『七月二〇日事件・ヒトラー暗殺計画』の〝ワルキューレ〟であり、あの空戦記録としての〝ワルキューレ〟は、ひとつも出てこない。つまり、あの奇妙な攻撃機〝ワルキューレ〟の作戦は、当時のドイツ空軍内部でも極秘に推進されたが、結局、作戦が成功した後もこの呼称は、ドイツに於いて禁忌《タブー》となったのだろう、偶然にも『ヒトラー暗殺計画』の〝ワルキューレ〟と被った為にな。それ故にあの飛行作戦そのものが、ドイツ軍の中でも封印され、抹殺された。名称ゆえなのか政治的理由なのか、今となってはわからない」

「それで、封印《シールド》されたわけか……」

私は、ライターを鳴らした。

「ということは、それ以降、その奇妙な空中砲艦《ガンシップ》は飛ばなかった」

「ああ、二度とね」

「あんたや、第100大隊を墜としたドイツ人たちの記録も、その名ゆえに消されたっていうことか」

「そう……。歴史から消された。私にそのことを言い残したハインリヒ・ウェーバーのことも。ハインリヒという青年は、せめてどこかで〝ワルキューレ〟の真実を伝え残したかったのだろう。確かに、凄いことを考え、実行してしまった男たちが存在したことは、事実なのだ」

ふたりの間に、暫くの沈黙が流れた。私たちは、歴史の翳《かげ》りに存在した男たちのことを想っていたのかもしれない。私はもう一杯のバーボンを追加した。バーンスタインのグラスにも、くすんだ琥珀色の液体が注がれる。

私は、バーンスタインの眼の高さにグラスを上げた。

「ワルキューレ、わしにとっては死の名だったが……」

バーンスタインはその瞬間、B17の群れの中を浮遊する〝ワルキューレ〟の姿を想い出していたのかもしれない。それはまさしく、黄泉《よみ》から現れた女神の姿だった。

彼の顔が歪んだ。いや、笑ったのだろう。初めて見る笑みだった。

「第100《ワンオーオー》大隊と〝ワルキューレ〟、そしてハインリヒ・ウエーバーと封印された名もない男たちに……」

ふたつのグラスがぶつかり、氷が音を立てた。

「ところで、俺のこの飛行《フライト》ジャケットだがね」

私は、擦《こす》れて古びた焦茶色のレザージャケットに眼を落とした。左の腕には、白い正方形に、黒地に白いXが刺繍《ししゅう》された大隊記章が縫い付けられている。

「実は、俺の親父のものらしい。このライターもね」

私は、手の中にある古いジッポのライターの蓋《ふた》を開けた。火を点け、そして閉じる。

かちりと、乾いた音。

「親父は、きっとあんたと同じ、その第100大隊に所属していたんだろう。あんたが着任する半年ほど前だろうな、たぶん」

私はもう一度、意味もなくジッポの蓋を鳴らす。

「第100大隊は、イギリスに駐屯していた。そこから、ドイツ本土に爆弾を落としに行ってたわけだが。親父はそのイギリス滞在中に、おふくろと出会った。つまり俺のおふくろは、イギリス人なんだ。そしてお腹に、俺ができた」

私が家族のことを話すことなんて、滅多になかった。ましてや、おふくろのことを話すことなど。今さらって感じだ。だが今夜は、きっちり話してもいいだろう。この男になら。

もう一本、煙草をくわえる。その時ふと、顔も知らない親父の面影を想像していた。

「何度目かの出撃で、親父のB17はドイツ上空で墜とされて捕虜になった。それから脱走を図ったらしい。そして、銃殺された……。戦後、ドイツのある将校から、おふくろの元にこのジャケットとライターが、手紙と一緒に送られてきた。ジャケットの内側に、イギリスのおふくろの住所が書かれていたのだそうだ。隠すようにね。将校の名前は、カムフーバーとかいったらしい。ただ、おふくろは、親父の死を知らされてから、気を病んでしまってね。その、カムフーバーから手紙が届いた時には、もう病院に入ってたんだ。俺が一〇歳の時に、おふくろは死んだ。この形見を病院で渡された時には、手紙はもうどこかに行っちまってたようだ。だから、詳しいことは判らないが、そのカムフーバーって男とも、どこかで縁があったんじゃないだろうか……その、〝ワルキューレ〟って機体とね。俺は、そんな気がする。仕事がらの直感だけどな」

私は、ふと虚空に眼をやった。そして顔も見たことのない親父のことと、カムフーバーという名前だけ記憶の底にあるドイツ人のことを想った。

「聞いたことがある。ヨーゼフ・カムフーバー。ドイツ空軍の電波探知《レーダー》システムを構築した男だ。たぶん、その男はね」

「知っているのかい？」

「いや、それだけだ……」

私は、もう一度、ライターを鳴らした。このライターを、親父も、そしてカムフーバーという男も使っていたのだろう。このライターが、すべてを見ていた。約四〇年も前に起こった事実を、一部始終。すべて、知っているのだ……。

鈍い光を放つこの銀色のライターに、親父と、そして顔も知らないその男のぬくもりが残されているような気がした。

ふと、親父のことを想った。生まれてくる私の顔も知らず、おふくろと愛し合った期間も僅かだったのだろう。兵士として戦うために脱走したのか、おふくろに会うために脱出を図ったのか、それはわからない。だが、親父はきっと真の男として生き、死んでいったのだろう。そして、カムフーバーと、〝ワルキューレ〟の男たちとも、このライターとどこかで繋がっているような気がした。

親父に会ってみたかった……。これまで、ただの一度すら感じたことのない切なさと胸の痛みを感じる。今夜、私は、この自分を知るためにここに来たのだろう。これも、決して偶然ではない運命のような気がする。この仕事が終わったら、息子のティミーに会いに行こう、ジッポを掌《たなごころ》の中で回しながら私は思った。ジッポの蓋が、かちりと鳴った。

「バーンスタインさん、今夜は不思議な話を聞かせてもらった。あんたにとっては、辛い記憶だったかもしれないが、いつか機会があったら、この話をまとめさせてもらってもいいかな？」

バーンスタインは、眼を上げた。

「確かに、わしにとっては辛く苦い記憶だがね。然し、途轍もない男たちがいたことは事実だ。いつか、封印の解ける日が来るのもいいだろう」

バーンスタインは、静かにグラスを置いた。

時計は、既に午前一時を廻っていた。部屋を押さえておいてよかった。どしゃぶりだった雨は、いつしか上がっていた。私は、席を立った。

完

参考文献

「ドイツ本土防空戦」欧州戦史シリーズＶｏｌ－19　学研
『ドイツ空軍戦闘機１９３５－１９４５　メッサーシュミットＢｆ１０９からミサイル迎撃機まで』文林堂
「第二次大戦　ドイツ軍用機写真集」航空ファン　１９７６年9月増刊号　文林堂
『メッサーシュミットＢｆ１０９写真集』文林堂
「フォッケウルフＦｗ１９０」世界の傑作機 No.78　文林堂
『並べてみりゃ分る　第二次大戦の空軍戦力』銀河出版
「ＷＷⅡ ルフトバッフェのエースたち」戦車マガジン
「ドイツ空軍戦闘機隊」１９７８別冊　航空ジャーナル
『リアル・グッド・ウォー』サム・ハルパート　栗山洋児訳　光人社ＮＦ文庫
『ドイツの火砲 制圧兵器の徹底研究』広田厚司　光人社ＮＦ文庫
『ドイツ高射砲塔 連合軍を迎え撃つドイツ最大の軍事建造物』広田厚司　光人社ＮＦ文庫
『英独軍用機 バトル・オブ・ブリテン参加機の全て』飯山幸伸　光人社ＮＦ文庫
『ドイツ戦闘機開発者の戦い　メッサーシュミットとハンケル　タンクの航跡』飯山幸彦　光人社ＮＦ文庫
『第二次大戦航空史秘話』上・下　秦郁彦　中公文庫
「歴史群像」０４４　学研
「歴史群像」０４６　学研
「歴史群像」０８２　学研

「歴史群像」084　学研
「歴史群像」089　学研
「歴史群像」092　学研
「歴史群像」094　学研
「歴史群像」096　学研
「歴史群像」100　学研
「歴史群像」106　学研
「歴史群像」136　学研

本作品は当文庫のための書き下ろしです。

本作品はフィクションであり、実在の個人・団体などとは一切関係がありません。

文芸社文庫

死の名はワルキューレ

二〇二〇年六月十五日　初版第一刷発行

著　者　三吉眞一郎
発行者　瓜谷綱延
発行所　株式会社　文芸社
〒一六〇－〇〇二二
東京都新宿区新宿一－一〇－一
電話　〇三－五三六九－三〇六〇（代表）
〇三－五三六九－二二九九（販売）

印刷所　図書印刷株式会社
装幀者　三村淳

ISBN978-4-286-21409-2